Diogenes Tasc[...]

de
te
be

Donna Leon

Nobiltà

Commissario Brunettis siebter Fall

Roman
Aus dem Amerikanischen von
Monika Elwenspoek

Diogenes

Titel des Originals:
›A Noble Radiance‹
Die deutsche Erstausgabe
erschien 1999 im Diogenes Verlag
Das Motto aus: Mozart, *Don Giovanni,*
in der Übersetzung von Karl Dietrich Gräwe,
Rowohlt Verlag, Reinbek 1981
Umschlagfoto: Raffaello Bencini
(Ausschnitt)

Für Biba und Bianca

Veröffentlicht als Diogenes Taschenbuch, 2001
Diogenes Verlag AG Zürich
www.diogenes.ch
2000/01/43/1
ISBN 3 257 23260 8

La nobiltà ha dipinta
negli occhi l'onestà

Dem Adel steht die Ehrenhaftigkeit
auf die Stirn geschrieben

DON GIOVANNI

I

Es war nichts Besonderes an dem verwilderten Hektar Ackerland unterhalb eines Dorfes am Rande der Dolomiten. Er lag am Fuß eines Abhangs, der mit Hartholzbäumen bewachsen war, aus denen man gut Feuerholz machen konnte, was dann auch als Argument diente, den Preis nach oben zu drücken, als das Grundstück mit dem zweihundert Jahre alten Haus darauf zum Verkauf kam. Im Norden erhob sich ein kahler Berg über der Ortschaft Ponte nelle Alpi; knapp hundert Kilometer südlich lag Venedig, zu weit entfernt, um Politik oder Brauchtum der Gegend zu beeinflussen. In den Dörfern sprachen die Leute nur widerwillig Italienisch; sie fühlten sich in ihrem Belluneser Dialekt mehr zu Hause.

Das Land hatte fast ein halbes Jahrhundert brachgelegen, das Steinhaus darauf ebenso lange leergestanden. Die großen Schieferplatten auf dem Dach, die das Haus vor Regen und Schnee schützen sollten, hatten sich durch Alter und plötzliche Temperaturschwankungen verschoben, vielleicht auch durch das eine oder andere Erdbeben, das im Lauf der Zeit die Gegend heimgesucht hatte. Viele der Platten waren heruntergefallen und die oberen Zimmer dadurch den Elementen preisgegeben. Um Haus und Grundstück stritten acht Erben, von denen keiner sich die Mühe gemacht hatte, die Schäden einzudämmen, weil er die paar hunderttausend Lire dafür womöglich nie wiedergesehen hätte. So konnten Schnee und Regen zuerst einsickern, dann hineinströmen und Putz und Dielen aufweichen, und das Dach neigte sich von Jahr zu Jahr immer trunkener der Erde entgegen.

Der Acker war aus denselben Gründen verwildert. Keiner der Erbschaftsanwärter hatte Zeit und Geld in die Bearbeitung stecken oder seine rechtliche Position dadurch schwächen wollen, daß er das Land unentgeltlich nutzte. Das Unkraut gedieh prächtig, zumal die letzten Pächter das Land jahrzehntelang mit den Hinterlassenschaften ihrer Kaninchen gedüngt hatten.

Was den Erbstreit schließlich beilegte, war der Duft ausländischen Geldes: Zwei Tage nachdem ein deutscher Arzt im Ruhestand ein Angebot für Haus und Grundstück gemacht hatte, trafen die acht Erben sich im Haus des Ältesten. Noch ehe der Abend zu Ende ging, hatten sie einstimmig beschlossen, Haus und Grundstück zu verkaufen; des weiteren waren sie sich einig, erst dann zu verkaufen, wenn der Ausländer sein Angebot verdoppelte, womit der Preis auf das Vierfache dessen stieg, was ein Einheimischer hätte zahlen wollen – oder können.

Drei Wochen nach Abschluß des Handels wurde das Haus eingerüstet, und die jahrhundertealten, handgeschnittenen Schieferplatten zerschellten auf dem Hof. Die Kunst des Schieferdeckens war mit denen ausgestorben, die noch wußten, wie man die Platten schnitt, und so wurde das Dach mit vorgefertigten Betonvierecken gedeckt, die eine entfernte Ähnlichkeit mit Terrakotta-Kacheln hatten. Da der Arzt den ältesten der Erben als Bauleiter engagiert hatte, ging die Arbeit zügig voran; da man in der Provinz Belluno lebte, wurde sie redlich und gut ausgeführt. Als es richtig Frühling wurde, war die Restaurierung des Hauses fast abgeschlossen, und mit den ersten warmen Tagen richtete der neue Besitzer, der sein ganzes Berufsleben in hellerleuchteten Operationssälen eingesperrt gewesen war und die Arbeiten von München aus über Telefon und Fax dirigierte, sein Augenmerk auf die Gestaltung des Gartens, von dem er schon seit Jahren träumte.

Das Gedächtnis eines Dorfes ist lang, und man wußte noch, daß der alte Garten entlang der Reihe von Walnußbäumen hinter dem Haus verlaufen war, weshalb Egidio Buschetti, der Bauleiter, dort zu pflügen beschloß. Das Land war, solange er denken konnte, nie bearbeitet worden, darum würde sein Traktor wahrscheinlich zweimal darüberfahren müssen, einmal, um das meterhohe Unkraut umzulegen, dann noch einmal, um den fetten Boden darunter aufzubrechen.

Zuerst glaubte Buschetti, es wäre ein Pferd – er erinnerte sich, daß die früheren Besitzer zwei Pferde gehabt hatten –, und fuhr mit dem Traktor einfach weiter bis zu der Stelle, an der das Feld nach seiner Schätzung endete. Er drehte das große Lenkrad, wendete und fuhr zurück, stolz auf die schnurgeraden Furchen und froh, wieder einmal draußen in der Sonne zu sein und hören und fühlen zu können, was er tat, nun, da es endlich Frühling war. Er sah den Knochen schräg aus der zuletzt gezogenen Furche ragen, lang und weiß und scharf abgehoben von der fast schwarzen Erde. Nein, nicht lang genug für ein Pferd, aber er konnte sich nicht entsinnen, daß hier jemals Schafe gehalten worden wären. Neugierig verlangsamte er den Traktor, denn aus irgendeinem Grund mochte er über den Knochen nicht einfach hinwegfahren und ihn zerbrechen.

Er schaltete in den Leerlauf und hielt an. Nachdem er die Handbremse gezogen hatte, stieg er von seinem metallenen Sitz und ging zu dem schräg in den Himmel weisenden Knochen. Schon wollte er sich bücken, um ihn aus dem Weg zu räumen, da zögerte er plötzlich, richtete sich wieder auf und versuchte ihn mit einem Stiefeltritt aus dem Erdreich zu lösen. Der Knochen ließ sich nicht bewegen, worauf Buschetti wieder zu seinem Traktor ging, wo er hinter dem Sitz eine Schaufel klemmen hatte. Beim Umdrehen fiel sein Blick auf ein weiß schimmerndes Oval, das ein Stückchen weiter in der Furche lag. Kein Pferd, kein Schaf hatte je aus einem so runden Schädel geblickt, noch würden sie ihn mit diesem scharfen Fleischessergebiß angrinsen, das seinem eigenen so beängstigend glich.

2

Nie verbreiten sich Neuigkeiten auf dem Lande schneller, als wenn sie mit Tod oder Unglück zu tun haben, und so hatte sich die Kunde, daß im Garten des alten Orsez-Hauses menschliche Gebeine gefunden worden waren, noch vor dem Abendessen überall in Col di Cugnan verbreitet. Seit vor sieben Jahren der Sohn des Bürgermeisters bei diesem Verkehrsunfall unten bei der Zementfabrik ums Leben gekommen war, hatte keine Nachricht mehr so schnell die Runde gemacht; selbst die Geschichte von Graziella Rovere und dem Elektriker hatte zwei Tage gebraucht, um sich herumzusprechen. Aber an diesem Abend schalteten die Dörfler, alle vierundsiebzig, ihren Fernseher aus oder übertönten ihn, während sie beim Essen hin und her spekulierten, wie es sich zugetragen haben mochte und, noch interessanter, wer es war.

Die Nachrichtensprecherin von RAI 3, die Blonde mit dem Nerzpullover, die jeden Abend eine andere Brille trug, blieb unbeachtet, als sie die neuesten Schreckensmeldungen aus Ex-Jugoslawien verlas, und niemand interessierte sich einen Deut für die Festnahme des früheren Innenministers wegen Korruption. Beides war inzwischen Normalität, aber ein Schädel in einer Ackerfurche hinter dem Haus des Ausländers, das war eine Neuigkeit. Bis zur Schlafenszeit war der Schädel schon abwechselnd durch einen Axthieb oder eine Kugel zertrümmert worden oder wies Anzeichen dafür auf, daß jemand versucht habe, ihn in Säure aufzulösen. Die Polizei sollte festgestellt haben, daß es sich um die Knochen einer Schwangeren, eines jungen Burschen oder des Ehemannes von Luigina Menegaz handelte, der vor zwölf Jahren nach Rom gegangen war, worauf man nie wieder etwas von ihm gehört hatte. In dieser Nacht schlossen die Bewohner von Col di Cugnan ihre Türen ab, und diejenigen, die schon vor Jahren ihre Schlüssel verlegt und nie danach gesucht hatten, schliefen unruhiger als die anderen.

Am nächsten Morgen um acht kamen zwei mit Carabinieri besetzte Geländewagen zum Haus von Doktor Litfin, fuhren über den frisch eingesäten Rasen und parkten rechts und links von den beiden langen, tags zuvor gepflügten Furchen. Erst eine Stunde später brachte ein Wagen aus der Provinzhauptstadt Belluno den *medico legale*. Er hatte von den Gerüchten über die Todesursache oder die Identität des Toten, dessen Knochen hier lagen, nichts mitbekommen und tat darum das Naheliegende: Er ließ seine beiden Assistenten die Erde nach weiteren Überresten durchsieben.

Während diese Arbeit langsam ihren Lauf nahm, fuhr bald der eine, bald der andere Carabinieriwagen über den binnen kurzer Zeit verwüsteten Rasen zurück in den Ort, wo die sechs Beamten erst einmal in der kleinen Bar Kaffee tranken und anschließend bei den Dorfbewohnern herumfragten, ob jemand vermißt werde. Daß die Knochen offenbar schon seit Jahren in der Erde lagen, hielt sie nicht davon ab, sich nur nach neuesten Geschehnissen zu erkundigen, und so blieben ihre Nachforschungen ergebnislos.

Auf dem Feld unterhalb des Dorfes hatten Doktor Bortots Gehilfen ein feinmaschiges Sieb schräg aufgestellt. Langsam schütteten sie eimerweise Erde hindurch und bückten sich hin und wieder, um einen kleinen Knochen herauszuholen, oder was danach aussah. Den zeigten sie dann ihrem Chef, der mit den Händen auf dem Rücken neben der Furche stand. Zu seinen Füßen lag eine lange Plastikfolie, und sowie man ihm einen Knochen gezeigt hatte, sagte er seinen Gehilfen, an welche Stelle er gelegt werden sollte. So setzten sie nach und nach ihr makabres Puzzle zusammen.

Hin und wieder ließ der Arzt sich von einem der Männer einen Knochen geben und betrachtete ihn kurz, bevor er sich bückte und ihm auf der Folie seinen Platz zuwies. Zweimal korrigierte er sich, einmal, indem er ein Knöchelchen von der rechten auf die linke Seite legte, das andere Mal verschob er mit einer leisen Unmutsäußerung eines vom unteren Ende des Mittelfußknochens ans Ende eines ehemaligen Handgelenks.

Um zehn Uhr traf Doktor Litfin ein, der am Abend zuvor von der Entdeckung in seinem Garten unterrichtet worden und die ganze Nacht von München durchgefahren war. Er parkte vor dem Haus und stieg steifbeinig aus. Hinter dem Haus sah er die unzähligen tiefen Reifenspuren auf dem frischen Rasen, den er vor drei Wochen mit solcher Freude eingesät hatte. Dann bemerkte er die drei Männer weiter hinten auf dem Grundstück, etwa da, wo er zur selben Zeit die aus Deutschland mitgebrachten Himbeersträucher gesetzt hatte. Er wollte über den verwüsteten Rasen gehen, blieb aber wie angewurzelt stehen, als irgendwo von rechts ein Kommandoruf ertönte. Er blickte um sich, sah aber nur die drei alten Apfelbäume um die Reste des früheren Brunnens und schickte sich an, weiter auf die drei Männer zuzugehen. Er hatte kaum ein paar Schritte gemacht, als unter dem nächsten Apfelbaum zwei Männer in der drohenden schwarzen Uniform der Carabinieri hervorgestürmt kamen, die Maschinenpistolen im Anschlag.

Doktor Litfin hatte die russische Besetzung Berlins miterlebt, und obwohl das gut fünfzig Jahre her war, erinnerte sein Körper sich an den Anblick bewaffneter Männer in Uniform. Er hob beide Hände über den Kopf und blieb stocksteif stehen.

Nun traten sie ganz aus dem Schatten, und es kam dem Doktor wie eine Halluzination vor, als er ihre todesschwarzen Uniformen vor dem unschuldigen Rosa der Apfelblüten sah. Ihre glänzenden Stiefel zertrampelten einen Teppich frisch herabgefallener Blütenblätter, während die Männer auf ihn zukamen.

»Was machen Sie hier?« fragte der erste barsch.

»Wer sind Sie?« blaffte der zweite im selben Ton.

Die Angst machte Litfins Italienisch unbeholfen: »*Io sono… dottor Litfin, sono il padrone…*«

Die Carabinieri wußten schon, daß der neue Besitzer ein Deutscher war, und der Akzent paßte, also ließen sie ihre Waffen sinken, behielten aber den Finger in der Nähe des Abzugs. Litfin verstand das als Erlaubnis, die Hände herunterzunehmen, was er aber ganz langsam tat. Von früher wußte er, daß Waffengewalt stets vor Recht ging, und so wartete er, bis sie bei ihm waren, jedoch nicht ohne kurz zu den drei Männern auf dem frisch gepflügten Feld hinüberzuspähen, die ebenso versteinert dastanden wie er und nur Augen für ihn und die näherkommenden Carabinieri hatten.

Angesichts des Mannes, der es sich leisten konnte, dieses Haus und das ganze Grundstück drumherum wiederherzurichten, wurden die Carabinieri plötzlich ganz klein, und während sie näherkamen, verschoben sich die Machtverhältnisse. Litfin merkte das und machte es sich zunutze.

»Was soll das hier eigentlich?« fragte er, wobei er über das Grundstück zeigte und es den beiden Carabinieri überließ, ob sie das auf seinen ruinierten Rasen oder die drei Männer im Hintergrund bezogen.

»Auf Ihrem Acker liegt ein Skelett«, antwortete der eine.

»Das weiß ich schon, aber was soll diese ganze…« Er suchte nach dem passenden Wort, und ihm fiel nur »*distruzione*« ein.

Die Reifenspuren schienen unter den Blicken der drei Männer immer tiefer zu werden, bis schließlich einer der Carabinieri sagte: »Wir mußten ja auf den Acker fahren.«

Obwohl das eindeutig eine Ausrede war, ging Litfin darüber hinweg. Er wandte sich von den beiden Carabinieri ab und schritt so rasch auf die anderen drei zu, daß keiner der beiden ihn aufzuhalten versuchte. Als er das Ende der ersten Furche erreicht hatte, rief er zu dem Mann, der hier offensichtlich das Kommando führte, hinüber: »Was ist es?«

»Sind Sie Doktor Litfin?« fragte der Arzt, der schon von dem Deutschen gehört hatte und wußte, was er für das Haus bezahlt und wieviel er bisher für die Renovierung ausgegeben hatte.

Litfin nickte, und als die Antwort des anderen auf sich warten ließ, fragte er noch einmal: »Was ist es?«

»Ein junger Mann in den Zwanzigern, würde ich sagen«, antwortete Dr. Bortot und gab seinen Gehilfen gleichzeitig ein Zeichen weiterzumachen.

Litfin brauchte einen Moment, um diese kurz angebundene Antwort zu verdauen, aber dann überquerte er die umgepflügte Erde und stellte sich neben den anderen Arzt. Eine ganze Weile sagten beide nichts, während sie Seite an Seite standen und den beiden anderen zusahen, die in der Furche langsam das Erdreich durchsuchten.

Nach einigen Minuten reichte einer von ihnen Dr. Bortot einen weiteren Knochen, den dieser nach einem kurzen Blick ans Ende des zweiten Handgelenks legte. Es folgten zwei weitere Knochen, die beide rasch ihren Platz fanden.

»Da, links von Ihnen, Piazzetti«, sagte Bortot und zeigte auf einen kleinen weißen Klumpen, der ihm gegenüber aus der Furche hervorlugte. Der Angesprochene bückte sich, um den Knochen aufzuheben, und reichte ihn dem Arzt. Bortot hielt ihn vorsichtig zwischen zwei Fingern, betrachtete ihn kurz und wandte sich an den Deutschen: »*Lateralis cuneiformis?*« fragte er.

Litfin spitzte die Lippen und sah den Knochen an, und noch ehe er etwas sagen konnte, reichte ihn Bortot an ihn weiter. Litfin drehte ihn einen Moment hin und her, dann warf er einen Blick auf die Skelettteile, die schon auf der Folie lagen. »Möglich, vielleicht der *intermedius*«, antwortete er, mit dem Lateinischen vertrauter als mit dem Italienischen.

»Ja, das kann sein«, meinte Bortot. Er zeigte auf die

Folie, und Litfin bückte sich, um das kleine Stück ans Ende des langen Schienbeinknochens zu legen. Er richtete sich auf, und beide Männer blickten auf das Ergebnis hinunter. »Ja, genau«, murmelte Litfin, und Bortot nickte.

So standen sie die nächste Stunde zusammen neben der Furche, die der Traktor gezogen hatte, und nahmen abwechselnd Knochenstücke von den beiden Gehilfen entgegen, die fortfuhren, die fette Erde durch den schrägstehenden Maschendraht zu sieben. Hin und wieder berieten sie sich kurz darüber, wohin ein Teil gehörte, aber meist waren sie sich sofort einig über das, was die beiden Ausgräber ihnen reichten.

Die Frühlingssonne schien; in der Ferne ließ ein Kuckuck so oft seinen Balzruf ertönen, daß die vier Männer es bald nicht mehr wahrnahmen. Als es wärmer wurde, legten sie zuerst ihre Mäntel, dann die Jacketts ab und hängten alles über die unteren Äste eines der Bäume, die das Grundstück begrenzten.

Zwischendurch stellte Bortot einige Fragen nach dem Haus, und Litfin erklärte, daß die Außenarbeiten abgeschlossen seien; es bleibe noch der Innenausbau, der nach seiner Schätzung den größten Teil des Sommers dauern werde. Als Bortot seinen Arztkollegen fragte, woher er so gut Italienisch spreche, erzählte dieser, daß er seit zwanzig Jahren seinen Urlaub immer in Italien verbringe und im Hinblick auf die Übersiedlung dreimal wöchentlich Unterricht nehme. Über ihnen im Dorf schlugen die Glocken zwölfmal.

»Ich glaube, das wäre es, Dottore«, sagte einer der Männer in der Grube und stieß zur Bekräftigung seine Schaufel tief in die Erde. Er stützte sich mit dem Ellbogen darauf, kramte ein Päckchen Zigaretten hervor und zündete sich eine an. Sein Kollege stellte ebenfalls die Arbeit ein, zog ein Taschentuch heraus und wischte sich das Gesicht ab.

Bortot blickte in die ausgehobene Grube, die inzwischen etwa drei mal drei Meter maß, dann auf die Knochen und die geschrumpften Organe zu seinen Füßen.

Plötzlich fragte Litfin: »Warum meinen Sie, daß es ein junger Mann war?«

Bortot bückte sich, bevor er antwortete, und hob den Schädel auf. »Die Zähne«, sagte er und reichte ihn dem anderen.

Aber anstatt die Zähne anzusehen, die in gutem Zustand waren und keine Spuren von Altersverschleiß aufwiesen, drehte Litfin den Schädel mit einem leisen Überraschungsruf um. Hinten in der Mitte, genau über der Vertiefung, in die der noch fehlende erste Wirbel paßte, befand sich ein kleines rundes Loch. Er hatte so viele Schädel und Spuren eines gewaltsamen Todes gesehen, daß er weder schockiert noch erschüttert war.

»Aber warum männlich?« fragte er weiter und gab Bortot den Schädel zurück.

Bevor Bortot antwortete, kniete er sich hin und legte den Schädel wieder an seinen Platz. »Deswegen. Das hier lag in der Nähe des Schädels«, sagte er im Aufstehen, nahm etwas aus seiner Tasche und reichte es Litfin. »Ich glaube nicht, daß eine Frau das tragen würde.«

Der Ring, den er Litfin gegeben hatte, war ein breiter Goldreif, der sich zu einer runden Fläche verbreiterte.

Litfin legte ihn sich auf die linke Hand und drehte ihn mit dem Zeigefinger der rechten um. Die Gravur war so abgeschliffen, daß er genauer hinsehen mußte, bevor er etwas erkannte: das kunstvolle Flachrelief eines aufgerichteten Adlers, der in seiner linken Klaue eine Fahne, in der rechten ein Schwert hielt. »Ist das ein... mir fällt das italienische Wort nicht ein«, sagte Litfin, während er auf den Ring blickte.

»*Stemma*«, half Bortot aus.

»*Si, stemma*«, wiederholte Litfin, dann fragte er: »Kennen Sie es?«

Bortot nickte.

»Und?«

»Das Wappen der Familie Lorenzoni.«

Litfin schüttelte den Kopf. Er hatte den Namen noch nie gehört. »Stammt sie aus der Gegend?«

Diesmal schüttelte Bortot den Kopf.

Als er den Ring zurückgab, fragte Litfin: »Und woher kommt sie?«

»Aus Venedig.«

3

Nicht nur Doktor Bortot, sondern beinah jedem im Veneto war der Name Lorenzoni ein Begriff. Studenten der Geschichte hätten sich an den Conte dieses Namens erinnert, der 1204 den fast erblindeten Dogen Dandolo bei der Einnahme von Konstantinopel begleitete; der Legende nach war es Lorenzoni, der dem alten Mann sein Schwert gab, als sie über die Stadtmauer stiegen. Musiker würden sich entsinnen, daß der Hauptsponsor des ersten venezianischen Opernhauses diesen Namen trug. Bibliophile kannten Lorenzoni als den Namen jenes Mannes, der Aldus Manutius 1495 das Geld für die erste Druckerpresse der Stadt lieh. Aber das ist Wissen von Fachleuten und Historikern, Personen, die Gründe haben, den Ruhm der Stadt und der Familie im Gedächtnis zu behalten. Gewöhnliche Venezianer kennen ihn als den Namen des Mannes, der 1944 der SS die Gelegenheit gab, an die Namen und Adressen der in der Stadt lebenden Juden zu kommen.

Von den 256 venezianischen Juden überlebten acht den Krieg. Doch das ist nur eine Sichtweise auf die Tatsachen und die Zahlen. Schlimmer ausgedrückt bedeutet es, daß 248 Menschen, italienische Bürger und Einwohner der einstigen Serenissima, gewaltsam aus ihren Häusern geholt und schließlich ermordet wurden.

Italiener denken pragmatisch, und so meinten viele, wenn nicht Pietro Lorenzoni, der Vater des derzeitigen

Conte, das Versteck des Oberhauptes der jüdischen Gemeinde an die SS verraten hätte, dann eben ein anderer. Es wurde auch gesagt, er müsse dazu genötigt worden sein, denn immerhin hatten sich seit Kriegsende die Mitglieder der verschiedenen Zweige der Familie eindeutig dem Wohl der Stadt verschrieben, nicht nur durch mannigfachen großzügigen Einsatz für öffentliche und private wohltätige Einrichtungen, sondern auch durch ihr Wirken in öffentlichen Ämtern – einmal sogar dem des Bürgermeisters, wenn auch nur für ein halbes Jahr – und hatten sich in vielerlei Eigenschaften, wie es so schön heißt, um die Stadt verdient gemacht. Ein Lorenzoni war Rektor der Universität gewesen, ein anderer hatte in den Sechzigern einige Jahre lang die Biennale organisiert, und wieder ein anderer hatte seine Sammlung islamischer Miniaturen dem Museo Correr vermacht.

Und selbst wer von alledem nichts wußte, erinnerte sich meist doch an den Namen des jungen Mannes, der vor zwei Jahren entführt worden war, von zwei maskierten Männern vor der Villa der Familie in Treviso aus dem Auto gezerrt, in dem er mit seiner Freundin saß. Das Mädchen hatte statt der Familie zuerst die Polizei verständigt, und so waren die Konten der Lorenzonis sofort gesperrt worden, noch ehe die Familie von dem Verbrechen erfuhr. Die erste Lösegeldforderung lautete auf sieben Milliarden Lire, und es wurde damals viel darüber spekuliert, ob die Lorenzonis eine solche Summe auftreiben könnten. Im zweiten Brief der Entführer, der drei Tage nach dem ersten ankam, waren es dann nur noch fünf Milliarden.

Aber inzwischen hatten die Ordnungsmächte, auch wenn sie bei der Suche nach den Tätern noch keine erkennbaren Fortschritte gemacht hatten, die bei Entführungen üblichen Maßnahmen ergriffen, um die Familie daran zu hindern, sich Geld zu leihen oder es aus dem Ausland zu transferieren, so daß auch die zweite Forderung unerfüllt blieb. Conte Ludovico, der Vater des entführten Jungen, wandte sich ans staatliche Fernsehen und bat die Täter, seinen Sohn freizulassen. Er sagte, er sei bereit, sich ihnen anstelle seines Sohnes auszuliefern, konnte in seinem Schmerz aber nicht erklären, wie das zu machen wäre.

Sein Aufruf blieb unbeantwortet; eine dritte Lösegeldforderung gab es nicht.

Das war zwei Jahre her, und seitdem hatte es von dem jungen Roberto kein Lebenszeichen gegeben, auch keine weiteren Fortschritte in dem Fall, jedenfalls keine amtlichen. Zwar wurde das Vermögen der Familie nach sechs Monaten wieder freigegeben, aber es blieb noch ein Jahr unter Aufsicht eines staatlichen Treuhänders, der zu jeder Verfügung über mehr als hundert Millionen Lire seine Zustimmung geben mußte. Viele solcher Summen wurden in dieser Zeit aus den Familienunternehmen der Lorenzonis abgezogen, aber alle waren legitim und wurden darum genehmigt. Nachdem das Mandat des Treuhänders ausgelaufen war, beobachtete ein gütiges staatliches Auge weiterhin diskret und unsichtbar die Transaktionen der Lorenzonis, aber es wurden keine Ausgaben festgestellt, die über das Übliche hinausgingen.

Der Junge wurde von seiner Familie als tot betrachtet, obwohl er erst nach weiteren drei Jahren amtlich für tot erklärt werden konnte. Seine Eltern trauerten auf ihre Art: Conte Ludovico gab sich mit verdoppelter Energie seinen Geschäften hin, während die Contessa sich ganz in private Werke der Frömmigkeit und Wohltätigkeit zurückzog. Roberto war ein Einzelkind gewesen, so daß die Familie nun ohne Erben war, weshalb man einen Neffen, den Sohn von Ludovicos jüngerem Bruder, ins Unternehmen holte und darauf vorbereitete, die Leitung des Familienkonzerns zu übernehmen, zu dem die unterschiedlichsten Geschäftsanteile im In- und Ausland gehörten.

Die Nachricht, daß man das Skelett eines jungen Mannes nebst einem Ring mit dem Familienwappen der Lorenzonis gefunden hatte, wurde von den Carabinieri telefonisch an die Polizei in Venedig weitergegeben und dort von Sergente Lorenzo Vianello aufgenommen, der sich den Ort, den Namen des Grundstückbesitzers und des Mannes, der den Toten entdeckt hatte, sorgsam notierte.

Nachdem Vianello den Hörer aufgelegt hatte, ging er nach oben und klopfte bei seinem Vorgesetzten, Commissario Guido Brunetti. Auf dessen *»Avanti!«* öffnete Vianello die Tür und trat ein.

»Buon dì, Commissario«, sagte er und setzte sich, ohne eine entsprechende Aufforderung abwarten zu müssen, auf seinen üblichen Stuhl gegenüber Brunetti, der hinter seinem Schreibtisch saß und einen dicken Ordner aufgeklappt vor sich liegen hatte. Vianello fiel auf, daß sein Vorgesetzter eine Brille trug; er konnte sich nicht erinnern, sie schon einmal gesehen zu haben.

»Seit wann tragen Sie denn eine Brille, Commissario?« fragte er.

Brunetti sah ihn an; seine Augen wirkten durch die Gläser seltsam vergrößert. »Nur zum Lesen«, sagte er, dann nahm er die Brille ab und warf sie auf die vor ihm liegenden Papiere. »Eigentlich brauche ich sie gar nicht. Nur kann man damit die kleine Schrift in diesen Schreiben aus Brüssel besser lesen.« Er rieb sich mit Daumen und Zeigefinger die Nasenwurzel, als wollte er sowohl die Eindrücke von der Brille als auch das soeben Gelesene wegwischen.

Er sah den Sergente fragend an. »Was gibt's?«

»Ein Anruf von den Carabinieri in einem Ort namens…« begann Vianello und warf einen Blick auf den Zettel in seiner Hand. »Col di Cugnan.« Er hielt inne, doch Brunetti sagte nichts. »Das liegt in der Provinz Belluno«, fügte Vianello hinzu, als könnte ein Hinweis auf die geographische Lage Brunetti weiterhelfen. Als dieser noch immer nichts sagte, fuhr Vianello fort: »Ein Bauer hat dort auf seinem Acker eine Leiche ausgegraben. Anscheinend ein junger Mann von Anfang Zwanzig.«

»Wer sagt das?« unterbrach Brunetti.

»Der *medico legale,* soviel ich weiß.«

»Wann war das?« fragte Brunetti.

»Gestern.«

»Und warum rufen die uns an?«

»Bei der Leiche wurde ein Ring mit dem Familienwappen der Lorenzonis gefunden, Commissario.«

Brunetti legte die Finger wieder an die Nasenwurzel und schloß die Augen. »Ach ja, der arme Junge«, seufzte er. Dann ließ er die Hand wieder sinken und sah zu Vianello hinüber. »Sind die sich ihrer Sache sicher?«

»Ich weiß es nicht«, sagte Vianello und beantwortete

auch gleich den unausgesprochenen Teil von Brunettis Frage. »Der Mann, mit dem ich telefoniert habe, sagte nur, daß sie den Ring identifiziert haben.«

»Das muß nicht heißen, daß es sein Ring war, es heißt nicht einmal, daß…« Hier hielt Brunetti inne und versuchte sich den Namen des Jungen ins Gedächtnis zu rufen. »Daß Roberto so einen Ring besaß.«

»Aber würde jemand, der nicht zur Familie gehört, so einen Ring tragen, Commissario?«

»Ich habe keine Ahnung, Vianello. Aber wenn derjenige, der die Leiche da verscharrt hat, ihre Identifizierung verhindern wollte, hätte er den Ring bestimmt an sich genommen. Er war doch an der Hand, oder?«

»Das weiß ich nicht, Commissario. Mir wurde nur gesagt, daß der Ring bei der Leiche war.«

»Wer leitet dort die Ermittlungen?«

»Der Anrufer sagte, daß der *medico legale* ihn angewiesen habe, uns zu verständigen. Seinen Namen habe ich hier irgendwo notiert.« Er sah wieder auf seinen Zettel. »Bortot. Das ist alles. Den Vornamen hat er mir nicht genannt.«

Brunetti schüttelte den Kopf. »Wie hieß noch der Ort?«

»Col di Cugnan.« Als er Brunettis fragenden Blick sah, zuckte Vianello die Achseln, um anzudeuten, daß auch er den Namen noch nie gehört hatte. »Irgendwo bei Belluno. Sie wissen ja, was es da oben für komische Ortsnamen gibt: Roncan, Nevegal, Polpet.«

»Und komische Familiennamen, wenn ich mich recht erinnere.«

Vianello wedelte mit seinem Zettel. »Wie der von diesem Amtsarzt.«

»Haben die Carabinieri sonst noch etwas gesagt?«
fragte Brunetti.

»Nein, ich fand nur, Sie sollten Bescheid wissen, Commissario.«

»Ja, gut«, meinte Brunetti, nur halb bei der Sache. »Hat schon jemand die Familie verständigt?«

»Das weiß ich nicht. Der Mann am Telefon hat nichts davon erwähnt.«

Brunetti griff zum Telefonhörer. Nachdem er die Vermittlung hatte, bat er um eine Verbindung mit dem Carabinieri-Posten in Belluno. Als dort abgenommen wurde, stellte er sich vor und sagte, er wolle den für den Leichenfund vom Vortag zuständigen Kollegen sprechen. Wenig später hatte er Maresciallo Bernardi am Apparat, der sich als Leiter der Ermittlungen vorstellte. Nein, er wisse nicht, ob der Ring an der Hand des Toten gewesen sei. Wenn der Commissario dagewesen wäre, hätte er selbst gesehen, wie schwer das festzustellen sei. Vielleicht könne der Arzt diese Frage besser beantworten. Überhaupt konnte der Maresciallo zu dem, was auf Vianellos Zettel stand, nicht viel ergänzen. Die Leiche sei ins städtische Krankenhaus von Belluno gebracht worden und werde bis zur Autopsie dort verbleiben. Aber er hatte die Nummer von Dottor Bortot und gab sie Brunetti, der keine weiteren Fragen hatte.

Brunetti drückte auf die Gabel und wählte sofort die Nummer, die der Carabiniere ihm genannt hatte.

»Bortot«, meldete sich der Arzt.

»Guten Morgen, *dottore,* hier ist Commissario Guido Brunetti von der Polizei in Venedig.« Er machte eine Pause, weil er es gewöhnt war, daß die Leute ihn an dieser

Stelle unterbrachen und nach dem Grund seines Anrufs fragten. Bortot schwieg jedoch, und Brunetti fuhr fort: »Ich rufe wegen der Leiche des jungen Mannes an, die Sie gestern geborgen haben. Und wegen des Ringes, der bei ihm gefunden wurde.«

»Ja, Commissario?«

»Ich wüßte gern, wo der Ring sich befand.«

»Nicht an den Knochen der Hand, wenn Sie das meinen. Aber das muß natürlich nicht heißen, daß er nicht ursprünglich doch an der Hand war.«

»Können Sie mir das näher erklären, Dottore?«

»Schwer zu sagen, was sich hier zugetragen hat, Commissario. Es gibt Hinweise darauf, daß die Leiche bewegt wurde. Von Tieren. Das ist völlig normal, wenn sie längere Zeit in der Erde gelegen hat. Einige Knochen und Organe fehlen, und die noch da sind, wurden allem Anschein nach mehrmals von der Stelle bewegt. Man kann also schwer sagen, wo der Ring war, als die Leiche beseitigt wurde.«

»Beseitigt?« wiederholte Brunetti.

»Es besteht Grund zu der Annahme, daß er erschossen wurde.«

»Was für ein Grund?«

»An der Schädelbasis ist ein kleines Loch, etwa zwei Zentimeter im Durchmesser.«

»Nur eines?«

»Ja.«

»Und das Geschoß?«

»Meine Leute haben bei der Suche nach Knochen ein gewöhnliches Maschendrahtsieb benutzt, da könnten so kleine Sachen wie Geschoßfragmente durchgefallen sein.«

»Suchen die Carabinieri weiter?«

»Das kann ich Ihnen nicht sagen, Commissario.«

»Werden Sie die Autopsie vornehmen?«

»Ja. Heute abend.«

»Und die Ergebnisse?«

»Ich weiß nicht, was für Ergebnisse Sie erwarten, Commissario.«

»Alter, Geschlecht, Todesursache.«

»Das Alter kann ich Ihnen jetzt schon sagen: Anfang Zwanzig, und ich glaube nicht, daß ich bei der Autopsie etwas finden werde, was dem widerspricht oder eine genauere Altersbestimmung zuläßt. Das Geschlecht ist der Länge der Arm- und Beinknochen nach mit an Sicherheit grenzender Wahrscheinlichkeit männlich. Und ich würde sagen, Todesursache war die Kugel.«

»Werden Sie das bestätigen können?«

»Hängt davon ab, was ich noch finde.«

»In was für einem Zustand war die Leiche?«

»Meinen Sie, wieviel noch davon übrig war?«

»Ja.«

»Genug, um Gewebe- und Blutproben entnehmen zu können. Vom Gewebe war zwar nicht mehr viel übrig – Tiere, wie gesagt –, aber einige der kräftigeren Bänder und Muskeln, besonders die an Ober- und Unterschenkeln, sind in gutem Zustand.«

»Wann werden Sie die Ergebnisse haben, Dottore?«

»Ist das denn so eilig, Commissario? Schließlich war er über ein Jahr in der Erde.«

»Ich denke an die Familie, Dottore, nicht an die Polizeiarbeit.«

»Sie meinen den Ring?«

»Ja. Wenn es sich wirklich um den vermißten Lorenzoni-Jungen handelt, finde ich, sie sollte es so bald wie möglich erfahren.«

»Commissario, abgesehen von dem, was ich Ihnen schon sagte, stehen mir nicht genug Informationen zur Verfügung, um ihn als eine bestimmte Person identifizieren zu können. Bevor ich nicht die ärztlichen und zahnärztlichen Unterlagen des jungen Lorenzoni habe, kann ich mich außer auf Alter, Geschlecht und eventuelle Todesursache nicht festlegen. Höchstens noch darauf, wie lange er schon tot ist.«

»Haben Sie da schon eine Vorstellung?«

»Wann ist er denn verschwunden?«

»Vor ungefähr zwei Jahren.«

Es folgte eine lange Pause. »Dann wäre es möglich. Nach dem bisherigen Augenschein. Aber ich brauche trotzdem noch diese Unterlagen, um ihn mit einiger Sicherheit zu identifizieren.«

»Dann setze ich mich gleich mit der Familie in Verbindung und versuche die zu bekommen. Sobald ich sie habe, faxe ich sie Ihnen.«

»Danke, Commissario. Für beides. Es ist mir nicht angenehm, mit den Familien sprechen zu müssen.«

Brunetti konnte sich niemanden vorstellen, dem das angenehm wäre, aber er sagte nichts, außer daß er am Abend noch einmal anrufen werde, um zu erfahren, ob die Autopsie die Vermutungen des Arztes bestätigt habe.

Brunetti legte auf und wandte sich an Vianello. »Alles mitbekommen?«

»Genug. Wenn Sie das mit der Familie erledigen wollen, rufe ich in Belluno an und frage, ob die Carabinieri das Geschoß gefunden haben. Wenn nicht, sage ich ihnen, sie sollen noch mal zu dem Acker gehen, wo die Leiche lag, und so lange suchen, bis sie es haben.«

Brunettis Nicken war Zustimmung und Dank zugleich. Als Vianello gegangen war, nahm er das Telefonbuch aus seiner untersten Schreibtischschublade und schlug bei L auf. Der Name Lorenzoni war dreimal vertreten, alle unter derselben Adresse in San Marco: Ludovico, *avvocato*, Maurizio, *ingegnere*, und Cornelia, ohne Berufsangabe.

Er griff schon zum Hörer, aber statt ihn abzunehmen, erhob er sich und ging nach unten, um mit Signorina Elettra zu sprechen.

Als er in das kleine Vorzimmer von Vice-Questore Giuseppe Patta kam, der sein Chef war, sprach die Sekretärin gerade am Telefon. Sie sah ihn, lächelte und hob einen Finger mit magentarotem Nagel. Er ging zu ihrem Schreibtisch, und während sie ihr Gespräch zu Ende führte, hörte er zu und las dabei die Schlagzeilen des Tages, obwohl sie für ihn auf dem Kopf standen; daß er das konnte, war ihm schon oft zugute gekommen. »*L'esule di Hammamet*« lautete die eine, und Brunetti fragte sich, warum ehemalige Politiker, die aus dem Land flohen, um der Verhaftung zu entgehen, immer »Exilanten« und nie »Untergetauchte« waren.

»Also, wir sehen uns dann um acht«, sagte Signorina Elettra und fügte noch »*Ciao, caro*« hinzu, bevor sie auflegte.

Welcher junge Mann hatte dieses aufreizende abschließende Lachen ausgelöst und würde heute abend diesen dunklen Augen gegenübersitzen? »Eine neue Flamme?« fragte Brunetti, ehe er sich überlegen konnte, was das für eine dreiste Frage war.

Aber Signorina Elettra schien keinen Anstoß daran zu nehmen. »Schön wär's«, sagte sie resigniert. »Nein, das war mein Versicherungsagent. Wir treffen uns einmal im Jahr: Er spendiert mir etwas zu trinken, und ich spendiere ihm ein ganzes Monatsgehalt.«

Sosehr Brunetti an Elettras Übertreibungen gewöhnt war, fand er das doch recht erstaunlich. »Ein ganzes Monatsgehalt?«

»Na ja, fast«, schränkte sie ein.

»Und was lassen Sie da versichern, wenn Sie mir die Frage gestatten?«

»Mein Leben bestimmt nicht«, antwortete sie lachend, und als Brunetti merkte, wie aufrichtig er es so empfand, verkniff er sich die galante Erwiderung, daß ein solcher Verlust ja auch gar nicht zu ersetzen wäre. »Meine Wohnung samt Einrichtung, mein Auto, und seit drei Jahren habe ich eine private Krankenversicherung.«

»Weiß Ihre Schwester das?« fragte er, denn wie würde eine Ärztin, die fürs öffentliche Gesundheitswesen arbeitete, es wohl sehen, wenn ihre eigene Schwester extra dafür bezahlte, es nicht in Anspruch nehmen zu müssen?

»Was glauben Sie denn, wer es mir empfohlen hat?« fragte Elettra zurück.

»Warum?«

»Wahrscheinlich, weil sie soviel in Krankenhäusern zu tun hat und weiß, was dort läuft.« Sie überlegte einen Moment und fügte dann hinzu: »Oder nach allem, was sie mir schon erzählt hat, eher, was dort nicht läuft. Letzte Woche hat eine ihrer Patientinnen im Civile, die mit sechs anderen Frauen in einem Zimmer lag, zwei Tage lang nichts zu essen bekommen. Man hat ihnen einfach nichts gebracht, und niemand konnte ihnen erklären, warum.«

Von solchen Dingen hatte Brunetti auch schon gehört. »Und dann?« fragte er.

»Zum Glück bekamen vier der Frauen regelmäßig Besuch von Verwandten und haben das Mitgebrachte mit den anderen geteilt.«

Elettra war immer lauter geworden und wurde, während sie weitersprach, sogar noch lauter: »Wenn man frische Bettwäsche oder eine Bettpfanne will, muß man extra dafür bezahlen, sonst bringt sie einem keiner. Barbara hat inzwischen resigniert und mir darum geraten, in eine Privatklinik zu gehen, wenn ich je ins Krankenhaus muß.«

»Und daß Sie ein Auto haben, wußte ich auch nicht«, sagte Brunetti, der sich immer wunderte, wenn er erfuhr, daß jemand, der hier in Venedig lebte und arbeitete, eines besaß. Er selbst hatte nie ein Auto gehabt, auch seine Frau nicht, obwohl sie beide fahren konnten, mehr schlecht als recht.

«Ich habe es bei meinem Vetter in Mestre stehen. Er fährt es die Woche über, und ich benutze es, wenn ich am Wochenende irgendwohin will.»

«Und die Wohnung?« fragte Brunetti, der es nie der Mühe wert gefunden hatte, seine eigene zu versichern.

»Ich war mit einer Frau in der Schule, die eine Wohnung am Campo della Guerra hatte. Erinnern Sie sich noch an den Brand dort? Sie war eine von denen, die bei dem Feuer alles verloren.«

»Ich dachte, die Stadt sei für die Instandsetzung aufge-
kommen«, sagte Brunetti.

»Für die Grund-Instandsetzung«, verbesserte sie ihn.
»Solche Kleinigkeiten wie Möbel, Kleidung oder sonstiger
persönlicher Besitz waren darin aber nicht enthalten.«

»Wäre das bei einer privaten Versicherung denn besser?«
erkundigte sich Brunetti, der schon zahllose Horrorge-
schichten darüber gehört hatte, wie schwer es sei, von einer
Versicherung Geld zu bekommen, egal wie berechtigt der
Anspruch war.

»Ich würde mich lieber mit einer privaten Versicherung
herumschlagen als mit der Stadt.«

»Wer nicht?« fragte Brunetti resigniert.

»Aber was kann ich für Sie tun, Commissario?« fragte
sie mit einer Handbewegung, die ihr Gespräch und mit
ihm alle Gedanken an die Widrigkeiten des Lebens fort-
wischte.

»Ich wollte Sie bitten, ins Archiv zu gehen und mir die
Akte zum Entführungsfall Lorenzoni herauszusuchen«,
sagte Brunetti und holte die Widrigkeiten des Lebens damit doch wieder zurück.

»Roberto?«

»Kannten Sie ihn?«

»Nein, aber der jüngere Bruder meines damaligen
Freundes war mit ihm in der Schule. Im Vivaldi, glaube
ich. Ist schon Ewigkeiten her.«

»Hat er je etwas über ihn erzählt?«

»Ich erinnere mich nicht genau, aber ich glaube, er
mochte ihn nicht besonders.«

»Wissen Sie noch, warum?«

Sie hob das Kinn und zog eine Schnute, die der Schönheit jeder anderen Frau ziemlich abträglich gewesen wäre. Bei Elettra aber betonte sie nur den feinen Schwung ihres Kinns und das Rot ihrer geschürzten Lippen.

»Nein«, sagte sie endlich. »Was es auch war, es ist mir entfallen.«

Brunetti wußte nicht recht, wie er seine nächste Frage formulieren sollte. »Sie sagten, Ihr damaliger Freund. Sind Sie noch, äh, ich meine, haben Sie noch Kontakt zu ihm?«

Sie lächelte amüsiert, ebenso über die Frage wie über die Verlegenheit, mit der er sie gestellt hatte.

»Ich bin die Patin seines ersten Sohnes«, sagte sie. »Es wäre mir also ein leichtes, ihn anzurufen und darum zu bitten, er möchte seinen Bruder einmal fragen, was er noch weiß. Das tue ich gleich heute abend.« Sie stand auf. »Und jetzt gehe ich die Akte suchen. Soll ich sie Ihnen in Ihr Zimmer bringen?« Brunetti war dankbar, daß sie nicht fragte, warum er die Unterlagen einsehen wollte. Er hoffte abergläubisch, er könne, indem er es nicht aussprach, vielleicht verhindern, daß der Tote Roberto war.

»Ja, bitte«, sagte er und ging wieder nach oben, um zu warten.

4

Brunetti, der selbst Vater war, verschob seinen Anruf bei den Lorenzonis lieber bis nach der Autopsie. Der Ring und alles, was Dr. Bortot ihm gesagt hatte, ließ es kaum noch denkbar erscheinen, daß bei der Autopsie etwas herauskam, was ausschloß, daß es sich bei dem Toten um Roberto Lorenzoni handelte, aber solange diese Möglichkeit bestand, wollte Brunetti der Familie den vielleicht unnötigen Schmerz ersparen.

Während er auf die Entführungsakte wartete, versuchte er sich ins Gedächtnis zu rufen, was er selbst noch darüber wußte. Die Entführung hatte in der Provinz Treviso stattgefunden, und so hatte die dortige Polizei die Ermittlungen übernommen, obwohl das Opfer ein Venezianer war. Brunetti hatte damals an einem anderen Fall gearbeitet, erinnerte sich aber noch an die ohnmächtige Wut, die in der Questura geherrscht hatte, nachdem die Ermittlungen auf Venedig ausgeweitet wurden und die Polizei die Entführer des Jungen zu finden versuchte.

Brunetti hatte Entführung schon immer als das scheußlichste aller Verbrechen angesehen, nicht nur, weil er zwei Kinder hatte, sondern weil es eine Schande für die Menschheit war, wenn ein willkürlicher Preis auf ein Leben gesetzt und dieses Leben einfach ausgelöscht wurde, wenn der Preis nicht bezahlt wurde. Oder schlimmer noch, man nahm, wie es oft geschah, das Geld und ließ die Geisel dann doch nicht frei. Er war dabeigewesen, als man die

Leiche einer siebenundzwanzigjährigen Frau geborgen hatte; sie war entführt und unter einem Meter Erde lebendig begraben worden, wo sie erstickte. Brunetti sah noch ihre Hände vor sich, schwarz wie die Erde über ihr und im Sterben hilflos ans Gesicht gepreßt.

Man konnte nicht sagen, daß er jemanden aus der Familie Lorenzoni persönlich kannte, wenngleich er einmal mit Paola bei einem Bankett gewesen war, an dem auch Conte Ludovico teilgenommen hatte. Wie es in Venedig an der Tagesordnung war, sah er den Älteren gelegentlich in der Stadt, aber sie hatten noch nie miteinander gesprochen. Der Commissario, der damals die Ermittlungen in Venedig geführt hatte, war vor einem Jahr nach Mailand versetzt worden, Brunetti konnte ihn also nicht unmittelbar fragen, wie seinerzeit vorgegangen worden war oder welchen Eindruck er von der Sache hatte. Solche persönlichen, inoffiziellen Eindrücke erwiesen sich oft als nützlich, besonders wenn ein Fall wieder aufgerollt wurde. Brunetti zog durchaus die Möglichkeit in Betracht, daß die Leiche auf dem Acker doch nicht Roberto Lorenzoni war und die Ermittlungen nicht wiederaufgenommen wurden, der Leichenfund also Sache der Belluneser Polizei blieb. Aber wie ließ sich dann der Ring erklären?

Signorina Elettra klopfte an seine Tür, noch ehe er sich die Frage beantworten konnte. »Kommen Sie herein«, rief er. »Die haben Sie ja schnell gefunden.« So war es mit Akten in der Questura nicht immer gewesen, jedenfalls nicht vor dem erfreulichen Tag ihrer Ankunft. »Wie lange sind Sie eigentlich schon bei uns, Signorina?« erkundigte er sich.

»Im Sommer werden es drei Jahre, Commissario. Warum fragen Sie?«

Er wollte schon sagen: »Damit ich meine Freudentage besser zählen kann«, aber das hätte ihm dann doch ein bißchen zu sehr nach einem ihrer eigenen rhetorischen Höhenflüge geklungen. Statt dessen antwortete er: »Damit ich zur Feier des Tages Blumen bestellen kann.«

Elettra lachte, und beide erinnerten sich, wie schockiert Brunetti anfangs gewesen war, als er erfuhr, daß sie, kaum als Sekretärin Vice-Questore Pattas eingestellt, den Auftrag gegeben hatte, zweimal wöchentlich frische Blumen für ihr Zimmer kommen zu lassen, oft recht pompöse Blumen, und nie weniger als ein Dutzend. Patta, der nur daran interessiert war, daß sein Spesenbudget seine regelmäßigen Mittagessen abdeckte – meist ebenso pompös wie die Blumen –, stellte die Ausgabe nie in Frage, und so war ihr Vorzimmer zu einem Quell der Freude für die ganze Questura geworden. Es ließ sich nie klären, ob diese Freude dem galt, was Signorina Elettra an dem jeweiligen Tag anzuziehen beschlossen hatte, oder den Blumen in ihrem kleinen Zimmer, oder einfach der Tatsache, daß der Staat dafür bezahlte. Brunetti fand das eine so erfreulich wie das andere und mußte an eine Zeile von Petrarca denken, in der er Monat, Tag und Stunde seiner ersten Begegnung mit Laura besingt. Er sagte von alledem aber nichts, sondern nahm den Ordner und legte ihn vor sich auf den Schreibtisch.

Nachdem Elettra gegangen war, schlug er die Akte auf und begann zu lesen. Er wußte nur noch, daß die Sache im Herbst passiert war; jetzt las er, daß es am 28. September kurz vor Mitternacht gewesen war. Robertos Freundin hatte ihren Wagen (es folgten Marke, Baujahr und Kennzeichen) vor dem Tor der Lorenzoni-Villa angehalten, die Scheibe heruntergekurbelt und den Nummerncode in die digitale Schließanlage eingetippt. Als das Tor nicht aufging, war Roberto ausgestiegen, um nachzusehen, woran das lag. Ein großer, schwerer Stein hatte innen vor dem Tor gelegen und das Öffnen verhindert.

Roberto hatte, wie das Mädchen im Vernehmungsprotokoll angab, den Stein fortzuwälzen versucht, und während er gebückt dastand, waren neben ihm zwei Männer aus dem Gebüsch gesprungen. Einer hatte dem Jungen eine Pistole an den Kopf gehalten, während der andere sich an ihr offenes Wagenfenster stellte und seine Waffe auf sie richtete. Beide hatten Ski-Masken getragen.

Sie sagte, sie habe zuerst an einen Raubüberfall gedacht und habe die Hände in den Schoß gelegt, um ihren Smaragdring abzustreifen und ihn auf den Wagenboden fallenzulassen, wo er vor den Dieben sicher gewesen wäre. Da das Autoradio lief, habe sie nicht verstehen können, was die Männer sagten, aber daß es kein Raubüberfall gewesen sei, habe sie gemerkt, als sie sah, wie Roberto sich umdrehte und vor dem ersten Mann her in die Büsche verschwand.

Der zweite Mann sei weiter an ihrem Fenster stehengeblieben, immer die Waffe auf sie gerichtet, habe aber nicht mit ihr zu reden versucht und sich nach einer kleinen Weile rückwärts in die Büsche verzogen.

Sie hatte als erstes ihre Autotür verriegelt, dann zwischen den Sitzen nach ihrem *telefonino* gegriffen, aber die

Batterien waren leer gewesen. Sie hatte gewartet, ob Roberto zurückkäme. Als er nicht kam – wie lange sie gewartet hatte, wußte sie nicht mehr –, hatte sie den Wagen gewendet und war in Richtung Treviso gefahren, bis sie an der Straße eine Telefonzelle sah. Sie hatte 113 gewählt und den Vorfall gemeldet. Selbst da sei ihr noch nicht der Gedanke gekommen, daß es sich um eine Entführung handeln könnte; sie habe sogar gedacht, es sei vielleicht ein Streich.

Brunetti las den Rest des Protokolls. Er wollte wissen, ob der vernehmende Beamte nachgefragt hatte, wie sie darauf komme, daß es ein Streich sein könne, aber die Frage kam nicht. Er zog eine Schublade seines Schreibtischs auf und suchte nach einem Blatt Papier; als er keines fand, fischte er aus seinem Papierkorb einen Umschlag, drehte ihn um und machte sich auf der Rückseite eine Notiz; dann las er weiter.

Die Polizei hatte sich mit der Familie in Verbindung gesetzt, ohne mehr zu wissen, als daß der Junge unter Androhung von Waffengewalt mitgenommen worden war. Conte Ludovico traf um vier Uhr morgens mit seinem Neffen Maurizio, der ihn gefahren hatte, in der Villa ein. Die Polizei behandelte den Fall inzwischen als wahrscheinliche Entführung, und Maßnahmen waren ergriffen worden, um das Vermögen der Familie zu sperren. Das ging allerdings nur bei dem Inlandsvermögen, und die Familie hatte immer noch Zugang zu ihren Konten bei ausländischen Banken. In diesem Wissen versuchte der Commissario der Polizei in Treviso, der die Ermittlungen leitete, dem Conte klarzumachen, daß es sinnlos sei, auf

Lösegeldforderungen einzugehen. Nur indem man den Entführern auf keinen Fall gebe, was sie verlangten, könne man sie von künftigen Verbrechen abhalten. In den meisten Fällen, so erklärte er dem Conte, werde die entführte Person nicht freigelassen, oft sogar nie gefunden.

Conte Ludovico blieb dabei, daß es keinen Grund gebe, an eine Entführung zu denken. Es könne ein Raubüberfall gewesen sein, ein Streich, eine Verwechslung. Brunetti kannte dieses Bedürfnis, das Schreckliche nicht wahrhaben zu wollen, und hatte schon oft genug mit Menschen zu tun gehabt, die einfach nicht glauben wollten, daß ein Familienmitglied in Gefahr oder vielleicht sogar tot war. Daß der Conte darauf beharrte, es sei keine Entführung, könne keine sein, war also vollkommen verständlich. Aber Brunetti wunderte sich erneut über die Mutmaßung, daß es sich um einen Streich handeln könne. Was war dieser Roberto für ein junger Mann, wenn die Menschen, die ihn am besten kannten, so etwas dachten?

Daß es kein Streich war, erwies sich zwei Tage später, als die erste Lösegeldforderung kam. Sie kam per Eilboten, abgeschickt von der Hauptpost in Venedig, wahrscheinlich in einen der Schlitze außen am Gebäude geworfen, und forderte sieben Milliarden Lire, allerdings stand nicht darin, wie das Geld übergeben werden sollte.

Inzwischen beherrschte die Geschichte die Titelseiten aller Zeitungen im Lande, so daß die Kidnapper zweifelsfrei wissen mußten, daß die Polizei eingeschaltet worden war. Im zweiten Brief, der einen Tag später aus Mestre kam, wurde die Lösegeldforderung auf fünf Milliarden reduziert und zugleich angekündigt, daß man das Wann und

Wie der Geldübergabe einem Freund der Familie, der allerdings nicht namentlich genannt wurde, telefonisch mitteilen werde. Nach diesem Brief hatte Conte Ludovico dann übers Fernsehen an die Entführer appelliert, seinen Sohn freizulassen. Der Text dieser Botschaft war der Akte beigeheftet. Der Conte erklärte darin, es sei ihm nicht möglich, die Summe aufzubringen, da sein Vermögen gesperrt sei. Er sagte auch, wenn die Entführer sich dennoch mit der Person in Verbindung setzen wollten, über die sie ihm ihre Anweisungen zu geben beabsichtigten, wolle er gern mit seinem Sohn tauschen: Er werde jede Anweisung befolgen. Brunetti notierte sich auf dem Umschlag, daß er versuchen wolle, sich ein Video vom Auftritt des Conte zu besorgen.

Im Anhang befand sich eine Liste mit den Namen und Adressen aller, die im Zusammenhang mit dem Fall vernommen worden waren, warum man sie vernommen hatte und in welcher Beziehung sie zu den Lorenzonis standen. Die Vernehmungsprotokolle waren auf mehreren Blättern zusammengefaßt.

Brunetti überflog die Liste. Er entdeckte die Namen von mindestens sechs bekannten Kriminellen, konnte aber keine Verbindung zwischen ihnen erkennen. Einer war ein Einbrecher, ein anderer ein Autodieb, und ein dritter saß, wie Brunetti wußte, da er ihn selbst dorthin gebracht hatte, wegen Bankraubs im Gefängnis. Vielleicht gehörten sie ja zu den Leuten, die der Polizei von Treviso als Informanten dienten. Es führte alles nicht weiter.

Einige andere Namen kannte er aufgrund der sozialen Stellung ihrer Träger, nicht weil es Kriminelle waren. Da war der Gemeindepriester der Familie Lorenzoni, der Direktor der Bank, die den größten Teil ihres Vermögens verwaltete, sowie der Anwalt und der Notar der Familie.

Verbissen las er die Akte bis zum Ende; er studierte die Blockbuchstaben auf den in Plastik verpackten Lösegeldbriefen und den daran gehefteten Laborbericht, wonach keine Fingerabdrücke darauf waren und das Papier zu gewöhnlich war, um zurückverfolgen zu können, wo es gekauft worden war. Er betrachtete die Fotos vom offenen Tor der Villa, sowohl in Nahaufnahme wie in der Totale. Zu ersterem gehörte auch ein Bild von dem Stein, der das Tor blockiert hatte. Brunetti sah, daß er zu groß war, um durch das Gitter zu passen: Er mußte von innen dorthin gelegt worden sein. Brunetti machte sich eine weitere Notiz.

Die letzten Blätter in der Akte befaßten sich mit den Finanzen der Lorenzonis und enthielten eine Aufstellung ihrer Vermögenswerte und Beteiligungen in Italien sowie in anderen Ländern. Die italienischen Firmen waren Brunetti, wie den meisten Italienern, mehr oder weniger vertraut. Wer »Stahl« oder »Baumwolle« sagte, sprach gewissermaßen den Namen Lorenzoni aus. Die ausländischen Beteiligungen waren weiter gestreut: Der Familie gehörten ein türkisches Fuhrunternehmen, Zuckerfabriken in Polen, eine Kette von Luxushotels auf der Krim und eine Zementfabrik in der Ukraine. Wie es bei vielen westeuropäischen Unternehmen der Fall war, reichten auch die Beteiligungen der Lorenzoni-Familie weit über die Grenzen des Kontinents hinaus und folgten vielfach dem Weg des siegreichen Kapitalismus nach Osten.

Er brauchte über eine Stunde, um alles durchzulesen,

und als er fertig war, brachte er es wieder zu Signorina Elettra hinunter. »Könnten Sie mir das bitte alles fotokopieren?« fragte er, als er ihr den Ordner auf den Schreibtisch legte.

»Die Fotos auch?«

»Wenn es geht.«

»Hat man ihn gefunden, den jungen Lorenzoni?«

»Man hat jemanden gefunden«, antwortete Brunetti, und als er merkte, wie ausweichend das klang, fügte er hinzu: »Wahrscheinlich ist er es.«

Sie biß sich auf die Lippen und zog die Augenbrauen hoch, dann schüttelte sie den Kopf und meinte: »Der arme Junge. Die armen Eltern.« Sie schwiegen beide einen Augenblick, dann fragte sie: »Haben Sie ihn damals, als es passierte, im Fernsehen gesehen, den Conte?«

»Nein.« Er wußte nicht mehr, warum, aber er wußte, daß er ihn nicht gesehen hatte.

»Er war perfekt zurechtgemacht, wie sonst die Nachrichtensprecher. Ich kenne mich da aus. Ich weiß noch, wie seltsam es mich damals berührt hat, daß ein Mann sich darauf einläßt, zumal unter solchen Umständen.«

»Was hatten Sie denn für einen Eindruck von ihm?« fragte Brunetti.

Sie dachte kurz nach und antwortete dann: »Er kam mir hoffnungslos vor, vollkommen überzeugt, daß er bitten und betteln konnte, soviel er wollte, er würde es nicht bekommen.«

»Verzweifelt?« fragte Brunetti.

»Das sollte man eigentlich meinen, nicht?« Sie sah zur Seite und überlegte wieder. Endlich antwortete sie: »Nein, nicht verzweifelt. Es war eher so eine müde Resignation, als ob er wüßte, was passieren würde und daß er absolut nichts dagegen tun könnte.« Sie sah Brunetti wieder an und verband ihr Lächeln mit einem Achselzucken. »Tut mir leid, aber ich kann es nicht besser erklären. Vielleicht verstehen Sie, was ich meine, wenn Sie es sich selbst ansehen.«

»Wie komme ich denn an das Band?« fragte er.

»Ich nehme an, das hat RAI im Archiv. Ich rufe mal einen Bekannten in Rom an und versuche, eine Kopie zu bekommen.«

»Einen Bekannten?« Manchmal fragte er sich, ob es in Italien einen Mann zwischen einundzwanzig und fünfzig gab, den Signorina Elettra nicht kannte.

»Na ja, eigentlich ist es ein Bekannter von Barbara, ihr ehemaliger Freund. Sie haben zusammen Examen gemacht, und er arbeitet jetzt in der Nachrichtenredaktion der RAI.«

»Dann ist er auch Arzt?«

»Nun, er ist Mediziner, aber ich glaube, als Arzt hat er nie praktiziert. Sein Vater ist bei der RAI, und man hat ihm dort gleich nach dem Studium eine Stelle angeboten. Da sie behaupten können, daß er Arzt ist, lassen sie ihn auf medizinische Fragen antworten. Sie kennen das ja. Wenn in einer Sendung über Diätkuren oder Sonnenbrand gesprochen wird und sie sichergehen wollen, daß alles stimmt, was sie den Leuten sagen, lassen sie Cesare recherchieren. Manchmal wird er sogar interviewt, dann erklärt Dottor Cesare Bellini den Leuten die neuesten medizinischen Erkenntnisse.«

»Wie lange hat er denn Medizin studiert?«

»Sieben Jahre, glaube ich, genau wie Barbara.«

»Um jetzt über Sonnenbrand aufzuklären?«

Wieder lächelte sie kurz, dann zuckte sie wieder die Achseln. »Es gibt sowieso schon zu viele Ärzte; er konnte froh sein, daß er die Stelle bekam. Und er lebt gern in Rom.«

»Also, dann seien Sie so nett und rufen Sie ihn an.«

»Natürlich, Dottore, und die Kopien bringe ich Ihnen, sobald ich sie fertig habe.«

Brunetti sah, daß sie noch etwas sagen wollte. »Ja?«

»Wenn Sie die Ermittlungen wieder aufnehmen wollen, soll ich dann auch gleich eine Kopie für den Vice-Questore machen?«

»Es ist noch ein bißchen früh, um sagen zu können, ob wir den Fall noch einmal aufrollen, also genügt eine Kopie für mich«, antwortete Brunetti so vieldeutig, wie er konnte.

»Gut, Dottore«, kam Signorina Elettras unverbindliche Antwort. »Und ich sorge dafür, daß die Originale wieder in die Ablage kommen.«

»Ja. Vielen Dank.«

»Danach rufe ich Cesare an.«

»Ich danke Ihnen, Signorina«, sagte Brunetti, und auf dem Weg nach oben machte er sich Gedanken über ein Land, das zu viele Ärzte hatte, während es von Jahr zu Jahr schwieriger wurde, einen Zimmermann oder einen Schuhmacher zu finden.

5

Brunetti kannte zwar den Kollegen in Treviso nicht, der damals die Ermittlungen im Entführungsfall Lorenzoni geleitet hatte, erinnerte sich dafür aber noch sehr gut an Gianpiero Lama, der für den venezianischen Teil der Ermittlungen zuständig gewesen war. Lama, ein Römer, war aufgrund der erfolgreichen Festnahme und anschließenden Verurteilung eines Mafia-Killers nach Venedig geholt worden und dort nur zwei Jahre geblieben, bevor man ihn zum Vice-Questore beförderte und nach Mailand versetzte, wo er nach Brunettis Kenntnis immer noch war.

Lama und Brunetti hatten zusammen gearbeitet, allerdings ohne große Begeisterung auf beiden Seiten. Lama fand seinen Kollegen zu zaghaft bei der Verfolgung von Verbrechen und Verbrechern, zu wenig bereit, die Art von Risiken einzugehen, die Lama für nötig hielt. Da Lama es zudem völlig in Ordnung fand, das Gesetz hin und wieder zu ignorieren oder sogar zu beugen, um eine Festnahme durchzusetzen, kam es nicht selten vor, daß von ihm Festgenommene aufgrund irgendeines Formfehlers, den die *magistratura* feststellte, wieder auf freien Fuß gesetzt werden mußten. Allerdings geschah dies gewöhnlich erst lange, nachdem Lama den Fall bearbeitet hatte, und so wurde sein Vorgehen selten als Grund für die spätere Rücknahme einer Anklage oder Aufhebung eines Urteils erkannt. Wahrgenommen wurde nur die Kühnheit seiner Handlungen, und das war seiner Karriere förderlich, so daß er raketengleich immer höher stieg, wobei jede Beförderung bereits den Weg für die nächste bahnte.

Brunetti erinnerte sich, daß es Lama gewesen war, der die Freundin von Roberto Lorenzoni vernommen und es versäumt hatte, ihrer und Conte Lorenzonis Aussage nachzugehen, es könne sich bei der Entführung möglicherweise um einen Streich gehandelt haben. Oder wenn er danach gefragt hatte, stand davon jedenfalls nichts in seinem Protokoll.

Brunetti zog den alten Briefumschlag zu sich heran und begann eine neue Liste, diesmal von Leuten, die er befragen konnte, wenn schon nicht über die damalige Entführung, so doch über die Familie Lorenzoni. Zuoberst notierte er automatisch den Namen seines Schwiegervaters, Conte Orazio Falier. Wenn es in der Stadt jemanden gab, der ein Gespür für das feine Spinnennetz von Adel, Geschäftsinteressen und enormem Reichtum hatte, dann war es Conte Orazio.

Signorina Elettras Eintreten lenkte ihn vorübergehend von seiner Liste ab. »Ich habe mit Cesare gesprochen«, sagte sie, indem sie ihm eine Mappe auf den Schreibtisch legte. »Er hat in seinem Computer das Sendedatum gefunden und meint, er könne ohne Schwierigkeiten eine Kopie von dem Band beschaffen. Er will es heute nachmittag per Kurier schicken.« Noch ehe Brunetti fragen konnte, wie sie das gemacht habe, antwortete Elettra schon: »Es hat nichts mit mir zu tun, Dottore. Er sagt, er kommt nächsten Monat nach Venedig, und ich glaube, er will unser heutiges Gespräch als Vorwand benutzen, um wieder Kontakt mit Barbara aufzunehmen.«

»Und der Kurier?« erkundigte sich Brunetti.

»Den verrechnet er bei dem RAI-Bericht über die Flughafenstraße«, antwortete sie, womit sie Brunetti an einen der jüngsten Skandale erinnerte. Milliarden waren an Freunde von Regierungsbeamten geflossen, die den Bau der sinnlosen *autostrada* zu Venedigs winzigem Flughafen geplant und durchgeführt hatten. Einige waren daraufhin wegen Betrugs verurteilt worden, aber der Fall ging jetzt durch die Mühlen eines endlosen Berufungsverfahrens, während der Ex-Minister, der sich als Drahtzieher der ganzen Sache eine goldene Nase verdient hatte, nicht nur weiterhin seine Pension bezog, dem Vernehmen nach zehn Millionen Lire monatlich, sondern jetzt in Hongkong, wie es hieß, weiteres Vermögen anhäufte.

Brunetti riß sich aus seinem Tagtraum und sah zu Signorina Elettra auf. »Bitte richten Sie Cesare meinen Dank aus.«

»Nicht doch, Dottore, ich finde, wir sollten ihn in dem Glauben lassen, daß wir es sind, die ihm einen Gefallen tun, indem wir ihm einen Vorwand liefern, sich wieder mit Barbara in Verbindung zu setzen. Ich habe ihm sogar versprochen, es ihr gegenüber zu erwähnen, damit er einen Grund hat, sie anzurufen«

»Und wozu das?« wollte Brunetti wissen.

Sie schien sich zu wundern, daß er das nicht selbst sah. »Für den Fall, daß wir ihn wieder mal brauchen. Weiß man denn, wann wir vielleicht einmal einen Fernsehsender für uns einspannen möchten?« meinte sie.

Brunetti dachte an die Katastrophe bei einer der letzten Wahlen, als der Besitzer dreier der größten Fernsehsender diese schamlos für seine Kampagne eingesetzt hatte. Er wartete auf Elettras Kommentar. »Ich finde es an der Zeit, daß statt der anderen die Polizei sich das Fernsehen zunutze macht.«

Brunetti, der bei politischen Diskussionen immer vorsichtig war, wollte sich da lieber zurückhalten, weshalb er die Aktenkopien nahm und ihr dankte, als sie ging.

Das Telefon klingelte, noch bevor er seinerseits über Anrufe auch nur hatte nachdenken können. Als er abnahm, hörte er die vertraute Stimme seines Bruders.

»*Ciao,* Guido, *come stai?*«

»*Bene*«, antwortete Brunetti, während er sich fragte, warum Sergio ihn wohl in der Questura anrief. Sofort waren seine Gedanken und seine Gefühle bei seiner Mutter. »Was ist passiert, Sergio?«

»Nichts, gar nichts. Mein Anruf hat nichts mit *mamma* zu tun.« Wie schon seit ihrer Kindheit, beruhigte Sergios Stimme ihn auch jetzt und gab ihm die Gewißheit, daß alles in Ordnung war oder bald sein würde. »Das heißt nicht direkt.«

Brunetti sagte nichts.

»Guido, ich weiß, daß du an den letzten beiden Wochenenden bei *mamma* warst. Nein, sag nichts. Ich weiß, daß ich am Sonntag an der Reihe wäre. Aber ich wollte dich fragen, ob du es noch einmal übernehmen könntest?«

»Klar kann ich das«, sagte Brunetti.

Sergio fuhr fort, als hätte er nichts gehört. »Es ist wichtig, Guido. Sonst würde ich dich nicht bitten.«

»Das weiß ich doch, Sergio. Natürlich fahre ich hin.« Nachdem er das schon gesagt hatte, war es Brunetti plötzlich peinlich, nach dem Grund zu fragen.

Aber Sergio redete von sich aus weiter. »Ich habe heute einen Brief bekommen. Drei Wochen war er unterwegs. Drei Wochen von Rom nach Venedig. *Puttana Eva,* ich würde zu Fuß keine drei Wochen brauchen. Dabei hatten sie die Faxnummer vom Labor, aber meinst du, die wären auf die Idee gekommen, es zu faxen? Nein, die Trottel mußten das mit der Post schicken.«

Brunetti wußte aus langer Erfahrung, daß man Sergio in die Zügel fallen mußte, wenn er erst einmal auf die Unfähigkeit der verschiedenen staatlichen Institutionen zu sprechen kam. »Was war das denn für ein Brief, Sergio?«

»Die Einladung natürlich. Deswegen rufe ich dich ja an.«

»Zu der Konferenz über Tschernobyl?«

»Ja, sie haben uns gebeten, unser Gutachten vorzutragen. Das heißt, Battestini wird es vortragen, weil sein Name draufsteht, aber er hat mich gebeten, meinen Teil der Forschungen zu kommentieren und ihm hinterher bei der Beantwortung von Fragen zu assistieren. Bevor die Einladung kam, wußte ich nicht, daß wir hinfahren würden. Darum konnte ich dich nicht früher anrufen, Guido.«

Sergio, der als Forscher in einem medizinisch-radiologischen Labor arbeitete, sprach von dieser Konferenz schon seit Jahren, wie es Brunetti vorkam, obwohl es eigentlich erst Monate waren. Die Schäden, die durch die Inkompetenz eines weiteren staatlichen Systems angerichtet worden waren, ließen sich nicht länger vertuschen und gaben Anlaß zu endlosen Konferenzen über die Folgen der Explosion und der anschließenden radioaktiven Niederschläge, und die allerneueste sollte nun in Rom stattfinden.

Wenn Brunetti gerade in zynischer Stimmung war, dachte er bei sich, daß niemand den Mut hatte, vorzuschlagen, keine weiteren Atomkraftwerke mehr zu bauen und alle Versuche einzustellen – hier verfluchte er im stillen die Franzosen –, aber alle liefen zu diesen endlosen Konferenzen, um im Kollektiv die Hände zu ringen und schauerliche Informationen auszutauschen.

»Es freut mich, daß du die Möglichkeit bekommst hinzufahren, Sergio. Herzlichen Glückwunsch. Kann Maria Grazia dich begleiten?«

»Das weiß ich noch nicht. Mit dem Haus drüben auf der Giudecca ist sie fast fertig, aber sie soll noch die Pläne und den Kostenvoranschlag für die komplette Restaurierung eines vierstöckigen Palazzo im Ghetto machen, und wenn sie das nicht mehr schafft, glaube ich kaum, daß sie mitkommen kann.«

»Sie läßt dich ganz allein nach Rom fahren?« fragte Brunetti und wußte im selben Moment, wie albern die Frage war. Sie hatten vieles gemeinsam, *i fratelli* Brunetti, darunter auch eine treue Anhänglichkeit gegenüber ihren Ehefrauen, die im Freundeskreis oft für gutmütigen Spott sorgte.

»Wenn sie den Auftrag bekommt, könnte ich allein zum Mond fliegen, und sie würde es nicht einmal merken.«

»Worum geht es denn in eurem Gutachten?« fragte Brunetti, obwohl er wußte, daß er wahrscheinlich nichts davon verstehen würde.

»Ach, um technischen Kram. Um Schwankungen bei den roten und weißen Blutkörperchen in den ersten Wochen nach einer intensiven Strahleneinwirkung. Wir stehen in

Verbindung mit Wissenschaftlern in Auckland, die an derselben Frage arbeiten und offenbar zu den gleichen Ergebnissen gekommen sind. Das ist einer der Gründe, warum ich zu der Konferenz wollte – Battestini wäre ohnehin gefahren –, aber so bekommen wir es bezahlt und können diese Leute kennenlernen, mit ihnen reden und Ergebnisse vergleichen.«

»Sehr gut. Freut mich für dich. Wie lange bleibst du?«

»Die Konferenz dauert sechs Tage, von Freitag bis Mittwoch, und dann bleibe ich vielleicht noch ein oder zwei Tage in Rom und käme spätestens am nächsten Freitag zurück. Warte mal, ich gebe dir die genauen Daten.« Brunetti hörte Papier rascheln, dann war Sergios Stimme wieder da. »Vom sechsten bis zum dreizehnten. Da wäre ich zurück. Und, Guido, die nächsten Sonntage gehe dann ich zu *mamma*.«

»Sei nicht albern, Sergio. So etwas kommt doch vor. Ich gehe, solange du weg bist; du gehst, wenn du wieder da bist, und ich gehe dann am darauffolgenden Sonntag. Das hast du für mich ja auch schon getan.«

»Ich möchte nur nicht, daß du denkst, ich wollte sie nicht besuchen, Guido.«

»Reden wir nicht mehr darüber, Sergio, ja?« antwortete Brunetti, den es selbst erstaunte, wie weh ihm der Gedanke an seine Mutter noch immer tat. Das ganze letzte Jahr hatte er sich mit einzigartiger Erfolglosigkeit einzureden versucht, daß seine Mutter, diese vor Vitalität sprühende Frau, die sie beide mit Liebe und uneingeschränkter Hingabe aufgezogen hatte, sich nur an einen anderen Ort begeben hatte und dort, geistig rege und fröhlich wie eh und je, darauf wartete, daß die verwirrte Hülle ihres Leibes ihr nachfolgte, damit sie zusammen in den ewigen Frieden eingehen könnten.

»Ich bitte dich nicht gern, Guido«, wiederholte Sergio, und Brunetti mußte wieder daran denken, wie gewissenhaft sein Bruder es immer vermieden hatte, seine Stellung als der Ältere und die damit einhergehende Autorität auszunutzen.

Brunetti überlegte, wie er ihrem Gespräch eine Wende geben könne, und fragte unvermittelt: »Was machen denn die Kinder, Sergio?«

Sergio mußte laut lachen, als er merkte, wie sie in die alten Familiengewohnheiten verfielen: Er glaubte, immer alles rechtfertigen zu müssen, und sein jüngerer Bruder weigerte sich einfach, das nötig zu finden. »Marco hat seinen Militärdienst fast hinter sich; Ende des Monats kommt er für vier Tage nach Hause. Und Maria Luisa spricht nur noch Englisch, damit sie im Herbst gut vorbereitet ans Courtauld gehen kann. Ist das nicht verrückt, Guido, daß sie nach England muß, um Restauratorin zu werden?«

Paola, Brunettis Frau, lehrte Englisch an der Universität Ca'Foscari. Sein Bruder konnte ihm also kaum noch etwas über die Idiotie des italienischen Hochschulsystems sagen, was er nicht schon wußte.

»Ist ihr Englisch gut genug?« fragte er.

»Das will ich doch hoffen. Wenn nicht, schicke ich sie für den Sommer zu euch.«

»Und was sollen wir dann tun? Die ganze Zeit Englisch sprechen?«

»Ja.«

»Bedaure, Sergio, aber das tun wir nie, nur wenn die Kinder nicht mitbekommen sollen, worüber wir reden. Aber inzwischen haben beide in der Schule soviel gelernt, daß wir das auch schon nicht mehr können.«

»Versucht's mit Latein«, meinte Sergio lachend, »darin warst du doch immer gut.«

»Das ist leider sehr lange her«, antwortete Brunetti traurig.

Sergio, der schon immer eine Antenne mehr als andere gehabt hatte, spürte die Stimmung seines Bruders. »Ich rufe dich noch einmal an, bevor ich fahre, Guido.«

»Gut, *stammi bene*«, sagte Brunetti.

»*Ciao*«, antwortete Sergio und legte auf.

Brunetti hatte andere Leute schon oft einen Satz mit: »Wenn er nicht gewesen wäre…« anfangen hören und konnte dann nie umhin, Sergios Namen dafür einzusetzen. Als Brunetti – anerkanntermaßen schon immer der Gelehrte in der Familie – achtzehn gewesen war, hatte seinen Eltern das Geld nicht gereicht, um ihn auf die Universität zu schicken und noch länger zu warten, bis er etwas zum Einkommen der Familie beitrug. Obwohl seine ganze Sehnsucht so sehr auf ein Studium gerichtet war wie die seiner Freunde auf Frauen, beugte er sich dieser Entscheidung und sah sich nach einer Arbeit um. Da hatte Sergio, der sich gerade verlobt und seine erste Stelle als Techniker in einem medizinischen Labor angetreten hatte, sich bereit erklärt, mehr Geld zu Hause abzugeben, wenn sein jüngerer Bruder dann studieren konnte. Schon damals hatte Brunetti gewußt, daß er Rechtswissenschaft studieren wollte, und zwar weniger das zur Zeit angewandte Recht als vielmehr seine Geschichte und die Gründe, warum es sich zu dem entwickelt hatte, was es jetzt war.

Da es in Venedig keine juristische Fakultät gab, mußte er nach Padua gehen, und die Hin- und Herfahrerei erhöhte die Kosten, die Sergio bereitwillig übernahm. Sergios Heirat wurde um drei Jahre verschoben, in denen Brunetti sich schnell an die Spitze seines Jahrgangs emporarbeitete und schon etwas Geld zu verdienen anfing, indem er jüngere Studenten betreute.

Wenn Brunetti nicht studiert hätte, wäre er nicht Paola in der Bibliothek begegnet, und dann wäre er auch nicht Polizist geworden. Manchmal fragte er sich, ob er wohl derselbe Mensch geworden wäre, ob das, was er in sich selbst als das Entscheidende betrachtete, sich in derselben Weise entwickelt hätte, wenn er Versicherungsvertreter oder Verwaltungsbeamter geworden wäre. Brunetti wußte aber auch, was eitle Spekulationen waren, und so streckte er die Hand aus und zog das Telefon zu sich heran.

6

Brunetti hätte es vulgär gefunden, Paola je zu fragen, wie viele Zimmer es im Palazzo ihrer Familie gab, und so kannte er ihre Zahl bis heute nicht, so wenig wie die Zahl der Telefonanschlüsse im Palazzo Falier. Er kannte drei Nummern: einmal die mehr oder weniger offizielle, die allen Freunden und Geschäftspartnern gegeben wurde; dann die Nummer, die nur Familienangehörige bekamen, und die Privatnummer des Conte, die zu benutzen er bisher nie für nötig befunden hatte.

Er wählte die erste, da es sich ja nicht gerade um einen Notfall oder um eine ausgesprochen private Angelegenheit handelte.

»Palazzo Falier«, meldete sich nach dem dritten Klingeln eine Männerstimme, die Brunetti noch nie gehört hatte.

»Guten Morgen. Hier ist Guido Brunetti. Ich möchte gern mit…«, hier stockte er kurz, weil er nicht recht wußte, ob er den Conte unter seinem Titel oder als seinen Schwiegervater verlangen sollte.

»Er spricht gerade auf der anderen Leitung, Dottor Brunetti. Kann er Sie zurückrufen? Sagen wir in…«, jetzt war es an dem anderen zu stocken. »Das Lämpchen ist eben ausgegangen. Ich verbinde Sie.«

Es folgte ein sanftes Klicken, dann hörte Brunetti den tiefen Bariton seines Schwiegervaters: »Falier.« Sonst nichts.

»Guten Morgen. Hier ist Guido.«

Die Stimme am anderen Ende wurde milder, wie immer

in letzter Zeit. »Ah, Guido, wie geht es dir? Und was machen die Kinder?«

»Alle wohlauf. Und wie steht es bei euch?« Er konnte seine Schwiegermutter einfach nicht »Donatella« nennen, und »Contessa« wollte ihm auch nicht über die Lippen.

»Danke, uns geht es beiden gut. Was kann ich für dich tun?« Der Conte wußte, daß es kaum einen anderen Grund für Brunettis Anruf geben konnte.

»Ich wüßte gern alles über die Familie Lorenzoni, was du mir sagen kannst.«

In dem darauffolgenden Schweigen konnte Brunetti fast hören, wie der Conte die Jahrzehnte an Informationen, Skandalen und Gerüchten durchging, die er über die ersten Familien der Stadt besaß. »Warum interessierst du dich für sie, Guido?« fragte er endlich und fügte noch hinzu: »Wenn du mir das sagen darfst.«

»Man hat in der Nähe von Belluno die Leiche eines jungen Mannes ausgegraben. Bei ihm wurde ein Ring mit dem Familienwappen der Lorenzonis gefunden.«

»Es könnte natürlich die Leiche dessen sein, der den Ring gestohlen hat«, meinte der Conte.

»Es könnte praktisch jeder sein«, pflichtete Brunetti ihm bei. »Aber ich habe mir die Akte über die damaligen Ermittlungen in dem Entführungsfall angesehen und ein paar Dinge gefunden, die ich gern klären würde.«

»Was zum Beispiel?« wollte der Conte wissen.

In den zwanzig Jahren, die sie sich kannten, hatte Brunetti seinen Schwiegervater noch nie indiskret erlebt. Außerdem hatte Brunetti nichts mitzuteilen, was nicht jeder wissen durfte, der sich für die Ermittlungen interessierte. »Zwei Personen haben ausgesagt, sie hätten zuerst an einen Streich gedacht. Und der Stein, der das Tor blockierte, er muß von innen davorgelegt worden sein.«

»Ich habe die Einzelheiten nicht genau im Kopf, Guido. Ich glaube, wir waren damals gerade im Ausland. Das war vor ihrer Villa, nicht wahr?«

»Ja«, antwortete Brunetti, und ein Unterton in der Stimme des Conte ließ ihn fragen: »Warst du schon einmal dort?«

»Ein- oder zweimal.« Der Ton verriet diesmal nicht das Geringste.

»Dann kennst du das Eingangstor?« Brunetti wollte nicht so direkt danach fragen, wie gut sein Schwiegervater die Lorenzonis kannte. Jedenfalls noch nicht.

»Ja«, antwortete der Conte. »Ein Doppeltor, das nach innen aufgeht. An der Mauer ist eine Sprechanlage, da müssen Besucher klingeln und sich melden. Das Tor kann vom Haus aus geöffnet werden.«

»Oder von außen, wenn man den Nummerncode kennt«, ergänzte Brunetti. »Das hat die Freundin ja versucht, aber das Tor ging nicht auf.«

»Die kleine Valloni, nicht wahr?« fragte der Conte.

Brunetti kannte den Namen aus dem Bericht. »Ja. Francesca.«

»Hübsches Mädchen. Wir waren bei ihrer Hochzeit.«

»Hochzeit?« wiederholte Brunetti. »Wann war denn das?«

»Vor gut einem Jahr. Sie hat diesen jungen Salviati geheiratet; Enrico, Fulvios Sohn; der so eine Vorliebe für Rennboote hat.«

Brunetti brummte bestätigend, denn er erinnerte sich entfernt an den jungen Mann. »Kanntest du Roberto?«

»Ich bin ihm ein paarmal begegnet. Ich hielt nicht viel von ihm.«

Brunetti fragte sich, ob es die gesellschaftliche Stellung des Conte war, die es ihm erlaubte, schlecht über die Toten zu reden, oder der Umstand, daß der junge Mann schon zwei Jahre verschwunden war. »Warum nicht?«

»Weil er die ganze Arroganz seines Vaters hatte, aber nichts von dessen Talenten.«

»Was für Talente hat denn Conte Ludovico?«

Brunetti hörte ein Geräusch am anderen Ende der Leitung, als ginge eine Tür zu. Dann sagte der Conte: »Entschuldige mich einen Augenblick, Guido.« Ein paar Sekunden vergingen, bis er wieder am Apparat war und erklärte: »Tut mir leid, aber da kam gerade ein Fax, und ich muß jetzt einige Telefonate führen, solange mein Agent in Mexico-City noch in seinem Büro ist.«

Brunetti war sich nicht ganz sicher, glaubte aber zu wissen, daß es in Mexico-City jetzt einen halben Tag früher war. »Ist es da nicht mitten in der Nacht?«

»Doch. Aber er wird dafür bezahlt, daß er jetzt da ist, und ich möchte ihn erreichen, bevor er geht.«

»Aha«, sagte Brunetti. »Wann darf ich dich wieder anrufen?«

Die Antwort des Conte kam rasch. »Könnten wir uns vielleicht zum Mittagessen treffen, Guido? Ich wollte sowieso ein paar Dinge mit dir besprechen. So könnten wir beides auf einmal erledigen.«

»Gern. Wann?«

»Heute. Oder ist dir das zu früh?«

»Ganz und gar nicht. Ich rufe Paola an und sage ihr Bescheid. Soll sie mitkommen?«

»Nein«, erwiderte der Conte fast schroff und fügte dann etwas sanfter hinzu: »Was ich mit dir bereden will, betrifft sie zum Teil, und da möchte ich sie lieber nicht dabeihaben.«

Brunetti war so verwirrt, daß er nur antworten konnte: »Gut. Wo treffen wir uns?« Er erwartete, daß der Conte eines der berühmten Restaurants vorschlagen würde.

»Ich kenne ein Restaurant in der Nähe des Campo del Ghetto Nuovo. Es gehört der Tochter eines Freundes von mir und ihrem Mann. Das Essen ist sehr gut. Wenn dir das nicht zu weit ist, könnten wir uns dort treffen.«

»Fein. Wie heißt es?«

»La Bussola. Es liegt in einem der Nebengäßchen vom Rio Terrà San Leonardo, in Richtung Campo del Ghetto Nuovo. Ein Uhr?«

»Sehr gut. Also, bis dann. Um eins.« Brunetti legte auf und griff erneut nach dem Telefonbuch. Er blätterte bis zum S, wo etliche Salviatis aufgeführt waren, allerdings nur ein Enrico, und dahinter die Berufsbezeichnung »*consulente*«, die Brunetti immer ebenso belustigend wie verwirrend fand.

Es klingelte sechsmal, bevor eine genervte Frauenstimme antwortete: »*Pronto.*«

»Signora Salviati?«

Die Frau atmete rasch, als wäre sie zum Telefon gerannt. »Ja, worum geht es?«

»Signora Salviati, hier spricht Commissario Guido

Brunetti. Ich möchte Ihnen gern ein paar Fragen zum Entführungsfall Lorenzoni stellen.« Irgendwo im Hintergrund hörte er schrilles Babygeschrei, diese genetisch programmierten Töne, die kein Mensch ignorieren kann.

Der Hörer wurde auf eine harte Oberfläche geknallt, und er meinte noch, so etwas wie eine gemurmelte Entschuldigung zu vernehmen, dann wurde alles von dem Geheul übertönt, das unvermittelt in ein Quieken überging und dann ebenso plötzlich verstummte, wie es angefangen hatte.

Kurz darauf war sie wieder am Apparat. »Ich habe Ihnen das alles schon vor Jahren gesagt. Inzwischen erinnere ich mich schon gar nicht mehr genau daran. Es ist so viel Zeit vergangen, so vieles passiert.«

»Das ist mir klar, Signora, aber es wäre uns trotzdem eine große Hilfe, wenn Sie etwas Zeit für mich erübrigen könnten. Es dauert ganz bestimmt nicht lange.«

»Warum können wir das dann nicht am Telefon erledigen?«

»Mir wäre ein persönliches Gespräch lieber. Ehrlich gesagt, ich mag das Telefon nicht besonders.«

»Wann?« lenkte sie unvermittelt ein.

»Wie ich gesehen habe, wohnen Sie in Santa Croce. Ich habe heute vormittag dort zu tun«, – das stimmte nicht, aber es war nicht weit vom Traghetto-Anleger San Marcuola entfernt, von wo er relativ schnell nach San Leonardo und zu seinem Mittagessen mit dem Conte käme – »und da könnte ich ohne Umstände einmal kurz bei Ihnen vorbeikommen. Natürlich nur, wenn es Ihnen paßt.«

»Ich sehe mal eben in meinem Terminkalender nach«, sagte sie und legte den Hörer wieder hin.

Sie war zur Zeit der Entführung siebzehn gewesen, also war sie jetzt noch keine zwanzig und hatte, wie es sich anhörte, ein ziemlich kleines Kind. Terminkalender?

»Wenn Sie um Viertel vor zwölf hier sind, können wir uns unterhalten. Allerdings habe ich eine Verabredung zum Mittagessen.«

»Das paßt mir ausgezeichnet, Signora. Also bis dann«, sagte er rasch und legte auf, bevor sie es sich anders überlegen oder noch einmal in ihrem Terminkalender nachsehen konnte.

Er rief Paola an, um ihr zu sagen, daß er nicht zum Essen nach Hause käme. Wie gewöhnlich nahm sie es so gelassen hin, daß Brunetti einen Moment überlegte, ob sie vielleicht schon andere Pläne hatte. »Was wirst du tun?« erkundigte er sich.

»Wie?« fragte sie. »Ach so, lesen.«

»Und die Kinder? Was ist mit ihnen?«

»Ich werde sie schon abfüttern, Guido, keine Sorge. Du weißt doch, wie sie ihr Essen immer runterschlingen, wenn wir nicht beide da sind und einen zivilisierenden Einfluß auf sie ausüben. Ich werde also viel Zeit für mich haben.«

»Und du, ißt du nichts?« fragte er.

»Guido, du hast nichts als Essen im Kopf, ist dir das eigentlich klar?«

»Nur weil du mich ständig daran erinnerst, mein Schatz« versetzte er lachend. Er überlegte, ob er ihr sagen sollte, daß sie nichts als Lesen im Kopf habe, aber das würde Paola lediglich als Kompliment auffassen, und so sagte er nur noch, er werde dann zum Abendessen wieder da sein, und legte auf.

Er verließ die Questura, ohne jemandem zu sagen, wohin er ging, und nahm sicherheitshalber die Hintertreppe, um nicht womöglich noch Vice-Questore Patta in die Arme zu laufen, den man jetzt, da es schon nach elf war, mit Sicherheit in seinem Dienstzimmer vermuten durfte.

Brunetti hatte angesichts der morgendlichen Kühle einen wollenen Anzug und seinen Übergangsmantel an und war jetzt überrascht, wie warm es draußen geworden war. Er ging am Kanal entlang und wollte gerade nach links in Richtung Campo di Santa Maria Formosa und Rialto abbiegen, als er plötzlich stehenblieb, den Mantel auszog und umkehrte. Die Wachen in der Questura erkannten ihn und drückten auf den Knopf, der die großen Glastüren öffnete. Er ging rechts in das kleine Büro und sah Pucetti am Schreibtisch sitzen, den Telefonhörer am Ohr. Als Pucetti seinen Vorgesetzten sah, murmelte er noch etwas ins Telefon, legte auf und erhob sich rasch.

»Pucetti«, sagte Brunetti, wobei er dem jungen Mann mit einer Geste bedeutete, er solle sich wieder hinsetzen, »ich möchte diesen Mantel für ein paar Stunden hier deponieren. Ich hole ihn ab, wenn ich zurückkomme.«

Anstatt sich wieder hinzusetzen, kam Pucetti auf Brunetti zu und nahm ihm den Mantel ab. »Ich bringe ihn nach oben in Ihr Zimmer, Commissario, wenn es recht ist.«

»Nein, nein, nicht nötig. Hier liegt er gut.«

»Es wäre mir lieber, Dottore. Hier ist in den letzten Wochen so einiges weggekommen.«

»Was?« fragte Brunetti, aufrichtig erstaunt. »Aus der Wachstube der Questura?«

»Das sind die da, Commissario«, sagte Pucetti und

nickte in Richtung der endlosen Schlange vor dem Ufficio Stranieri. Hunderte von Menschen schienen dort zu warten, um die Formulare auszufüllen, die ihren Aufenthalt in der Stadt legalisierten. »Da kommen so viele Albaner und Slawen, und Sie wissen doch, wie diebisch die sind.«

Hätte Pucetti das zu Paola gesagt, sie wäre ihm augenblicklich ins Gesicht gesprungen und hätte ihn einen Rassisten und Fanatiker geheißen. Es gebe nicht *die* Albaner und *die* Slawen, hätte sie ihm erklärt. Aber da sie nicht hier war und Brunetti dazu neigte, sich Pucettis Vorurteil im großen und ganzen anzuschließen, bedankte er sich nur und ging.

7

Als Brunetti über den Campo di Santa Maria Formosa ging, fiel ihm etwas ein, was er letzten Herbst auf dem Campo di Santa Marina gesehen hatte, worauf er den Weg über den kleineren *campo* nahm und sich dort gleich nach rechts wandte. Die Käfige hingen schon vor dem Schaufenster der Zoohandlung. Brunetti trat näher, um zu sehen, ob der *merlo indiano* noch da war. Ja, der da im obersten Käfig, der mit dem schwarzglänzenden Gefieder, der jetzt sein dunkles Auge auf ihn richtete.

Brunetti ging an den Käfig heran, beugte sich vor und sagte: »*Ciao.*« Nichts. Unbeirrt wiederholte er: »*Ciao*«, wobei er das Wort schön auf zwei Silben ausdehnte. Der Vogel hüpfte nervös von der einen Stange auf die andere, drehte sich um und betrachtete ihn nun mit dem anderen Auge. Als Brunetti sich umsah, bemerkte er eine weißhaarige Frau, die in der Mitte des *campo* vor dem Zeitungskiosk stehengeblieben war und sehr verwundert zu ihm herüberschaute. Er kümmerte sich nicht um sie und wandte sich wieder dem Vogel zu. »*Ciao*«, sagte er noch einmal.

Plötzlich kam Brunetti der Gedanke, daß es vielleicht doch ein anderer Vogel war; schließlich sahen alle mittelgroßen Beos ziemlich ähnlich aus. Er versuchte es noch einmal: »*Ciao.*« Schweigen. Enttäuscht wandte er sich ab und lächelte resigniert zu der Frau hinüber, die ihn noch immer anstarrte. Brunetti war keine zwei Schritte gegangen, als er seine eigene Stimme hinter sich »*Ciao*« rufen hörte, den letzten Vokal nach Vogelart in die Länge gezogen.

Sofort drehte er um und ging zu dem Käfig zurück. »*Come ti stai?*« fragte er diesmal, wartete einen Augenblick und wiederholte dann die Frage. Plötzlich spürte er, mehr als er sah, daß jemand neben ihm stand, und erkannte die weißhaarige Frau. Er lächelte, und sie lächelte zurück. »*Come ti stai?*« fragte er den Vogel noch einmal, und vollkommen tongetreu kam es zurück: »*Come ti stai?*« Die Ähnlichkeit mit seiner eigenen Stimme war geradezu unheimlich.

»Was kann er noch sagen?« fragte die Frau.

»Ich weiß es nicht, Signora. Ich habe noch nie etwas anderes von ihm gehört.«

»Ist das nicht wunderbar?« fragte sie, und als er die schlichte Freude in ihrem Gesicht sah, schien es ihm, als wären Jahre von ihr abgefallen.

»Ja, wunderbar«, bestätigte er und ging, während sie vor dem Schaufenster stehenblieb und dem Vogel immer wieder »*Ciao*« vorsagte.

Brunetti setzte seinen Weg über den Campo SS. Apostoli und die Strada Nova bis San Marcuola fort, wo er das *traghetto* über den Canal Grande nahm. Das Wasser spiegelte so stark, daß er wünschte, er hätte seine Sonnenbrille dabei, aber wer hätte von einem dunstig-feuchten Frühlingsmorgen schon solchen Glanz für die Stadt erwartet?

Auf der anderen Seite wandte er sich nach rechts, dann wieder links und erneut nach rechts, dem inneren Stadtplan folgend, der sich ihm in Jahrzehnten eingeprägt hatte, wenn er durch diese Stadt ging, um Freunde zu besuchen, ein Mädchen nach Hause zu begleiten, irgendwo einen Kaffee zu trinken oder alle die vielen Dinge zu tun, die ein junger Mann eben tut, ohne groß über Weg oder Ziel nachzudenken. Bald erreichte er den Campo San Giovanni Decollato. Soviel Brunetti wußte, hätte niemand sagen können, ob man in der Kirche nun den enthaupteten Körper oder den fehlenden Kopf des Heiligen verehrte. Für ihn war das auch kein großer Unterschied.

Der Salviati, den Robertos ehemalige Freundin geheiratet hatte, war der Sohn Fulvios, des Notars, demnach mußte das Haus das dritte auf der linken Seite in der zweiten *calle* rechts sein. So war es auch; die Nummer war dieselbe wie die im Telefonbuch, und hier wohnten drei Salviatis. An der untersten Klingel stand vor dem Namen ein E, weshalb Brunetti auf diese drückte, während er überlegte, ob sie wohl weiter nach oben ziehen würden, wenn ältere Familienmitglieder starben und die Wohnungen leer zurückließen.

Die Tür sprang auf, und er ging hinein. Vor ihm lag ein schmaler Durchgang, der über einen Innenhof zu einer Treppe führte. Bunte Tulpen säumten den Weg, und auf dem Rasen links davon begann eine tapfere Magnolie ihre Blüten zu entfalten.

Er ging die Stufen hinauf und hörte das Schloß aufspringen, als er die Tür erreichte. Drinnen führten weitere Stufen zu einem Treppenabsatz mit zwei Türen.

Die linke Tür ging auf, und eine junge Frau trat heraus. »Sind Sie der Polizist?« fragte sie. »Ich habe Ihren Namen vergessen.«

»Brunetti«, sagte er, als er die letzten Stufen zu ihr hinaufging. Sie stand vor der Tür, ohne jeden Ausdruck in dem sonst eigentlich recht hübschen Gesicht. Wenn das Baby tatsächlich ihres und wirklich noch so klein war, wie es aus seinen Informationen hervorging, dann hatte sie sehr schnell ihre schlanke Figur zurückgewonnen, die sich unter einem engen roten Rock und einem noch engeren schwarzen Pullover abzeichnete. Ihr unbewegtes Gesicht war umgeben von einer Wolke aus lockigem dunklen Haar, das ihr bis auf die Schultern fiel. Ihr Blick war überraschend uninteressiert.

Als er oben war, sagte er: »Vielen Dank für Ihre Bereitschaft, mit mir zu sprechen, Signora.«

Sie machte sich nicht die Mühe zu antworten oder sonst irgendwie zu erkennen zu geben, daß sie ihn gehört hatte, vielmehr drehte sie sich um und führte ihn in die Wohnung. Auch sein gemurmeltes: »*Permesso*« ignorierte sie.

»Wir können hier reingehen«, sagte sie über die Schulter, während sie ihm voraus nach links in einen großen Wohnraum ging. An den Wänden sah Brunetti gerahmte Stiche hängen, die Szenen von solcher Gewalttätigkeit darstellten, daß es sich nur um Goyas handeln konnte. Drei Fenster gingen auf einen Hof, wahrscheinlich den kleinen Innenhof, durch den er gekommen war; die gegenüberliegende Mauer war unangenehm nah. Sie setzte sich mitten auf eine niedrige Couch und schlug die Beine übereinander, wobei sie mehr Oberschenkel zeigte, als Brunetti bei jungen Müttern zu sehen gewohnt war. Sie deutete auf einen Sessel ihr gegenüber und fragte: »Was wollen sie denn wissen?«

Brunetti versuchte zu erkennen, was in ihr vorging, wobei er wußte, daß er instinktiv Nervosität zu finden erwartete. Aber er stellte nur Unmut fest.

»Ich möchte gern von Ihnen wissen, wie lange Sie Roberto Lorenzoni gekannt haben.«

Sie strich sich mit dem Handrücken eine Haarlocke aus dem Gesicht, wobei ihr wahrscheinlich gar nicht bewußt war, wie ungehalten ihre Geste wirkte. »Das habe ich doch alles schon dem anderen Polizisten gesagt.«

»Ich weiß, Signora. Ich habe das Protokoll gelesen, aber ich möchte es gern mit Ihren eigenen Worten hören.«

»Ich will doch hoffen, daß in dem Protokoll meine eigenen Worte stehen«, versetzte sie schnippisch.

»Das ist sicher auch so. Aber ich würde doch lieber noch einmal selbst hören, was Sie über ihn zu sagen haben. Vielleicht kann ich dann besser verstehen, was er für ein Mensch war.«

»Haben Sie denn die Leute gefunden, die ihn entführt haben?« fragte sie mit dem ersten Anzeichen echten Interesses, das sie seit seiner Ankunft verriet.

»Nein.«

Sie schien enttäuscht, sagte aber nichts.

»Wie lange kannten Sie ihn?«

»Ich bin ungefähr ein Jahr lang mit ihm ausgegangen. Bevor das passierte, meine ich.«

»Und was für ein Mensch war er?«

»Wie meinen Sie das, was er für ein Mensch war? Er war ein Schulkamerad. Wir hatten manches gemeinsam, hatten Spaß an den gleichen Dingen. Er konnte mich zum Lachen bringen.«

»Haben Sie deswegen gedacht, es könnte sich bei der Entführung um einen Streich gehandelt haben?«

»Was soll ich gedacht haben?« fragte sie ernstlich verwirrt.

»So steht es im Vernehmungsprotokoll«, erklärte Brunetti. »Daß Sie zuerst dachten, es handle sich vielleicht um einen Streich. Als es passierte, meine ich.«

Sie blickte an Brunetti vorbei, als lauschte sie einer leisen Musik aus dem Nebenzimmer, die aber nur sie hörte. »Das habe ich gesagt?«

Brunetti nickte.

Nach einer langen Pause meinte sie: »Na ja, kann schon sein. Roberto hatte ein paar sehr merkwürdige Freunde.«

»Was für Freunde?«

»Ach, Studenten von der Universität eben.«

»Ich glaube, ich verstehe nicht ganz, warum die so merkwürdig sein sollten«, sagte Brunetti.

»Also, von denen hat keiner gearbeitet, aber alle hatten reichlich Geld.« Als wäre ihr klargeworden, wie lahm das als Erklärung klang, fuhr sie fort: »Nein, das ist es nicht. Sie haben so merkwürdig geredet, zum Beispiel darüber, was sie alles im Leben oder mit ihrem Leben machen könnten. So etwas. Wie Studenten eben so reden.« Und als sie den Ausdruck höflicher Erwartung in Brunettis Gesicht sah, fügte sie noch hinzu: »Außerdem interessierten sie sich sehr für das Thema Angst.«

»Angst?«

»Ja, sie lasen diese Horrorbücher und gingen immer in Filme, in denen Gewalt und dergleichen vorkam.«

Brunetti nickte und murmelte etwas Unverbindliches.

»Genaugenommen war das einer der Gründe, warum ich schon so gut wie beschlossen hatte, mit Roberto Schluß zu machen. Aber dann passierte das, und ich brauchte es ihm nicht mehr zu sagen.« Hörte er da Erleichterung heraus?

Die Tür ging auf, und eine Frau mittleren Alters kam herein, auf dem Arm ein Baby, das schon den Mund zum Schreien geöffnet hatte. Als sie Brunetti sah, blieb die Frau stehen, und das Baby, das die Bewegung spürte, machte den Mund zu und wandte den Kopf nach der Ursache ihrer Überraschung.

Brunetti erhob sich.

»Das ist der Polizist, *mamma*«, sagte die junge Frau, ohne das Kind anzusehen. Dann fragte sie: »Wolltest du etwas?«

»Nein, nein, Francesca. Es ist nur Zeit zum Stillen.«

»Das muß eben noch etwas warten«, gab das Mädchen zurück, als befriedigte dieser Gedanke sie sehr. Sie sah Brunetti an, dann die Frau, die sie *mamma* nannte. »Falls du nicht willst, daß der Polizist mir dabei zusieht.«

Die Frau gab einen undefinierbaren Laut von sich und nahm das Kind fester in den Arm. Das Kleine – Brunetti konnte in diesem Alter nie unterscheiden, ob es Mädchen oder Jungen waren – starrte ihn weiter an, dann wandte es sich seiner Großmutter zu und lachte blubbernd.

»Zehn Minuten können wir wohl noch warten«, sagte die ältere Frau, bevor sie sich umdrehte und aus dem Zimmer ging. Das Lachen des Babys folgte ihr wie das Kielwasser einem Schiff.

»Ihre Mutter?« fragte Brunetti, obwohl er seine Zweifel hatte.

»Schwiegermutter«, antwortete sie knapp. »Was wollen Sie noch über Roberto wissen?«

»Hatten Sie damals den Eindruck, daß Freunde von ihm die Sache inszeniert haben könnten?«

Bevor sie antwortete, strich sie sich wieder die Haare aus dem Gesicht. »Sagen Sie mir dann auch, warum Sie das wissen wollen?« fragte sie. Der Ton ihrer Frage strafte ihr vorheriges Gebaren Lügen und erinnerte Brunetti daran, wie jung sie noch war.

»Hilft Ihnen das, meine Frage zu beantworten?« erkundigte er sich.

»Ich weiß es nicht. Aber ich kenne immer noch viele von diesen Leuten und will nichts sagen, was vielleicht…« Sie ließ den Satz unvollendet und machte Brunetti damit auf ihre Antwort neugierig.

»Wir haben eine Leiche gefunden, die Roberto sein könnte«, sagte er, ohne ihr Näheres zu erklären.

»Dann kann es ja wohl kein Scherz gewesen sein«, sagte sie sofort.

Brunetti lächelte und nickte, als wäre er ihrer Meinung, sagte ihr aber lieber nicht, wie oft er schon erlebt hatte, daß etwas, was als bloßer Scherz begann, in einer Gewalttat endete.

Sie betrachtete die Nagelhaut ihres linken Zeigefingers und fing an, mit der anderen Hand daran herumzuschieben. »Roberto hat immer gesagt, er glaube, daß sein Vater seinen Vetter Maurizio mehr liebte als ihn. Da hat er eben Sachen gemacht, die seinen Vater zwangen, ihm seine Aufmerksamkeit zu widmen.«

»Was zum Beispiel?«

»Na ja, sich in der Schule unbeliebt machen, die Lehrer ärgern und dergleichen Unsinn. Einmal hat er Freunde angestiftet, sein Auto kurzzuschließen und zu stehlen. Sie sollten das tun, während der Wagen vor dem Büro seines Vaters in Mestre stand und Roberto selbst drinnen war und mit ihm sprach; so konnte sein Vater nicht denken, er hätte die Schlüssel stecken lassen oder das Auto jemandem geliehen.«

»Und?«

»Sie sind damit nach Verona gefahren, haben es dort in einem Parkhaus abgestellt und sind mit dem Zug zurückgekommen. Es dauerte Monate, bis man es fand, und dann mußte die Versicherung zurückgezahlt werden, und die Parkgebühren kamen auch noch dazu.«

»Woher wissen Sie das alles, Signora?«

Sie wollte schon antworten, hielt aber inne und sagte dann: »Roberto hat es mir erzählt.«

Brunetti widerstand der Versuchung zu fragen, wann er ihr das erzählt hatte. Seine nächste Frage war ihm wichtiger.

»Waren das dieselben Freunde, die einen solchen Streich ausgeheckt haben könnten?«

»Was für einen Streich?«

»Eine vorgetäuschte Entführung.«

Sie blickte wieder auf ihre Finger. »Das habe ich nicht gesagt. Und wenn Sie seine Leiche gefunden haben, steht das doch gar nicht mehr zur Debatte, oder? Ich meine, ob es nun ein Scherz war oder nicht.«

Brunetti ließ das vorläufig auf sich beruhen und fragte statt dessen: »Könnten Sie mir die Namen nennen?«

»Warum?«

»Ich würde mich gern mit ihnen unterhalten.«

Er dachte schon, sie würde ablehnen, aber sie gab nach und sagte: »Carlo Pianon und Niccolò Pertusi.«

Brunetti erinnerte sich, die Namen im Ermittlungsbericht gelesen zu haben. Da es sich um Robertos beste Freunde handelte, hatte die Polizei geglaubt, sie könnten diejenigen sein, mit denen die Entführer angeblich in Kontakt treten wollten. Aber beide hatten sich zur Zeit der Entführung zu einem Sprachkurs in England aufgehalten.

Brunetti dankte ihr für die Namen und fuhr dann fort: »Sie sagten vorhin, das sei einer der Gründe gewesen, warum Sie beschlossen hatten, nicht mehr mit Roberto auszugehen. Gab es noch andere Gründe?«

»O ja, ziemlich viele«, antwortete sie ausweichend.

Brunetti ließ diese schwache Antwort einfach im Raum stehen, bis sie schließlich doch noch hinzufügte: »Na ja, es machte nicht mehr so viel Spaß mit ihm, jedenfalls in der letzten Woche nicht. Dauernd war er müde und sagte, er fühle sich nicht wohl. Er konnte schließlich nur noch darüber reden, wie müde und schwach er war. Ich hatte keine Lust, mir die ganze Zeit dieses Gejammer anzuhören. Oder ihn im Auto einschlafen zu sehen und so was.«

»Ist er denn zum Arzt gegangen?«

»Ja. Gleich nachdem er gesagt hatte, er könne nichts mehr riechen. Er hatte sich schon immer übers Rauchen beschwert – da war er schlimmer als die Amerikaner –, aber dann sagte er auf einmal, daß er den Rauch gar nicht mehr riecht.« Sie zog die Nase kraus, um zu zeigen, wie absurd sie das fand. »Daraufhin hat er dann beschlossen, zu irgendeinem Spezialisten zu gehen.«

»Und was hat der Arzt gemeint?«

»Daß ihm nichts fehlt.« Sie hielt kurz inne und ergänzte dann: »Bis auf den Durchfall, aber dagegen hat er ihm etwas verschrieben.«

»Und?« fragte Brunetti.

»Ich nehme an, es hat geholfen«, meinte sie wegwerfend.

»Aber war er weiterhin müde, so wie Sie es beschrieben haben?«

»Ja. Er hat immer wieder gesagt, daß er krank ist. Und die Ärzte haben immer gesagt, daß ihm nichts fehlt«

»Ärzte? War er denn bei mehr als einem?«

»Ich glaube schon. Er hat einen in Padua erwähnt. Das war der Spezialist, der ihm schließlich Anämie bescheinigt und ihm irgendwelche Pillen dagegen gegeben hat. Aber kurz danach ist das dann passiert, und er war weg.«

»Glauben Sie, daß er krank war?« fragte Brunetti.

»Hm, ich weiß nicht recht.« Sie schlug die Beine andersherum übereinander und zeigte dabei noch mehr Oberschenkel. »Er hat immer gern die Aufmerksamkeit auf sich gelenkt.«

Brunetti versuchte sich zartfühlend auszudrücken, als er fragte: »Hat er Ihnen Grund gegeben zu glauben, daß er krank oder blutarm war?«

»Was verstehen Sie unter ›Grund gegeben‹?«

»War er, äh, weniger aktiv als sonst?«

Sie warf Brunetti einen Blick zu, als wäre er soeben aus einem anderen Jahrhundert hereingeschneit. »Ach, Sie meinen Sex?« Er nickte. »Ja, er hatte kein Interesse mehr daran; das war auch ein Grund dafür, daß ich Schluß machen wollte.«

»Wußte er, daß Sie die Beziehung beenden wollten?«

»Ich hatte keine Gelegenheit mehr, es ihm zu sagen.«

Brunetti nahm das zur Kenntnis, dann fragte er: »Warum sind Sie in der Nacht damals zur Villa gefahren?«

»Wir waren auf einer Party in Treviso gewesen, und Roberto hatte keine Lust, die ganze Strecke nach Venedig zurückzufahren. Darum wollten wir in der Villa übernachten und am nächsten Morgen zurückfahren.«

»Verstehe«, sagte Brunetti, bevor er fragte: »Abgesehen von der Müdigkeit, war sein Verhalten in den Wochen vor seiner Entführung irgendwie verändert?«

»Wie meinen Sie das?«

»Kam er Ihnen besonders nervös vor?«

»Nein, nicht daß ich wüßte. Er war reizbar, aber das war er nicht nur mir gegenüber. Er hatte einen Streit mit seinem Vater, und mit Maurizio auch.«

»Wissen Sie, worum es da ging?«

»Keine Ahnung. Solche Dinge hat er mir nie erzählt. Und es hat mich auch nicht sonderlich interessiert.«

»Was hat Sie denn an Roberto interessiert, Signora?« wollte Brunetti wissen, und als er ihren Blick sah, fügte er rasch hinzu: »Wenn ich das fragen darf.«

»Na ja, er war ein guter Kumpel. Jedenfalls am Anfang. Und er hatte immer Geld.«

Brunetti dachte, daß die Reihenfolge dieser beiden Gründe wohl eher umgekehrt gehörte, aber er sagte nichts. »Aha. Kennen Sie seinen Vetter?«

»Maurizio?« fragte sie überflüssigerweise, wie Brunetti fand.

»Ja.«

»Ich habe ihn ein paarmal getroffen. Bei Roberto zu Hause. Und einmal auf einer Party.«

»Mochten Sie ihn?«

Sie sah zu einem der Stiche an der Wand hinüber und sagte dann, als hätte die Grausamkeit der Darstellung sie irgendwie inspiriert: »Nein.«

»Warum nicht?«

Sie zuckte die Achseln, um anzudeuten, wie unwichtig sie etwas so lange Zurückliegendes fand. »Ich weiß nicht. Er kam mir arrogant vor.« Und als sie ihre eigenen Worte hörte, fügte sie rasch hinzu: »Natürlich konnte Roberto das auch manchmal sein, aber Maurizio war einfach... na ja, er mußte immer allen sagen, was sie zu tun hatten. So kam es mir jedenfalls vor.«

»Haben Sie ihn seit Robertos Verschwinden noch einmal gesehen?«

»Natürlich«, antwortete sie, erstaunt über die Frage. »Gleich nach dieser Geschichte war er ja bei Robertos Eltern. Die ganze Zeit, während die Erpresserbriefe kamen. Da habe ich ihn natürlich gesehen.«

»Ich meine danach. Als die Briefe nicht mehr kamen.«

»Nein, jedenfalls haben wir nicht mehr miteinander gesprochen, wenn Sie das meinen. Ich sehe ihn manchmal auf der Straße, aber wir haben uns nichts zu sagen.«

»Und Robertos Eltern?«

»Die auch nicht.« Brunetti konnte sich auch nicht vorstellen, daß die Eltern des entführten Jungen den Kontakt zu seiner früheren Freundin aufrechterhalten würden, zumal sie inzwischen einen anderen Mann geheiratet hatte.

Brunetti hatte eigentlich keine weiteren Fragen mehr an

sie, aber er wollte sie sich warmhalten für den Fall, daß ihm doch noch welche einfielen. »Ich will Sie Ihrem Kind nicht länger entziehen, Signora«, sagte er mit einem Blick auf seine Uhr.

»Ach, das macht nichts«, antwortete sie, und Brunetti war erstaunt, wie leicht er ihr das abnahm und wie unsympathisch sie ihm dadurch wurde.

Er stand rasch auf. »Vielen Dank, Signora. Das wäre vorerst alles.«

»Vorerst?«

»Wenn sich herausstellt, daß es Robertos Leiche ist, werden die Ermittlungen wiederaufgenommen, Signora, und ich nehme an, dann werden alle, die ursprünglich mit dem Fall zu tun hatten, noch einmal befragt.«

Sie verzog das Gesicht, um anzudeuten, wie ärgerlich und überflüssig sie das alles fand.

Er ging zur Tür, damit sie erst gar keine Zeit hatte, sich zu beklagen. »Noch einmal vielen Dank, Signora«, sagte er.

Sie erhob sich vom Sofa und kam auf ihn zu. Ihr Gesicht bekam wieder diese seltsame Starre, die ihm als erstes aufgefallen war, und die ganze Schönheit darin verschwand.

Sie brachte ihn hinaus, und als sie die Tür aufmachte, begann irgendwo hinten in der Wohnung das Baby zu brüllen. Ohne das zu beachten, sagte sie: »Geben Sie mir Bescheid, wenn es wirklich Roberto ist?«

»Natürlich, Signora«, antwortete Brunetti.

Er ging die Stufen hinunter. Die zuklappende Tür schnitt das Babygeschrei ab.

8

Brunetti sah auf die Uhr, als er das Haus der Salviatis verließ. Zwanzig vor eins. Er nahm wieder das *traghetto,* überquerte auf der anderen Seite des Kanals den Campo San Leonardo und bog gleich darauf links ab. Ein paar leere Tische standen vor dem Restaurant im Schatten.

Drinnen war linkerhand ein Tresen, dahinter standen auf einem Regal einige große Korbflaschen mit Wein, aus denen oben lange Schläuche heraushingen. Rechts führten zwei Bogentüren in einen anderen Raum, und dort sah er an der Wand seinen Schwiegervater sitzen, Conte Orazio Falier. Er hatte ein Glas vor sich stehen, wahrscheinlich Prosecco, und las die Lokalzeitung, *Il Gazzettino.* Brunetti war erstaunt, ihn mit diesem Blatt zu sehen, hieß das doch, daß er entweder eine höhere Meinung vom Conte hatte, als ihm bewußt war, oder eine schlechtere von der Zeitung.

»*Buon dì*«, sagte Brunetti beim Nähertreten.

Der Conte spähte über den Rand seiner Zeitung, erhob sich dann und legte sie aufgeschlagen vor sich auf den Tisch.

»*Ciao*, Guido«, sagte er und gab Brunetti die Hand. »Freut mich, daß du kommen konntest.«

»Ich habe ja um das Gespräch gebeten«, antwortete Brunetti.

»Richtig«, sagte der Conte. »Wegen der Lorenzonis, nicht wahr?«

Brunetti zog den Stuhl gegenüber seinem Schwiegervater unter dem Tisch hervor und setzte sich. Sein Blick fiel auf die Zeitung, und obwohl die Leiche noch gar nicht identifiziert war, überlegte er sofort, ob die Geschichte vielleicht schon darin stand.

Der Conte deutete den Blick richtig. »Noch nicht.« Damit nahm er die Blätter vom Tisch und faltete sie zu einem ordentlichen Rechteck. »Ganz schön heruntergekommen, wie?« meinte er dann, indem er die Zeitung zwischen ihnen in die Höhe hielt.

»Sofern man keine besondere Vorliebe für Kannibalismus, Inzest und Kindesmord hat«, antwortete Brunetti.

»Hast du sie heute schon gelesen?« Als Brunetti verneinte, erklärte der Conte: »Da steht etwas von einer Frau in Teheran drin, die ihren Mann umgebracht und dann sein Herz kleingehackt und in einem Gericht namens *ab goosht* verspeist hat.« Noch bevor Brunetti darauf mit Erstaunen oder Abscheu reagieren konnte, fuhr sein Schwiegervater fort: »Und dann bringen sie in Klammern das Rezept für *ab goosht:* Tomaten, Zwiebeln und gehacktes Fleisch.« Er schüttelte den Kopf. »Für wen schreiben die eigentlich? Wer will so etwas wissen?«

Brunetti hatte jeden Glauben an den Geschmack der Massen, sofern er ihn je gehabt hatte, schon längst verloren und antwortete: »Die Leser von *Il Gazzettino,* würde ich sagen.«

Der Conte sah ihn an und nickte. »Wahrscheinlich hast du recht.« Er warf die Zeitung auf den Nachbartisch. »Was möchtest du denn über die Lorenzonis wissen?«

»Du hast heute morgen gesagt, daß der Junge nichts

vom Talent seines Vaters hatte. Was für ein Talent meintest du da?«

»*Ciappar schei*«, antwortete der Conte im venezianischen Dialekt.

Brunetti fühlte sich bei dem Klang sofort wohl und fragte: »Geld machen, auf welche Weise?«

»Auf jede: Stahl, Zement, Spedition. Was sich transportieren läßt, Lorenzoni bringt es dir. Was du bauen kannst, Lorenzoni liefert dir das Material.« Der Conte dachte über das soeben Gesagte kurz nach und meinte dann: »Wäre kein schlechter Werbeslogan für die Firma, oder?« Und als Brunetti nickte, fuhr er fort: »Nicht daß die Lorenzonis Werbung nötig hätten. Jedenfalls nicht im Veneto.«

»Hast du mit ihnen zu tun? Geschäftlich, meine ich.«

»Früher habe ich ihre Spedition für Textiltransporte nach Polen benutzt, auf der Rückfahrt hatten sie dann – warte mal, das Ganze ist mindestens vier Jahre her, aber ich glaube, es war Wodka – geladen. Aber seit die Grenzkontrollen und Zollbestimmungen gelockert wurden, finde ich es billiger, die Sachen mit der Bahn zu schicken, darum habe ich geschäftlich nichts mehr mit ihnen zu tun.«

»Und gesellschaftlich?«

»Nicht viel mehr als mit ein paar hundert anderen Leuten hier in der Stadt«, antwortete der Conte und sah auf, als die Bedienung an ihren Tisch trat.

Sie trug ein Herrenoberhemd zu frisch gebügelten Jeans und das Haar sehr kurz. Obwohl sie auch ungeschminkt war, wirkte sie alles andere als jungenhaft, denn die Jeans umspannten runde Hüften, und die drei offenen obersten Hemdknöpfe gaben allen Anlaß zu der Annahme, daß sie keinen BH trug, obwohl sie gut beraten gewesen wäre, es zu tun. »*Conte Orazio*«, sagte sie mit einer tiefen Altstimme voll Wärme und Verheißung. »Schön, Sie wieder einmal bei uns zu sehen.« Sie wandte sich Brunetti zu und schloß ihn in die Herzlichkeit ihres Lächelns mit ein.

Brunetti entsann sich, daß der Conte ihm erzählt hatte, das Lokal gehöre der Tochter eines Freundes, so war dessen Frage vielleicht die eines alten Freundes der Familie: »*Come stai*, Valeria?« Das vertrauliche Du klang allerdings alles andere als onkelhaft, und Brunetti beobachtete die junge Frau, um zu sehen, wie sie reagierte.

»*Molto bene, Signor Conte. E Lei?*« antwortete sie, und das formelle Sie vertrug sich ganz und gar nicht mit ihrem Ton.

»Danke, gut.« Er deutete zu Brunetti. »Das ist mein Schwiegersohn.«

»*Piacere*«, sagte Brunetti zu der jungen Frau, und sie erwiderte die Höflichkeitsfloskel, nur ein Lächeln fügte sie noch hinzu.

»Was empfiehlst du uns denn heute, Valeria?« fragte der Conte.

»Als Vorspeise haben wir *sarde in saor*«, sagte sie, »oder *latte di seppie*. Die Sardinen haben wir gestern abend eingelegt, und der Tintenfisch ist heute früh frisch vom Rialtomarkt gekommen.«

Aber wahrscheinlich tiefgefroren, dachte Brunetti. Es war zu früh für frischen Tintenfischrogen, aber die Sardinen waren sicher frisch. Paola hatte nie die Zeit, Sardinen zu putzen und mit Zwiebeln und Rosinen zu marinieren, weshalb sie für ihn ein besonderer Leckerbissen wären.

»Was meinst du, Guido?«

»Ich nehme die *sarde*«, sagte er, ohne zu zögern.

»Ja, für mich auch, bitte.«

»Danach *spaghetti alle vongole*«, sagte die junge Frau, nicht so sehr im Ton einer Empfehlung als einer Verordnung.

Beide Männer nickten.

»Und danach«, sagte Valeria, »würde ich Ihnen den *rombo* empfehlen, oder vielleicht *coda di rospo*. Beides frisch.«

»Wie zubereitet?« wollte der Conte wissen.

»Der Steinbutt ist gegrillt und der Seeteufel in Weißwein gedünstet, mit Zucchini und Rosmarin.«

»Ist die *coda di rospo* gut?« fragte der Conte.

Statt einer Antwort drückte sie sich den Zeigefinger der rechten Hand in die Wange, drehte ihn und schmatzte dabei.

»Dann weiß ich, was ich nehme«, sagte der Conte lächelnd, und zu Brunetti gewandt: »Und du, Guido?«

»Nein, ich nehme Steinbutt«, sagte Brunetti, dem das andere Gericht zu kompliziert erschien. Wahrscheinlich bekam man es mit einem Stück Karotte in Form einer Rose serviert, oder mit einem kunstvoll arrangierten Minzezweig.

»Wein?« fragte sie.

»Habt ihr den Chardonnay vom Weingut deines Vaters?«

»Wir trinken ihn selbst, Signor Conte, aber normalerweise servieren wir ihn nicht.« Sie sah seine Enttäuschung und meinte: »Ich kann Ihnen aber eine Karaffe bringen.«

»Danke, Valeria. Ich habe ihn bei deinem Vater probiert. Er ist hervorragend.«

Sie bestätigte diese Wahrheit mit einem Nicken und fügte wie im Scherz hinzu: »Sagen Sie aber nichts davon, wenn die Finanza kommt.«

Bevor der Conte noch etwas erwidern konnte, ertönte aus dem anderen Raum ein Ruf. Sie drehte sich um und war verschwunden.

»Kein Wunder, daß dieses Land wirtschaftlich verkommen ist«, brach es plötzlich aus dem Conte hervor. »Der beste Wein, den sie haben, und den dürfen sie nicht ausschenken; wahrscheinlich irgendeine unsinnige Bestimmung über den Alkoholgehalt, oder weil so ein Idiot in Brüssel befunden hat, daß er einem anderen Wein aus Portugal zu sehr ähnelt. Himmel, wir werden von Schwachsinnigen regiert.«

Brunetti, der seinen Schwiegervater immer zu den Regierenden gezählt hatte, fand diesen Ausbruch mehr als sonderbar. Aber bevor er ihn darauf ansprechen konnte, kam Valeria zurück und brachte in einer Literkaraffe einen hellen Weißwein, dazu unaufgefordert eine Flasche Mineralwasser.

Der Conte goß Wein in zwei Gläser und schob Brunetti das eine hin. »Sag mir, was du davon hältst.«

Brunetti nahm das Glas und trank einen Schluck. Er hatte Urteile über Wein schon immer albern gefunden, all dieses Geschwätz von ›kerniger Fülle‹ und ›Bukett von zerdrückten Himbeeren‹, darum sagte er nur: »Sehr gut« und stellte sein Glas ab. »Erzähl mir mehr über den Jungen. Du hast gesagt, du mochtest ihn nicht.«

Der Conte hatte zwanzig Jahre Zeit gehabt, sich an seinen Schwiegersohn und dessen Art zu gewöhnen, also trank er einen Schluck und antwortete dann: »Wie ich schon sagte, er war dumm und eingebildet, eine ärgerliche Kombination.«

»Was hatte er denn für Aufgaben innerhalb der Firma?«

»Ich glaube, er lief unter der Bezeichnung *consulente*, wenngleich ich nicht weiß, wen er wozu beraten sollte. Wenn ein Kunde zum Essen ausgeführt werden mußte, war Roberto dabei. Ich nehme an, daß Ludovico hoffte, der Kontakt mit Kunden und die Geschäftsgespräche würden ihn solider machen, oder wenigstens die Geschäfte ernster nehmen lassen.«

Brunetti, der während seines Studiums in allen Semesterferien gearbeitet hatte, fragte: »Aber er ging doch sicher nicht nur zu Geschäftsessen und nannte das dann Arbeit?«

»Manchmal haben sie Roberto als Kurier benutzt, wenn wichtige Sendungen rasch zugestellt oder abgeholt werden mußten. Wenn zum Beispiel ein Vertrag nach Paris mußte, verstehst du, oder ein neues Musterbuch für die Textilfabriken mußte dringend irgendwohin gebracht werden, dann übernahm Roberto das und konnte noch ein Wochenende in Paris oder Prag oder sonstwo anhängen.«

»Angenehme Arbeit«, bemerkte Brunetti. »Und das Studium?«

»Zu faul. Oder zu dumm«, erklärte der Conte wegwerfend.

Brunetti wollte gerade einwenden, daß er nach allem, was Paola über ihre Studenten erzählte, den Eindruck hatte, dies seien beides keine Hindernisse, aber er verstummte, als Valeria an ihren Tisch kam und zwei Teller voll kleiner, von Öl und Essig glänzender Sardinen brachte.

»*Buon appetito*«, wünschte sie ihnen und ging an einen der Nachbartische, von wo jemand nach ihr gewinkt hatte.

Beide Männer machten sich nicht die Mühe, die winzigen Fische zu zerlegen, sondern nahmen sie mitsamt dem herabtropfenden Öl, den Zwiebelringen und Rosinen auf die Gabel und aßen sie ganz.

»*Bon*«, sagte der Conte. Brunetti nickte nur und genoß den Fisch mit dem scharfen Essigaroma. Irgend jemand hatte ihm einmal erzählt, die venezianischen Fischer hätten vor Jahrhunderten ihren Fisch so essen müssen, kleingeschnitten und eingelegt, damit er nicht verdarb, und eine andere Geschichte besagte, der Essig sei gegen Skorbut beigefügt worden. Er wußte nicht, ob die eine oder die andere Geschichte so stimmte, aber wenn ja, dann war er den Fischern dankbar.

Als alle Sardinen gegessen waren, nahm Brunetti ein Stück Brot und wischte seinen Teller damit sauber. »Hat er sonst noch etwas gemacht, dieser Roberto?«

»Du meinst geschäftlich?«

»Ja.«

Der Conte goß ihre Gläser noch einmal halb voll. »Nein. Ich glaube, viel mehr konnte er nicht tun, oder er hatte kein Interesse daran.« Er trank einen Schluck. »Er war bestimmt nicht schlecht, der Junge, nur dumm. Als ich ihn das letzte Mal sah, hat er mir sogar leid getan.«

»Wann war das? Und warum hat er dir leid getan?«

»Das muß wenige Tage vor seiner Entführung gewesen sein. Seine Eltern gaben zu ihrem dreißigsten Hochzeitstag ein Fest und hatten Donatella und mich dazu eingeladen. Roberto war auch da.« Der Conte hielt nach diesen Worten inne und setzte erst nach einer Pause hinzu: »Aber es war fast so, als wäre er nicht da.«

»Das verstehe ich nicht ganz«, sagte Brunetti.

»Er schien unsichtbar. Nein, das meine ich nicht. Er war dünner geworden, und mir fiel auf, daß sein Haar schon schütter wurde. Es war Spätsommer, aber er sah aus, als wäre er seit dem Winter nicht ins Freie gekommen. Dabei kannte ich ihn als einen Jungen, der immer am Strand oder auf dem Tennisplatz war.« Der Conte sah an Brunetti vorbei in die Ferne, als er sich den Abend ins Gedächtnis rief. »Ich habe nicht mit ihm gesprochen, und seinen Eltern gegenüber wollte ich es nicht erwähnen. Aber er sah merkwürdig aus.«

»Krank?«

»Nein, das nicht, jedenfalls nicht direkt krank. Nur sehr blaß und dünn, als hätte er eine Diätkur gemacht, und das zu lange.«

Als wäre sie gerufen worden, um dem ganzen Gerede über Abmagerungskuren ein Ende zu machen, erschien genau in diesem Augenblick Valeria und brachte zwei Teller, vollgehäuft mit Spaghetti und gekrönt von Unmengen kleiner Muscheln in ihren Schalen. Der Duft von Öl und Knoblauch wehte ihr verheißungsvoll voraus.

Brunetti stach seine Gabel in den Spaghettiberg und begann zu drehen. Als er genug aufgegabelt zu haben glaubte, hob er die Spaghetti zum Mund, angeregt von der

Wärme und dem durchdringenden Knoblauchdunst. Kauend nickte er dem Conte zu, der lächelte und sich seinem eigenen Teller widmete.

Erst als Brunetti seine Pasta schon fast aufgegessen hatte und dabei war, sich die Muscheln vorzunehmen, fragte er den Conte: »Und was ist mit dem Neffen?«

»Wie ich gehört habe, soll er der geborene Geschäftsmann sein. Er hat die richtige Portion Charme für den Umgang mit den Kunden und den Verstand, vernünftig zu kalkulieren und die richtigen Leute einzustellen.«

»Wie alt ist er?« erkundigte sich Brunetti.

»Zwei Jahre älter als Roberto, demnach also um die fünfundzwanzig.«

»Weißt du sonst noch etwas über ihn?«

»Was zum Beispiel?«

»Alles, was dir so einfällt.«

»Das ist sehr allgemein.« Bevor Brunetti jedoch erklären konnte, was er meinte, fragte der Conte: »Du meinst etwas, woraus man schließen könnte, ob er das vielleicht getan hat? Falls es eine Tat war.«

Brunetti nickte und beschäftigte sich weiter mit seinen Muscheln.

»Sein Vater, Ludovicos jüngerer Bruder, ist gestorben, als Maurizio vielleicht acht Jahre alt war. Seine Eltern waren da schon geschieden, und die Mutter wollte von dem Jungen offenbar nichts wissen, denn als sich die Gelegenheit bot, übergab sie ihn Ludovico und Cornelia, die ihn aufgezogen haben; er könnte genausogut Robertos Bruder sein.«

Brunetti mußte an Kain und Abel denken und fragte: »Weißt du das, oder hat man so etwas zu dir gesagt?«

»Beides«, war die knappe Antwort des Conte. »Ich halte es aber eher für unwahrscheinlich, daß Maurizio da irgendwie die Finger drin hatte.«

Brunetti zuckte die Achseln und warf die letzte Muschelschale auf den Berg, der sich auf seinem Teller türmte. »Ich weiß noch nicht einmal, ob es der junge Lorenzoni ist.«

»Warum dann alle diese Fragen?«

»Ich sagte ja schon: Zwei Leute hielten die Entführung für einen Streich oder für vorgetäuscht. Außerdem wurde der Stein, der das Eingangstor blockierte, von innen hingelegt.«

»Die könnten über die Mauer geklettert sein«, meinte der Conte.

Brunetti nickte. »Schon möglich. Aber ich habe bei der ganzen Geschichte ein dummes Gefühl.«

Der Conte warf ihm einen neugierigen Blick zu, als könnte er seinen Schwiegersohn nicht recht mit Intuition in Verbindung bringen. »Abgesehen von dem, was du mir erzählt hast, was kommt dir noch alles komisch vor?«

»Daß dieser Aussage, man habe an einen Streich gedacht, niemand nachgegangen ist. Daß es von der Vernehmung des Vetters kein Protokoll gibt. Und der Stein: Keiner hat weiter danach gefragt.«

Der Conte legte seine Gabel auf die restlichen Spaghetti, die er noch auf dem Teller hatte, da kam schon Valeria, um abzuräumen. »Haben Ihnen die Spaghetti nicht geschmeckt, Signor Conte?«

»Sie waren köstlich, Valeria, aber ich brauche noch etwas Platz für den Seeteufel.«

Sie nickte und nahm zuerst seinen Teller, dann Brunettis. Der Conte schenkte ihnen gerade Wein nach, als sie wiederkam. Brunetti stellte befriedigt fest, daß er recht gehabt hatte mit dem Seeteufel. Er war mit kleinen Rosmarinzweigen und einem Radieschen garniert.

»Warum macht man so etwas mit Lebensmitteln?« fragte er, wobei er mit dem Kinn auf den Teller des Conte deutete.

»Ist das eine ernst gemeinte Frage, oder eine Kritik am Koch?« wollte sein Schwiegervater wissen.

»Nur eine Frage«, antwortete Brunetti.

Der Conte nahm Messer und Gabel und zerteilte den Fisch, um zu sehen, ob er durch war. Nachdem er sich vergewissert hatte, sagte er: »Ich erinnere mich noch gut an die Zeit, als man in jeder Trattoria oder Osteria dieser Stadt für ein paar tausend Lire ein anständiges Essen bekam. Risotto, Fisch, einen Salat und guten Wein. Nichts Aufwendiges, nur das gute Essen, das die Wirtsleute wahrscheinlich auch selbst auf dem Tisch hatten. Aber da war Venedig noch eine lebendige Stadt mit einer funktionierenden Industrie und Handwerkerschaft. Jetzt haben wir nur noch die Touristen, und die Betuchten unter ihnen sind eben an solchen Firlefanz gewöhnt. Als Zugeständnis an deren Geschmack bekommen wir dann Mahlzeiten vorgesetzt, die dekorativ aussehen.« Er nahm einen Bissen von seinem Fisch. »Wenigstens ist das hier ebenso gut wie dekorativ. Und dein Steinbutt?«

»Sehr gut«, antwortete Brunetti. Er legte eine Gräte auf den Tellerrand und sagte: »Du wolltest etwas mit mir bereden?«

Das Gesicht über seinen Fisch gesenkt, sagte der Conte: »Es geht um Paola.«

»Paola?«

»Ja, Paola. Meine Tochter. Deine Frau.«

Brunetti ärgerte sich über den herablassenden Ton des Conte, aber er hielt sich im Zaum, und seine Stimme ahmte nur die feine Ironie nach, als er erwiderte: »Und die Mutter meiner Kinder, deiner Enkel. Vergiß das nicht.«

Der Conte legte Messer und Gabel auf seinen Teller und schob ihn von sich. »Guido, ich wollte dich um Himmels willen nicht kränken…«

Brunetti unterbrach ihn: »Dann sprich nicht in diesem gönnerhaften Ton mit mir.«

Der Conte griff zur Karaffe und goß die Hälfte des restlichen Weins in Brunettis Glas, die andere in sein eigenes. »Sie ist nicht glücklich.« Er hielt inne und blickte zu Brunetti hinüber, um zu sehen, wie er das aufnahm, und als dieser schwieg, fuhr er fort: »Sie ist mein einziges Kind, und sie ist nicht glücklich.«

»Warum?«

Der Conte hob die Hand, an der er den Ring mit dem Familienwappen der Faliers trug. Bei dem Anblick mußte Brunetti sofort an die Leiche auf dem Acker denken, und ob sie sich wohl als der junge Lorenzoni entpuppen würde. Wenn ja, wen würde er als nächstes befragen müssen, den Vater, den Vetter, oder gar die Mutter? Wie konnte er sie in ihrer Trauer stören, die durch die Entdeckung der Leiche wieder aufleben würde?

»Hörst du mir zu?«

»Natürlich höre ich zu«, antwortete Brunetti, nur halb

bei der Sache. »Du hast gesagt, Paola sei nicht glücklich, und ich habe gefragt, warum.«

»Und ich habe dir darauf geantwortet, Guido, aber du warst irgendwo bei der Familie Lorenzoni und der Leiche, die man gefunden hat, und hast überlegt, wie du für Gerechtigkeit sorgen kannst.« Er wartete kurz, ob Brunetti etwas sagen würde. »Genau das ist einer der Gründe, die ich dir erklären wollte – daß dein Streben nach Gerechtigkeit, oder was du darunter verstehst, zuviel…« hier machte er eine Pause und schob sein leeres Weinglas, das er zwischen Zeige- und Mittelfinger hielt, auf dem Tisch hin und her. Dann sah er zu Brunetti auf und lächelte, wenngleich der Anblick seines Lächelns Brunetti eher traurig stimmte. »Es nimmt dir zuviel von deinem Lebensgefühl, Guido, und ich glaube, darunter leidet Paola.«

»Du meinst, es nimmt meine Zeit zu sehr in Anspruch?«

»Nein. Ich meine, was ich gesagt habe. Du beschäftigst dich zu sehr mit diesen Verbrechen und den Menschen, die sie begehen und erleiden, und darüber vergißt du Paola und die Kinder.«

»Das stimmt nicht. Ich bin sehr selten nicht da, wenn ich da sein sollte. Wir unternehmen vieles gemeinsam.«

»Bitte, Guido«, sagte der Conte in milderem Ton. »Du bist zu intelligent, um zu glauben, oder mich glauben machen zu wollen, mit der körperlichen Anwesenheit sei man schon da. Ich war doch schon dabei, wenn du an einer Sache gearbeitet hast, und weiß daher, wie du dann bist. Dein Inneres ist abwesend. Du sprichst und hörst zu, unternimmst etwas mit den Kindern, aber du bist nicht wirklich da.« Der Conte goß sich ein Glas Mineralwasser ein und trank. »In gewisser Weise bist du dann wie Roberto Lorenzoni, als ich ihn zuletzt sah: geistesabwesend und eigentlich gar nicht vorhanden.«

»Hat Paola dir das gesagt?«

Der Conte warf ihm einen fast überraschten Blick zu. »Guido, ob du es glaubst oder nicht, aber Paola würde niemals auch nur ein Wort gegen dich sagen, weder zu mir noch zu sonst jemandem.«

»Woher bist du dann so sicher, daß sie unglücklich ist?« Brunetti war bemüht, sich bei dieser Frage seinen Ärger nicht anmerken zu lassen.

Der Conte griff abwesend nach einem Stückchen Brot, das links neben seinem Teller lag, und begann es zu zerkrümeln. »Paolas Geburt war für Donatella sehr schwer, und sie war danach lange krank, so daß es teilweise mir zufiel, das Kind zu versorgen.« Er sah Brunettis Verblüffung und lachte laut heraus. »Ich weiß, ich weiß. Man kann sich wahrscheinlich nur schwer vorstellen, wie ich ein Baby füttere oder ihm die Windeln wechsle, aber ich habe das in den ersten paar Monaten gemacht, und als Donatella wieder nach Hause kam, war ich so daran gewöhnt, daß ich es auch weiter gemacht habe. Wenn du ein Jahr lang ein Kleinkind gefüttert und gewickelt und in den Schlaf gesungen hast, dann weißt du, wann es glücklich oder traurig ist.« Bevor Brunetti etwas einwenden konnte, fuhr der Conte fort: »Und es spielt keine Rolle, ob das Kind vier Monate oder vierzig Jahre alt ist oder ob die Ursache eine Kolik oder ein Eheproblem ist. Du weißt es einfach. Darum weiß ich, daß sie nicht glücklich ist.«

Hier gab Brunetti nun alle Unschulds- oder Unwissenheitsbeteuerungen auf. Er hatte selbst Windeln gewechselt und so manche Nacht die Kinder auf dem Schoß gehabt und ihnen vorgelesen, wenn sie weinten oder nicht einschlafen konnten, und er war immer der Meinung gewesen, daß diese Nächte ihm mehr als alles übrige eine Art Radar mitgegeben hatten, der – er wußte kein anderes Wort als sein Schwiegervater dafür – auf ihr Lebensgefühl reagierte.

»Ich weiß nicht, wie ich meine Arbeit sonst tun soll«, sagte er schließlich in einem Ton, in dem kein Ärger mehr mitschwang.

Der Conte sprach weiter: »Ich wollte dich immer schon einmal fragen, warum dir das so wichtig ist?«

»Warum mir was wichtig ist? Den, der ein Verbrechen begangen hat, hinter Schloß und Riegel zu bringen?«

Der Conte tat das mit einer Handbewegung ab. »Nein, ich glaube, das ist dir gar nicht so wichtig. Warum mußt du dafür Sorge tragen, daß Gerechtigkeit geschieht?«

In diesem Augenblick erschien Valeria an ihrem Tisch, aber keiner der beiden Männer hatte Appetit auf ein Dessert. Der Conte bestellte zwei Grappa und wandte seine Aufmerksamkeit wieder Brunetti zu.

»Du hast doch die alten Griechen gelesen, oder?« fragte Brunetti endlich.

»Einige.«

»Kritias?«

»Das ist so lange her, daß ich nur noch ganz verschwommen weiß, was er geschrieben hat. Warum?«

Valeria kam, stellte ihnen die Gläser hin und entfernte sich wortlos.

Brunetti nahm sein Glas und nippte daran. »Ich kann ihn nur dem Sinn nach zitieren, aber irgendwo sagt er, daß die Gesetze des Staates sich der offen verübten Verbrechen annehmen und daß wir darum die Gottesfurcht brauchen, um darauf vertrauen zu können, daß göttliche Gerechtigkeit sich der heimlichen Verbrechen annimmt.« Er hielt inne und trank noch einen Schluck. »Aber die Gottesfurcht haben wir nicht mehr, nicht wahr? Jedenfalls keine wirkliche?« Der Conte schüttelte den Kopf. »Dann geht es mir vielleicht also darum, auch wenn ich darüber nie gesprochen oder überhaupt nur nachgedacht habe. Wenn göttliche Gerechtigkeit sich nicht mehr der heimlichen Verbrechen annimmt, dann ist es wichtig, daß irgend jemand das tut.«

»Was verstehst du unter heimlichen Verbrechen? Im Unterschied zu offen verübten Verbrechen, meine ich.«

»Jemandem einen schlechten Rat geben, um hinterher von seinem Fehler zu profitieren. Lügen. Vertrauen mißbrauchen.«

»Das muß alles nicht ungesetzlich sein«, erwiderte der Conte.

Brunetti schüttelte den Kopf. »Darum geht es nicht. Gerade deswegen komme ich ja darauf.« Er dachte kurz nach, bevor er weitersprach. »Vielleicht liefern die Politiker mir bessere Beispiele: Freunden Aufträge zuschustern, Regierungsentscheidungen nach persönlichen Wünschen treffen, Familienmitgliedern Posten verschaffen.«

Der Conte unterbrach ihn. »Du meinst die ganz normalen Praktiken in der italienischen Politik?«

Brunetti antwortete mit einem müden Nicken.

»Aber du kannst diese Dinge nicht einfach für illegal erklären und anfangen, die Leute dafür zu bestrafen, oder?« Der Conte sah Brunetti fragend an.

»Nein. Ich glaube, ich will damit sagen, daß ich darin aufgehe, den zu finden, der für Böses verantwortlich ist, nicht nur für Ungesetzliches, oder ich denke ständig über den Unterschied nach und finde, daß beides Unrecht ist.«

»Und deine Frau hat darunter zu leiden. Womit wir wieder bei meinem ursprünglichen Thema wären.« Der Conte griff über den Tisch und legte die Hand auf Brunettis Arm. »Ich weiß, wie kränkend du das finden mußt. Aber sie ist mein Kind und wird es immer bleiben, darum wollte ich mit dir darüber sprechen. Bevor sie es tut.«

»Ich weiß nicht, ob ich dir dafür danken kann«, gestand Brunetti.

»Das spielt keine wesentliche Rolle. Meine einzige Sorge ist Paolas Glück.« Der Conte hielt inne und wägte seine nächsten Worte ab. »Und – auch wenn es dir schwerfallen mag, das zu glauben, Guido – das deine ebenso.«

Brunetti nickte nur, denn er war plötzlich zu bewegt, um etwas sagen zu können. Der Conte sah das, winkte Valeria und machte eine schreibende Bewegung. Als er sich wieder Brunetti zuwandte, fragte er in völlig normalem Ton: »Und, wie fandest du das Essen hier?«

Brunetti antwortete im selben Ton: »Ausgezeichnet. Dein Freund kann stolz auf seine Tochter sein. Und du auf deine.«

»Das bin ich auch«, erklärte der Conte schlicht. Und

nach kurzer Pause und einem Blick auf Brunetti fügte er hinzu: »Du wirst es vielleicht nicht glauben, aber ich bin auch stolz auf dich.«

»Danke. Das wußte ich gar nicht.« Brunetti hatte geglaubt, es würde ihm schwerfallen, das zu sagen, aber die Worte waren ihm ganz leicht und schmerzlos über die Lippen gekommen.

»Ja, das dachte ich mir.«

9

Brunetti war erst nach drei Uhr wieder in der Questura. Als er eintrat, kam Pucetti aus dem kleinen Büro bei der Tür, allerdings nicht, um Brunetti seinen Mantel zu geben; der war nirgends zu sehen.

»Hat ihn einer geklaut?« fragte Brunetti lächelnd, wobei er mit dem Kopf zum Ufficio Stranieri deutete, vor dem jetzt keine Schlange mehr stand, da es seit 12 Uhr 30 geschlossen hatte.

»Das nicht, Commissario. Aber der Vice-Questore hat uns wissen lassen, daß er Sie zu sehen wünscht, wenn Sie vom Essen kommen.« Selbst die Übermittlung durch jemanden, der Brunetti so wohlgesonnen war wie Pucetti, konnte den Unwillen aus Pattas Anweisung nicht herausfiltern.

»Ist er denn selbst schon vom Essen zurück?«

»Ja, Commissario. Seit zehn Minuten. Er wollte wissen, wo Sie sind.« Man mußte kein Fachmann für Geheimsprachen sein, um den in der Questura üblichen Code zu entschlüsseln: Hinter Pattas Frage steckte mehr als nur seine normale Unzufriedenheit mit Brunetti.

»Ich gehe gleich zu ihm«, sagte Brunetti und wandte sich zum Hauptaufgang.

»Ihr Mantel hängt im Schrank in Ihrem Zimmer, Commissario«, rief Pucetti ihm nach, und Brunetti hob dankend die Hand.

Signorina Elettra saß an ihrem Schreibtisch in Pattas

Vorzimmer. Als Brunetti hereinkam, sah sie von der Zeitung auf, die offen vor ihr lag, und sagte: »Der Autopsiebericht liegt auf Ihrem Schreibtisch.«

Obwohl er neugierig darauf war, fragte er nicht nach dem Ergebnis, das sie bestimmt schon gelesen hatte. Wenn er es nicht kannte, brauchte er Patta schon nichts davon mitzuteilen. Er erkannte die hellorangefarbenen Seiten der Finanzzeitung *Il Sole Ventiquattro Ore*. »Arbeiten Sie an der Mehrung Ihres Vermögens?« fragte er.

»So könnte man es nennen.«

»Und was heißt das genau?«

»Eine Firma, in die ich investiert habe, will in Tadschikistan eine pharmazeutische Fabrik eröffnen. Hier in der Zeitung ist ein Artikel über künftige Märkte in der früheren Sowjetunion, und ich wollte mir ein Bild davon machen, ob ich denen mein Geld lassen oder es abziehen soll.«

»Und?«

»Ich finde, es stinkt zum Himmel«, antwortete sie und schlug die Zeitung energisch zu.

»Warum?«

»Weil diese Leute sich offenbar kopfüber aus dem Mittelalter in den Kapitalismus hineingestürzt haben. Vor fünf Jahren mußten sie noch Kartoffeln gegen Hämmer tauschen, und jetzt sind sie alle Geschäftsleute mit Handy und BMW. Nach allem, was man so liest, haben sie die Moral von Giftschlangen. Ich glaube, mit denen will ich lieber nichts zu tun haben.«

»Zu riskant?«

»Im Gegenteil«, erklärte sie ruhig. »Ich glaube sogar,

das wird ein sehr profitables Geschäft, aber ich möchte mein Geld lieber nicht in der Hand von Leuten wissen, die mit allem handeln, alles kaufen und verkaufen und vor nichts zurückschrecken, nur um Profit zu machen.«

»Wie die Bank?« fragte Brunetti. Signorina Elettra war ja vor ein paar Jahren in die Questura gekommen, nachdem sie ihre Stelle als Sekretärin des Direktors der Banca d'Italia aufgeben mußte, weil sie sich geweigert hatte, das Diktat für einen Brief an eine Bank in Johannesburg aufzunehmen. Offensichtlich glaubte die UN selbst nicht an ihre Sanktionen, aber Signorina Elettra hatte es für nötig befunden, daran festzuhalten, auch wenn es sie die Stelle kostete.

Sie sah auf, ihre Augen leuchteten, ein Schlachtroß, das die Trompeten zum Angriff blasen hörte. »Genau.« Aber wenn Brunetti erwartet hatte, daß sie sich weiter darüber ausließ oder die beiden Fälle miteinander in Beziehung setzte, wurde er enttäuscht.

Sie warf einen bedeutungsvollen Blick zu Pattas Tür. »Er erwartet Sie.«

»Haben Sie eine Ahnung?«

»Keine«, antwortete sie.

Brunetti sah plötzlich ein Bild aus seinem Geschichtsbuch für die Oberstufe vor sich: Ein römischer Gladiator, der sich grüßend zum Kaiser umdrehte, bevor er sich in die Schlacht mit einem Feind warf, der nicht nur ein längeres Schwert hatte, sondern auch zehn Kilo schwerer war als er. *Ave atque vale«*, sagte er lächelnd.

»*Morituri te salutant«*, antwortete sie so beiläufig, als läse sie einen Fahrplan.

Das altrömische Thema fand drinnen seine Fortsetzung, denn Patta saß im Profil und präsentierte seine wahrhaft römische Imperator-Nase. Als er den Kopf zu Brunetti umwandte, wich das Kaiserliche etwas eher Schweins-ähnlichem, was daher kam, daß Pattas Augen mit der Zeit immer tiefer in dem ewig gebräunten Gesicht verschwanden.

»Sie wollten mich sprechen, Vice-Questore?« fragte Brunetti in neutralem Ton.

»Sind Sie verrückt geworden, Brunetti?« fragte Patta ohne Einleitung.

»Sollte ich erfahren, daß meine Frau irgendwelchen Kummer hat, und nichts dagegen tun, dann wäre ich es wohl«, versetzte Brunetti, aber nur im Geiste. Laut fragte er: »Inwiefern, Vice-Questore?«

»Diese Beförderungs- und Belobigungsvorschläge hier«, sagte Patta und ließ die Hand schwer auf eine Mappe fallen, die geschlossen vor ihm lag. »Ich habe in meinem ganzen Leben noch keinen schlimmeren Fall von Voreingenommenheit und Günstlingswirtschaft gesehen.«

Da Patta aus Sizilien stammte, mußte er von beidem mehr als genug gesehen haben, dachte Brunetti, sagte aber nur: »Ich glaube, das verstehe ich nicht ganz.«

»Und ob Sie verstehen. Sie haben ausschließlich Venezianer empfohlen: Vianello, Pucetti und diesen, wie heißt er noch?« sagte er und schlug die Mappe auf. Er überflog die erste Seite, drehte sie um und begann die zweite zu lesen. Plötzlich stieß er mit dem Zeigefinger auf eine Stelle. »Hier. Bonsuan. Mein Gott, wie sollen wir denn einen Bootsführer befördern?«

»Wie wir jeden anderen befördern, denke ich. Wir verleihen ihm einen höheren Dienstgrad und geben ihm das damit verbundene höhere Gehalt.«

»Und wofür?« fragte Patta ironisch, während er erneut auf die Unterlagen sah. »Für hervorragende Tapferkeit bei der Verfolgung eines flüchtigen Verbrechers«, las er mit hohntriefender Stimme. »Sie wollen ihn befördern, weil er mit seinem Boot hinter jemandem hergejagt ist?« Patta hielt inne, und als Brunetti nichts sagte, fügte er noch sarkastischer hinzu: »Und dann haben sie den Flüchtigen nicht einmal gefaßt, oder?«

Brunetti konnte zuerst nur schweigen, und als er dann antwortete, war seine Stimme so ruhig, wie Pattas Stimme es nicht gewesen war. »Nein, Vice-Questore, nicht weil Bonsuan mit seinem Boot hinter jemandem hergejagt ist. Sondern weil er, obwohl er von dem anderen Boot aus beschossen wurde, angehalten hat und ins Wasser gesprungen ist, um einen angeschossenen Kollegen zu retten.«

»Es war ja keine ernsthafte Verletzung«, sagte Patta.

»Ich weiß nicht, ob Bonsuan darüber nachgedacht hat, Vice-Questore, als er den anderen im Wasser sah.«

»Jedenfalls ist das unmöglich. Wir können nicht einen Mann befördern, der nur Bootsführer ist.«

Brunetti schwieg.

»Was Vianello angeht, da könnte man vielleicht zustimmen«, räumte Patta mißmutig ein. Vianello war eines Samstags früh bei Standa gewesen, als ein messerbewehrter Mann hereinstürmte, die Kassiererin von ihrem Platz drängte und anfing, die Kasse auszuräumen. Der Sergente, der eigentlich nur eine Sonnenbrille kaufen wollte, duckte sich hinter den Kassentisch, und als der Mann zur Tür laufen wollte, stürzte er sich auf ihn, entwaffnete ihn und nahm ihn fest.

»Und Pucetti können wir gleich vergessen«, sagte Patta zornig. Vor sechs Wochen war Pucetti, ein begeisterter Radfahrer, in den Bergen nördlich Vicenza von einem Autofahrer, der sich später als betrunken entpuppte, fast von der Straße gedrängt worden. Einige Minuten später sah er denselben Wagen wieder; er war gegen einen Baum geprallt und stand in Flammen. Pucetti hatte den Fahrer aus dem Wrack geholt und sich dabei schwere Verbrennungen an den Händen zugezogen. »Das war außerhalb unseres Zuständigkeitsbereichs, also ist an eine Belobigung gar nicht zu denken«, fügte Patta zur Klarstellung hinzu.

Er stieß die Mappe beiseite und sah zu Brunetti auf. »Das ist aber nicht der Grund, warum ich Sie sprechen wollte, Brunetti.«

Wenn es um seine anderen Beurteilungen ging, dann wußte Brunetti schon, was jetzt kam.

»Sie haben nicht nur vergessen, Tenente Scarpa zur Beförderung vorzuschlagen, sondern sogar seine Versetzung empfohlen«, sagte Patta mit kaum verhohlener Wut. Patta hatte den Tenente mitgebracht, als er vor einigen Jahren nach Venedig versetzt wurde; seitdem diente Scarpa ihm als Assistent – und Spitzel.

»Stimmt.«

»Das kann ich nicht dulden.«

»Was können Sie nicht dulden, Vice-Questore? Daß der Tenente versetzt wird oder daß ich es empfehle?«

»Alles, beides.«

Brunetti schwieg, um zu sehen, wie weit Patta zur Verteidigung seiner Kreatur gehen würde.

»Sie wissen, daß ich es ablehnen kann, diese Empfehlungen weiterzugeben«, sagte Patta »Und zwar alle.«

»Ja, das weiß ich.«

»Bevor ich also dem Questore meine eigenen Empfehlungen mache, schlage ich vor, daß Sie Ihre Äußerungen über den Tenente zurückziehen.« Als Brunetti weiter schwieg, fragte Patta: »Hören Sie mich, Commissario?«

»Ja.«

»Und?«

»Es gibt wenig, was meine Meinung über den Tenente ändern könnte, und nichts, das mich veranlassen könnte, meine Äußerungen zurückzuziehen.«

»Sie wissen, daß Ihre Empfehlung zu nichts führen wird, nicht wahr?« fragte Patta, während er die Mappe noch weiter von sich schob, wie um sich nicht daran zu infizieren.

»Aber sie bleibt in seiner Akte«, sagte Brunetti, obwohl er wußte, wie leicht man etwas aus einer Akte verschwinden lassen konnte.

»Ich weiß nicht, wozu das gut sein soll.«

»Ich habe eine Schwäche für Geschichte und bin sehr dafür, daß bestimmte Dinge schriftlich festgehalten werden.«

»In bezug auf Tenente Scarpa gibt es nur eines festzuhalten, nämlich, daß er ein ausgezeichneter Beamter ist, der mein volles Vertrauen verdient.«

»Dann können Sie das ja gern festhalten, Vice-Questore, und ich bleibe bei meiner Beurteilung. Dann mag die Geschichte entscheiden, wer von uns recht hatte.«

»Ich weiß nicht, was Sie da reden, Brunetti. Von Geschichte und bestimmten Dingen, die festgehalten gehören. Was wir brauchen, ist gegenseitiger Beistand, ist Vertrauen untereinander.«

Brunetti schwieg wohlweislich, um Patta nicht noch zu seinem üblichen Geschwätz über die Durchsetzung von Recht und Gesetz zu ermutigen, zwei Dinge, die für ihn ein und dasselbe waren. Der Vice-Questore brauchte allerdings keine Ermutigung und widmete sich einige Minuten diesem Thema, während Brunetti überlegte, welche Fragen er Maurizio Lorenzoni stellen könnte. Egal, was die Autopsie ergab, er wollte sich auf jeden Fall etwas eingehender mit dieser Entführung befassen; und der Neffe, der Goldjunge der Familie, erschien ihm da am vielversprechendsten.

Pattas erhobene Stimme riß ihn aus seinen Gedanken. »Wenn ich Sie langweile, Dottor Brunetti, brauchen Sie es nur zu sagen, und Sie können gehen.«

Brunetti stand unvermittelt auf, lächelte, sagte aber nichts und verließ Pattas Zimmer.

10

Als Brunetti wieder in sein Dienstzimmer kam, öffnete er als erstes das Fenster und blickte eine Weile hinunter zu der Stelle, an der für gewöhnlich Bonsuans Boot lag. Erst danach ging er an seinen Schreibtisch und schlug den Autopsiebericht auf. Im Lauf der Jahre war ihm der typische Stil dieser Berichte vertraut geworden. Die Terminologie war medizinisch, es wurden Knochen, Organe und Bindegewebe beim Namen genannt, und Sätze standen fast immer im Konjunktiv: »Hätten wir es mit der Leiche einer Person zu tun, die bei guter Gesundheit war.« »Wäre die Leiche nicht bewegt worden.« »Wenn ich eine Einschätzung vornehmen sollte.«

Jung, männlich, vermutlich Anfang Zwanzig, Anzeichen für kieferorthopädische Behandlung. Geschätzte Größe 180 Zentimeter, Gewicht wahrscheinlich höchstens sechzig Kilo. Todesursache sehr wahrscheinlich Kopfschuß; beigefügt war ein Foto von dem Loch im Schädel, nicht groß, aber darum nicht minder tödlich. Ein Kratzer an der Innenseite der linken Augenhöhle konnte durch das Austreten der Kugel entstanden sein.

An dieser Stelle hielt Brunetti inne und dachte über die ewige Vorsicht von Pathologen nach. Da konnte jemand mit einem Dolch im Herzen gefunden werden, und im Bericht würde stehen: »Die Todesursache dürfte dem Augenschein nach…« Er bedauerte, daß nicht Ettore Rizzardi, der *medico legale* von Venedig, die Autopsie vorgenommen hatte. Nach Jahren der Zusammenarbeit konnte Brunetti ihn meist dazu bewegen, sich über die kühle, spekulative Sprache seiner Berichte hinaus festzulegen, und das eine oder andere Mal hatte er den Pathologen sogar dazu gebracht, die Möglichkeit einzuräumen, daß die Todesursache vielleicht doch eine andere sein könnte als die im Autopsiebericht genannte.

Da der Traktor einige Knochen von der Stelle bewegt und andere zerbrochen hatte, konnte man nicht sagen, ob der Ring, den man bei der Leiche gefunden hatte, ursprünglich an der Hand des Toten gewesen war. Die zuerst am Fundort eingetroffenen Beamten hatten ihn gefunden, nicht aber die Stelle markiert, bevor sie ihn dem *medico legale* aushändigten, so daß man unmöglich sagen konnte, wo er in bezug zum Körper gelegen hatte, dessen Lage seinerseits seit ihrer Ankunft nicht mehr unverändert war.

Außer einem Paar schwarzer Lederschuhe der Größe 42 und dunklen Baumwollsocken hatte der Tote, als man ihn in die Erde legte, nur eine blaue Wollhose und ein weißes Hemd getragen. Brunetti rief sich den Polizeibericht in Erinnerung, in dem stand, daß Lorenzoni bei seinem Verschwinden einen blauen Anzug getragen hatte. Da es im letzten Herbst und Winter in der Provinz Belluno stark geregnet hatte und der Acker zwischen zwei Hügeln lag, wo das Wasser erst einmal stehenblieb, hatten Stoff und Körpergewebe sich schneller zersetzt als normal.

Die toxikologische Untersuchung der Organe sollte im Lauf der Woche abgeschlossen sein, ebenso ein paar weitere Untersuchungen an den Knochen. Obwohl die Reste des Lungengewebes schon zu stark verwest waren, um verläßliche Schlüsse zu erlauben, gab es Hinweise darauf, daß der Tote ein starker Raucher gewesen war. Brunetti dachte an die Worte von Robertos Freundin und zweifelte am Nutzen von Autopsien. In einer Klarsichthülle steckten Röntgenaufnahmen vom Gebiß.

»Also der Zahnarzt«, sagte Brunetti laut und griff nach dem Telefonhörer. Während er auf eine Verbindung nach draußen wartete, schlug er seine Kopie der Akte Lorenzoni auf und fand Conte Ludovicos Nummer.

»*Pronto*«, antwortete eine männliche Stimme auf das dritte Klingeln.

»Conte Lorenzoni?« fragte Brunetti.

»Signor Lorenzoni«, verbesserte ihn der Mann, ohne zu erkennen zu geben, ob er der Neffe oder der Conte selbst war, der sich demokratisch gab.

»Signor Maurizio Lorenzoni?« fragte Brunetti.

»Ja.« Sonst nichts.

»Hier Commissario Guido Brunetti. Ich möchte gern mit Ihnen oder Ihrem Onkel sprechen, möglichst noch heute nachmittag.«

»In welcher Angelegenheit, Commissario?«

»Roberto. Ihr Vetter Roberto.«

Nach einer langen Pause fragte er: »Haben Sie ihn gefunden?«

»Es wurde eine Leiche in der Provinz Belluno gefunden.«

»Belluno?«

»Ja.«

»Ist es Roberto?«

»Ich weiß es nicht, Signor Lorenzoni. Möglicherweise.

Es ist die Leiche eines jungen Mannes von Anfang Zwanzig, etwa einen Meter achtzig groß…«

»Die Beschreibung paßt auf die Hälfte aller jungen Männer in Italien«, sagte Lorenzoni.

»Ein Ring mit dem Familienwappen der Lorenzonis wurde bei ihm gefunden«, fügte Brunetti hinzu.

»Was?«

»Ein Siegelring mit dem Familienwappen ist bei ihm gefunden worden.«

»Wer hat den Ring identifiziert?«

»Der *medico legale.*«

»Ist er sicher?« fragte Lorenzoni.

»Ja. Es sei denn, das Wappen hätte sich inzwischen geändert«, antwortete Brunetti ruhig.

Lorenzonis nächste Frage kam nach einer weiteren langen Pause. »Wo war das?«

»In einem Ort namens Col di Cugnan, unweit Belluno.«

Die nächste Pause war noch länger. Dann fragte Lorenzoni mit viel weicherer Stimme: »Können wir ihn sehen?«

Wäre die Stimme nicht weicher geworden, hätte Brunetti geantwortet, da gäbe es nicht viel zu sehen, so aber sagte er: »Ich fürchte, die Identifizierung wird auf andere Weise erfolgen müssen.«

»Was heißt das?«

»Die Leiche, die gefunden wurde, hat einige Zeit in der Erde gelegen, und die Verwesung ist ziemlich weit fortgeschritten.«

»Verwesung?«

»Es wäre gut, wenn wir uns mit seinem Zahnarzt in

Verbindung setzen könnten. Offenbar gibt es Anzeichen für eine kieferorthopädische Behandlung.«

»*O Dio*«, flüsterte der junge Mann, dann sagte er laut: »Roberto hat jahrelang eine Zahnspange getragen.«

»Können Sie mir den Zahnarzt nennen?«

»Francesco Urbani. Seine Praxis ist am Campo Santo Stefano. Wir gehen alle zu ihm.«

Brunetti notierte sich Namen und Adresse. »Vielen Dank, Signor Lorenzoni.«

»Wann werden Sie Gewißheit haben? Soll ich es meinem Onkel sagen?« Und nach kurzem Zögern setzte er noch hinzu: »Und meiner Tante.« Aber das war keine Frage mehr.

Brunetti nahm die weiß umrandeten Röntgenaufnahmen des Gebisses zur Hand. Er konnte Vianello heute nachmittag damit zu Doktor Urbani schicken. »Wahrscheinlich kann ich Ihnen noch heute etwas dazu sagen. Ich würde gern mit Ihrem Onkel sprechen, und mit Ihrer Tante, wenn es geht. Heute abend?«

»Ja, ja«, antwortete Lorenzoni abwesend. »Commissario, besteht eine Möglichkeit, daß es nicht Roberto ist?«

Falls diese Möglichkeit je bestanden hatte, schien sie mit jeder zusätzlichen Erkenntnis kleiner zu werden. »Ich halte es nicht für sehr wahrscheinlich, aber vielleicht möchten Sie lieber abwarten, bis ich mit dem Zahnarzt gesprochen habe, bevor Sie Ihrem Onkel etwas sagen.«

»Ich weiß gar nicht, wie ich ihm das beibringen soll«, sagte Lorenzoni. »Und meiner Tante, meiner Tante.«

Was immer der Zahnarzt zu sagen hatte, es würde nur bestätigen, was Brunetti instinktiv wußte. Er beschloß, mit den Lorenzonis zu reden, mit allen, und zwar bald. »Ich kann kommen und es ihnen sagen, wenn Sie wollen.«

»Ja, ich glaube, das wäre besser. Aber wenn der Zahnarzt nun meint, daß es nicht Roberto ist?«

»Dann rufe ich Sie an. Unter derselben Nummer?«

»Nein, ich gebe Ihnen lieber die Nummer meines Handys«, antwortete Lorenzoni. Brunetti notierte sie sich.

»Ich bin um sieben bei Ihnen«, sagte er und vermied bewußt jede Einschränkung für den Fall, daß die zahnärztlichen Unterlagen nicht mit den Röntgenbildern übereinstimmten.

»Gut, um sieben«, sagte Lorenzoni und legte auf, ohne Brunetti die Adresse oder eine Wegbeschreibung zu geben. In Venedig genügte offenbar der Name.

Brunetti rief sofort unten bei Vianello an und bat ihn heraufzukommen und sich die Röntgenbilder zu holen. Als der Sergente eintrat, gab Brunetti ihm Dottor Urbanis Adresse und schickte ihn mit der Anweisung los, das Ergebnis gleich telefonisch durchzugeben.

Wie war das, wenn einem das Kind entführt wurde? Wenn das Opfer nun Raffi gewesen wäre, sein eigener Sohn? Schon bei dem bloßen Gedanken zog sich Brunetti vor Angst und Abscheu der Magen zusammen. Er erinnerte sich an die Welle von Entführungen, die es in den 80er Jahren im Veneto gegeben hatte, und den Aufschwung, den dies privaten Sicherheitsdiensten beschert hatte. Die Bande war vor ein paar Jahren aufgeflogen, und die Anführer hatten lebenslänglich bekommen. Mit leisen Gewissensbissen ertappte Brunetti sich bei dem Gedanken, daß diese Strafe nicht hart genug war für ihre Taten, obwohl das Thema

Todesstrafe in seiner Familie ein derart rotes Tuch war, daß er die logische Konsequenz seiner Überlegungen lieber nicht weiterverfolgte.

Er mußte diese Mauer sehen und sich ein Bild machen, wie leicht sie zu überklettern wäre oder wie man den Stein sonst hinter das Tor hatte legen können. Er mußte die Kollegen in Belluno anrufen und sich nach Entführungsfällen in der Gegend erkundigen: Er hatte geglaubt, diese Provinz sei die an Verbrechen ärmste im Land, aber vielleicht gehörte ein solches Italien schon ins Reich der Erinnerungen. Es war genug Zeit vergangen, daß die Lorenzonis, falls es ihnen damals gelungen war, sich die Lösegeldsumme zusammenzuleihen, möglicherweise jetzt darüber sprechen würden. Und wenn ja, wie sie das Geld übergeben hatten, und wann?

Die Erfahrung von Jahren warnte ihn, nicht schon vom Tod des Jungen auszugehen, ohne den endgültigen Beweis dafür zu haben; dieselbe Erfahrung sagte ihm aber auch, daß hier kein endgültiger Beweis nötig war. Seine Intuition genügte.

Er mußte an das Gespräch mit Conte Orazio denken und wie sehr er sich gesträubt hatte, die Intuition des anderen zu akzeptieren. Paola hatte bisweilen gesagt, daß sie sich alt fühle, daß die beste Zeit des Lebens vorbei sei, aber es war Brunetti immer gelungen, sie von solchen Gedanken abzulenken. Er verstand nichts von Wechseljahren, schon das Wort machte ihn verlegen. Aber konnte dies ein Anzeichen dafür sein, daß so etwas vorging? Hatte man da nicht Hitzewallungen? Seltsame Anfälle von Heißhunger?

Er ertappte sich dabei, daß er hoffte, es wäre etwas in

dieser Art, etwas Körperliches, wofür er in keiner Weise verantwortlich war und wogegen er nichts tun konnte. Als er noch ein Schuljunge war, hatte der Priester, der ihnen Religionsunterricht erteilte, ihnen gesagt, man müsse vor der Beichte unbedingt sein Gewissen erforschen. Man könne, so der Priester, sowohl durch Tun als auch durch Unterlassen sündigen, aber schon damals hatte Brunetti Schwierigkeiten mit der Unterscheidung gehabt. Jetzt, als erwachsener Mann, konnte er den Unterschied noch schwerer fassen.

Er überlegte, ob er Paola vielleicht Blumen mitbringen, sie zum Essen ausführen, sich nach ihrer Arbeit erkundigen solle. Aber noch während er darüber nachdachte, begriff er, wie durchschaubar solche Gesten waren, auch für ihn. Wenn er den Grund für ihr Unglücklichsein wüßte, könnte er vielleicht etwas dagegen unternehmen.

Mit häuslichen Dingen hatte es bestimmt nichts zu tun, denn in den eigenen vier Wänden nahm sie kein Blatt vor den Mund. Also die Arbeit, und nach allem, was Paola ihm im Lauf der Jahre erzählt hatte, konnte er sich keinen intelligenten Menschen vorstellen, den die byzantinische Politik der Universität nicht zur Verzweiflung bringen würde. Aber normalerweise machte sie das nur wütend, und niemand stürzte sich genüßlicher in den Kampf als Paola. Und doch hatte der Conte gesagt, sie sei unglücklich.

Brunettis Gedanken wanderten von Paolas Glück zu seinem eigenen, und er stellte überrascht fest, daß er noch nie darüber nachgedacht hatte, ob er glücklich war oder nicht. Er liebte seine Frau, war stolz auf seine Kinder und machte seine Arbeit gut, wozu also über Glück nachdenken, und woraus konnte Glück sonst noch bestehen? Er hatte tagtäglich mit Menschen zu tun, die sich für unglücklich hielten und zudem glaubten, durch irgendein Verbrechen – Diebstahl, Mord, Betrug, Erpressung, sogar Menschenraub – den Zaubertrank zu finden, der ihr vermeintliches Elend in jenen heißersehnten Zustand verwandeln würde: Glück. Nur allzuoft war Brunetti gezwungen, sich mit den Folgen solcher Verbrechen zu befassen, und was er da sah, war häufig die Zerstörung allen Glücks.

Paola klagte oft darüber, daß niemand an der Universität ihr zuhörte, daß überhaupt kaum jemand einem anderen zuhörte, doch Brunetti hatte sich selbst nie zu den so Beschuldigten gezählt. Aber hörte er ihr zu? War er mit den Gedanken anwesend, wenn sie sich über das jäh sinkende Leistungsniveau ihrer Studenten und den schamlosen Eigennutz ihrer Kollegen ausließ? Kaum hatte er sich das gefragt, als sich der Gedanke einschlich: Hörte sie denn ihm zu, wenn er sich über Patta oder die vielfältigen Unzulänglichkeiten beklagte, die seinen Alltag bestimmten? Und die Folgen dessen, was er beobachtete, waren doch sicher viel ernster zu nehmen, als wenn ein Student nicht wußte, wer *I promessi sposi* geschrieben hatte, oder wer Aristoteles war.

Plötzlich angewidert von der Unsinnigkeit all dieser Überlegungen stand er auf und trat ans Fenster. Unten hatte Bonsuans Boot angelegt, aber der Bootsführer selbst war nirgends zu sehen. Brunetti wußte, daß seine Weigerung, Tenente Scarpa zur Beförderung vorzuschlagen, Bonsuan die Beförderung gekostet hatte, aber da er fast sicher war, daß Scarpa eine Zeugin verraten und ihren Tod verschuldet hatte, fiel es ihm schwer, sich mit diesem Mann auch nur im selben Raum aufzuhalten, erst recht aber konnte er ihm nicht schriftlich geben, daß er sein Verhalten guthieß. Er bedauerte, daß Bonsuan nun den Preis für die Verachtung zahlen mußte, die er für Scarpa empfand, aber er wußte nicht, was er dagegen tun konnte.

Wieder dachte er an Paola, aber er schob den Gedanken von sich und wandte sich vom Fenster ab, um nach unten zu Signorina Elettra zu gehen. »Signorina«, sagte er beim Eintreten, »ich glaube, es ist an der Zeit, den Fall Lorenzoni noch einmal unter die Lupe zu nehmen.«

»Dann war er es also?« fragte sie und sah von ihrer Tastatur auf.

»Ich denke ja, aber ich erwarte noch einen Anruf von Vianello. Er überprüft die zahnärztlichen Unterlagen.«

»Die arme Mutter«, sagte Elettra und fügte nach einer kurzen Pause hinzu, »ob sie wohl fromm ist?«

»Wie kommen Sie darauf?«

»Frömmigkeit kann ein Trost sein, wenn etwas Schreckliches passiert, bei Todesfällen zum Beispiel.«

»Sind Sie fromm?« fragte Brunetti.

»*Per carità*«, verwahrte sie sich mit erhobenen Händen gegen den bloßen Gedanken. »Das letzte Mal war ich zu meiner Firmung in der Kirche. Meine Eltern wären sehr unglücklich gewesen, wenn ich da nicht hingegangen wäre, und meine Freunde hielten es auch nicht anders. Aber seitdem habe ich nichts mehr damit zu tun gehabt.«

»Warum sagen Sie dann, daß Frömmigkeit ein Trost ist?«

»Weil es wahr ist«, meinte sie schlicht. »Daß ich nicht daran glaube, heißt ja nicht, daß es nicht anderen hilft. Es wäre dumm von mir, das zu leugnen.«

Und Dummheit konnte man Signorina Elettra wirklich nicht nachsagen. »Was ist mit den Lorenzonis?« fragte er, und bevor sie nachfragen konnte, erklärte er: »Nein, nein, nicht ihre religiösen Überzeugungen. Ich wüßte gern alles andere: Wie ihre Ehe läuft, ihre Geschäfte, wo sie überall Wohnungen haben, wer ihre Freunde sind, die Namen ihrer Anwälte.«

»Das meiste findet man wahrscheinlich im *Gazzettino*«, sagte sie. »Ich kann nachsehen, was die im Archiv haben.«

»Geht das auch, gewissermaßen ohne Fingerabdrücke zu hinterlassen?« fragte er, wobei er selbst nicht recht wußte, warum er es nicht an die große Glocke hängen wollte, daß er sich für die Familie interessierte.

»Auf Samtpfötchen«, antwortete sie, und es klang fast genüßlich, oder zumindest stolz. Sie deutete mit dem Kinn auf ihren Computer.

»Damit?« fragte Brunetti.

Sie lächelte. »Da ist *alles* drin.«

»Was zum Beispiel?«

»Ob einer von ihnen je Ärger mit uns hatte«, antwortete sie, und Brunetti wunderte sich, wie selbstverständlich ihr das persönliche Fürwort über die Lippen gekommen war.

»Ah, ja«, sagte Brunetti. »Daran hatte ich nicht gedacht.«

»Wegen seines Titels?« fragte sie, eine Augenbraue hochgezogen und den entgegengesetzten Mundwinkel lächelnd aufwärts gebogen.

Brunetti konnte dem nichts entgegenhalten und schüttelte nur stumm den Kopf. »Ich kann mich nicht erinnern, den Namen je im Zusammenhang mit der Polizei gehört zu haben. Abgesehen von der Entführung. Wissen Sie etwas?«

»Ich weiß, daß Maurizios Temperament gelegentlich auf Kosten anderer geht.«

»Wie ist das zu verstehen?«

»Daß er es nicht vertragen kann, wenn nicht alles nach seinem Willen geht, und daß sein Verhalten dann unangenehm werden kann.«

»Woher wissen Sie denn das?«

»So, wie ich manches über die körperliche Gesundheit von Leuten hier in der Stadt weiß.«

»Barbara?«

»Ja. Sie war aber nicht als behandelnde Ärztin beteiligt, dann hätte sie mir wohl nichts davon gesagt. Wir waren einmal mit dem Kollegen zum Essen, der ihre Urlaubsvertretungen macht; dabei erzählte er von einer Patientin, der Maurizio Lorenzoni die Hand gebrochen hat.«

»Er hat ihr die Hand gebrochen? Wie denn das?«

»Er hat die Autotür zugeknallt, als sie die Hand dazwischen hatte.«

Brunetti hob die Augenbrauen. »Jetzt verstehe ich, was Sie mit ›unangenehm‹ meinen.«

Sie schüttelte den Kopf. »Nein, nein, es war nicht so schlimm, wie es sich anhört. Sogar das Mädchen hat gesagt, daß es keine Absicht war. Sie hatten sich gestritten. Offenbar waren sie irgendwo drüben auf dem Festland zum Essen gewesen, und er wollte sie dann noch in die Villa einladen, vor der Roberto gekidnappt wurde. Sie lehnte ab und wollte lieber nach Venedig zurückgefahren werden. Er war wütend, ist aber schließlich gefahren. Als sie ins Parkhaus am Piazzale Roma kamen, stand ein anderer Wagen auf seinem Platz, und er mußte direkt an der Wand parken, so daß sie auf der Fahrerseite aussteigen mußte. Das war ihm wohl entgangen, jedenfalls schlug er seine Tür gerade in dem Moment zu, als sie die Hand am Rahmen hatte, um sich daran hochzuziehen.«

»Und sie war sicher, daß er nichts gesehen hatte?«

»Ja. Als er sie schreien hörte und sah, was er angerichtet hatte, war er so entsetzt, daß er fast geheult hätte, jedenfalls hat das Mädchen es Barbaras Freund so erzählt. Er hat sie dann nach unten gebracht, ein Wassertaxi gerufen und sie im *pronto soccorso* des Ospedale Civile abgeliefert. Am nächsten Tag hat er sie zu einem Spezialisten nach Udine gefahren, der die Hand wieder eingerichtet hat.«

»Und warum war sie dann noch bei diesem Freund Ihrer Schwester?«

»Sie hatte irgendeine Hautinfektion unter dem Gips. Deswegen hat er sie behandelt und dabei natürlich gefragt, wie sie sich die Hand gebrochen hatte.«

»Und sie hat ihm diese Geschichte erzählt?«

»Er hat es jedenfalls so wiedergegeben. Er hatte wohl den Eindruck, daß es die Wahrheit war.«

»Hat sie auf Schadenersatz geklagt, oder Schmerzensgeld gefordert?«

»Nicht daß ich wüßte.«

»Kennen Sie ihren Namen?«

»Nein, aber ich kann Barbaras Freund danach fragen.«

»Tun Sie das bitte«, bat Brunetti. »Und sehen Sie zu, was Sie sonst noch über die Familie herausfinden können.«

»Nur Kriminelles, Commissario?«

Brunetti wollte schon ja sagen, aber dann dachte er an diesen offenkundigen Widerspruch bei Maurizio, der zuerst wütend geworden sein sollte, als eine Frau seine Einladung ausschlug, und dann den Tränen nah war, als er ihre gebrochene Hand sah. Das machte ihn neugierig darauf, was es in der Familie Lorenzoni sonst noch an Widersprüchlichem geben mochte. »Nein, sehen wir einfach mal, was wir noch alles über sie erfahren können.«

»Gut, Dottore«, sagte sie, drehte ihren Stuhl, und schon lagen ihre Hände auf der Tastatur. »Ich fange bei Interpol an und sehe dann mal nach, was *Il Gazzettino* zu bieten hat.«

Brunetti nickte zu dem Computer hinüber. »Und das können Sie wirklich damit machen, statt Telefon?«

Sie warf ihm einen unendlich geduldigen Blick zu, etwa wie früher sein Chemielehrer nach jedem mißglückten Experiment. »Übers Telefon kriegt man heutzutage nur noch obszöne Anrufe.«

»Und alle anderen Leute benutzen das da?« fragte er und deutete auf das kleine Kästchen auf ihrem Schreibtisch.

»Das nennt man ein Modem, Commissario.«

»Ach ja, ich erinnere mich. Gut, dann sehen Sie mal, was es Ihnen über die Lorenzonis sagen kann.«

Bevor Signorina Elettra, wieder einmal entsetzt über seine Unwissenheit, ihm auch nur ansatzweise erklären konnte, was ein Modem war und wie es funktionierte, drehte Brunetti sich um und verließ ihr Büro. Beide betrachteten seinen eiligen Abgang nicht als eine verpaßte Gelegenheit zur Mehrung menschlichen Wissens.

11

Schon vom Gang aus hörte er das Telefon klingeln und eilte im Laufschritt in sein Zimmer, um den Hörer abzunehmen. Noch bevor Brunetti sich melden konnte, sagte Vianello: »Es ist Lorenzoni.«

»Die Röntgenaufnahmen stimmen also überein?«

»Ja, genau.«

Obwohl Brunetti nichts anderes erwartet hatte, merkte er, daß er sich auf die Gewißheit erst einmal einstellen mußte. Es war eine Sache, jemandem mitzuteilen, daß mit hoher Wahrscheinlichkeit die Leiche seines Vetters gefunden worden war; aber es war etwas völlig anderes, Eltern sagen zu müssen, daß ihr einziges Kind tot war. Ihr einziger Sohn. »*Gesù pietà*« flüsterte er, dann fragte er etwas lauter: »Hat der Zahnarzt sonst noch etwas über den Jungen gesagt?«

»Nicht direkt, aber er schien traurig über seinen Tod zu sein. Ich würde sagen, er hat ihn gern gehabt.«

»Wie kommen Sie darauf?«

»Durch den Ton, wie er von ihm sprach. Schließlich war der Junge seit seinem elften Lebensjahr bei ihm Patient. Der Zahnarzt hat ihn gewissermaßen aufwachsen sehen.« Als Brunetti nichts weiter sagte, erkundigte Vianello sich: »Soll ich ihn noch irgend etwas fragen? Ich bin noch in der Praxis.«

»Nein, nicht nötig, Vianello. Kommen Sie lieber hierher zurück. Ich möchte, daß Sie morgen früh nach Belluno fahren und vorher die ganze Akte durchlesen.«

»In Ordnung, Commissario«, sagte Vianello und legte ohne weitere Fragen auf.

Einundzwanzig Jahre alt und tot, mit einer Kugel im Kopf. Mit einundzwanzig ist das Leben noch nicht gelebt, es hat noch nicht einmal richtig angefangen; der Mensch, der einmal aus dem Kokon der Jugend schlüpfen wird, liegt noch im Schlaf. Und dieser Junge war tot. Brunetti dachte an den immensen Reichtum seines Schwiegervaters und daß es ebensogut dessen einziger Enkel, Raffi, hätte sein können, der entführt und ermordet worden war. Oder seine Enkelin. Dieser Gedanke trieb ihn aus seinem Zimmer, hinaus aus der Questura und nach Hause, erfüllt von einer irrationalen Angst um die Sicherheit seiner Familie: Wie der Heilige Thomas konnte er nur glauben, was seine Hände berührten.

Obwohl er sich nicht bewußt war, die Treppen schneller als sonst hinaufgestiegen zu sein, kam er auf dem letzten Treppenabsatz so außer Atem an, daß er sich eine Weile an die Wand lehnen mußte, um wieder Luft zu bekommen. Endlich stieß er sich ab und ging die restlichen Stufen hinauf, wobei er schon seine Schlüssel herauskramte.

Er schloß auf und blieb im Flur stehen, um zu lauschen, ob er alle drei orten konnte, ob sie sicher und geborgen waren zwischen den vier Wänden, die er ihnen bot. Aus der Küche hörte er ein blechernes Klappern, als etwas auf den Boden fiel, dann Paolas Stimme: »Ist nicht schlimm, Chiara. Spül ihn einfach ab und leg ihn wieder auf den Topf.«

Er richtete seine Aufmerksamkeit auf den hinteren Teil der Wohnung, Raffis Zimmer, und vernahm von dort diese schrecklichen lauten Geräusche, die junge Leute als Musik bezeichnen. Und nie hatte ihm eine Melodie, auch wenn hier keine zu erkennen war, süßer geklungen.

Er hängte seinen Mantel in den Schrank und ging durch den langen Flur zur Küche. Chiara drehte sich zu ihm um, als er hereinkam.

»*Ciao, papà. Mamma* bringt mir gerade bei, wie man Ravioli macht. Wir essen sie heute abend.« Sie legte ihre mehlbestäubten Hände hinter den Rücken und kam ihm ein paar Schritte entgegen. Er bückte sich, und sie küßte ihn auf beide Wangen; er wischte ihr eine lange Mehlspur von der linken Backe. »Gefüllt mit *funghi,* nicht wahr, *mamma?*« fragte sie, an Paola gewandt, die am Herd stand und in einer großen Pfanne die Pilze anbriet. Paola nickte und rührte weiter.

Hinter ihnen auf dem Tisch lagen ein paar schiefe Stapel seltsam geformter, blasser Rechtecke. »Sind das die Ravioli?« fragte er, wobei er an die makellosen Quadrate denken mußte, die seine Mutter immer geschnitten und gefüllt hatte.

»Sie werden es, *papà,* sobald wir sie gefüllt haben.« Sie wandte sich zur Bestätigung an Paola. »Nicht wahr, *mamma?*«

Paola rührte und nickte, drehte sich zu Brunetti um und nahm kommentarlos seine Begrüßungsküsse entgegen.

»Nicht wahr, *mamma?*« wiederholte Chiara etwas schriller.

»Ja, sicher. Die Pilze brauchen nur noch ein paar Minuten, dann können wir mit dem Füllen anfangen.«

»Du hast gesagt, ich kann das ganz allein, *mamma*«, beharrte Chiara.

Bevor Chiara ihren Vater zum Zeugen des Unrechts

aufrufen konnte, das ihr geschehen sollte, gab Paola nach. »Wenn dein Vater mir ein Glas Wein einschenkt, solange die Pilze noch schmoren, einverstanden?«

»Soll ich dir beim Füllen helfen?« fragte Brunetti halb im Scherz.

»Ach, *papà*, sei nicht albern. Du weißt doch, was du für eine Sauerei veranstalten würdest.«

»Sprich nicht so zu deinem Vater«, sagte Paola.

»Wie?«

»So.«

»Das verstehe ich nicht.«

»Du verstehst ganz genau.«

»Weiß oder rot, Paola?« unterbrach Brunetti. Er ging an Chiara vorbei, und als er sah, daß Paola sich wieder zum Herd umgedreht hatte, kniff er die Augen zusammen und schüttelte, mit der Kinnspitze auf Paola deutend, ganz leicht den Kopf.

Chiara schürzte die Lippen und zuckte die Achseln, nickte dann aber. »Na gut, *papà*, wenn du unbedingt willst, kannst du helfen.« Und nach einer langen, mißmutigen Pause: »*Mamma* auch, wenn sie will.«

»Rot«, sagte Paola, während sie weiter die Pilze in der Pfanne umherschob.

Brunetti ging zu dem Schrank unter der Spüle und bückte sich. »Cabernet?« fragte er.

»Mhm«, machte Paola zustimmend.

Er öffnete die Flasche und goß Wein in zwei Gläser. Als sie die Hand danach ausstreckte, faßte er sie und drückte sie an seine Lippen. Paola sah ihn überrascht an. »Was soll denn das?« fragte sie.

»Nur, weil ich dich von ganzem Herzen liebe«, sagte er und gab ihr endlich das Glas.

»Oh, *papà*« stöhnte Chiara. »So was sagen doch nur die Leute im Kino.«

»Wie du weißt, geht dein Vater nie ins Kino«, bemerkte Paola.

»Dann hat er es in einem Buch gelesen«, meinte Chiara, schon nicht mehr interessiert an dem, was die Erwachsenen da miteinander zu reden hatten. »Sind die Pilze jetzt fertig?«

Paola, der die Ablenkung durch ihre ungeduldige Tochter offenbar gerade recht kam, antwortete: »Gleich. Aber du mußt noch warten, bis sie abgekühlt sind.«

»Und wie lange dauert das?«

»Zehn Minuten, oder fünfzehn.«

Brunetti stand mit dem Rücken zu den beiden und blickte aus dem Fenster zu den Bergen nördlich von Venedig.

»Kann ich dann solange was anderes machen?«

»Natürlich.«

Er hörte Chiara aus der Küche und über den Flur zu ihrem Zimmer gehen.

»Warum hast du das eben gesagt?« fragte Paola, als sie allein waren.

»Weil es wahr ist«, erklärte Brunetti, den Blick noch immer in die Ferne gerichtet.

»Aber warum sagst du es gerade jetzt?«

»Weil ich es sonst nie sage.« Er nippte an seinem Wein. Fast hätte er gefragt, ob sie es nicht glaube oder ob sie es nicht gern höre, aber er schwieg und trank noch einen Schluck.

Noch bevor er Paola hatte kommen hören, fühlte er sie neben sich. Sie schlang den linken Arm um seine Taille und schmiegte sich an ihn. Schweigend stand sie neben ihm, und sie sahen gemeinsam aus dem Fenster. »Ich weiß gar nicht mehr, wann es zuletzt so klar war. Ist das der Nevegal, was meinst du?« fragte sie, wobei sie mit der rechten Hand auf den nächstgelegenen Berg zeigte.

»Der ist in der Nähe von Belluno, nicht?« fragte er.

»Ich glaube, ja. Warum?«

»Weil ich da vielleicht morgen hin muß.«

»Weswegen?«

»Man hat die Leiche des jungen Lorenzoni gefunden. In der Nähe von Belluno.«

Es dauerte lange, bis sie etwas sagte. »Der arme Junge. Und die Eltern. Schrecklich.« Nach einer weiteren langen Pause fragte sie: »Wissen sie es schon?«

»Nein, ich muß es ihnen heute sagen. Vor dem Abendessen.«

»Ach, Guido, warum mußt du nur immer diese furchtbaren Sachen übernehmen?«

»Wenn andere Leute keine furchtbaren Sachen machten, brauchte ich das nicht, Paola.«

Einen Augenblick fürchtete er, sie könnte an seiner Antwort Anstoß nehmen, aber sie schmiegte sich nur fester an ihn. »Ich kenne die Leute ja nicht, aber sie tun mir leid. Was für eine schreckliche Geschichte.« Er spürte, wie sich ihre Muskeln anspannten, als sie sich klarmachte, daß es auch ihr Kind hätte sein können, ihr Sohn. Ihrer beider Sohn. »Wie entsetzlich. Wie entsetzlich, so etwas zu tun. Wie kann man das nur?«

Er wußte keine Antwort darauf, wie er noch nie eine Antwort auf jene großen Fragen gewußt hatte, warum Menschen Verbrechen begehen oder einander Grausamkeiten zufügen. Er hatte nur auf die kleineren Fragen eine Antwort. »Sie tun es des Geldes wegen.«

»Um so schlimmer«, kam sofort ihre Antwort. »Ich hoffe ja nur, daß sie gefaßt werden.« Dann erinnerte sie sich und sagte: »Ich hoffe, daß du sie faßt.«

Das hoffte er auch, und es überraschte ihn, wie stark sein Wunsch war, die zu finden, die das getan hatten. Aber er wollte jetzt nicht, noch nicht, darüber reden; er wollte vielmehr ihre Frage beantworten, warum er vorhin gesagt hatte, daß er sie liebe. Er war nicht der Mensch, der es gewohnt war, über seine Gefühle zu sprechen, aber er wollte es ihr sagen, sie mit der Kraft seiner Worte und seiner Liebe von neuem an sich binden. »Paola«, begann er, doch bevor er weiterreden konnte, riß sie sich so abrupt von ihm los, daß er vor Schreck verstummte.

»Die Pilze«, rief sie und riß mit einer Hand die Pfanne von der Flamme, während sie mit der anderen das Fenster öffnete. Und alles Liebesgeflüster ging mit den Pilzen in Rauch auf.

12

Nachdem Brunetti seinen Wein ausgetrunken hatte, ging er zu Raffis Zimmer und klopfte. Als von drinnen außer dem Dum, Dum, Dum der Musik nichts zu vernehmen war, stieß er die Tür auf. Raffi lag im Bett, auf der Brust ein offenes Buch, und schlief fest. Brunetti dachte an Paola, Chiara, die Nachbarn und die Nerven der Menschheit überhaupt und ging zu der kleinen Stereoanlage auf dem Bücherregal, um die Lautstärke zurückzudrehen. Dann blickte er auf Raffi hinunter, der sich nicht rührte, und stellte den Ton noch etwas leiser. Endlich trat er einen Schritt näher ans Bett und sah sich den Buchtitel an: *Lehrbuch der höheren Mathematik*. Kein Wunder, daß der Junge schlief.

In der Küche war Chiara dabei, finstere Drohungen gegen die Raviolistücke auszustoßen, die einfach nicht in der Form bleiben wollten, die sie ihnen zugedacht hatte. Brunetti ging weiter zu Paolas Arbeitszimmer. Er streckte den Kopf hinein und sagte: »Notfalls können wir immer noch zu Gianni gehen und eine Pizza essen.«

Sie sah von ihren Papieren auf. »Egal was sie mit diesen armen Ravioli anstellt, wir werden alles aufessen, was sie uns auf den Teller tut, und du wirst um einen Nachschlag bitten.« Bevor er überhaupt protestieren konnte, kam sie ihm zuvor und richtete drohend den Bleistift auf ihn: »Es ist das allererste Essen, das sie kocht, und es wird wunderbar schmecken.« Sie sah, daß er etwas sagen wollte, und kam ihm abermals zuvor. »Verbrannte Champignons, Pasta wie Tapetenkleister und ein Hähnchen, das sie unbedingt in Sojasoße marinieren wollte, so daß es den Salzgehalt des Toten Meeres haben wird.«

»Klingt ja richtig appetitlich, wie du das sagst.« Wenigstens kann sie am Wein nichts verderben, dachte er bei sich. »Und Raffi? Wie willst du ihn dazu bringen, alles aufzuessen?«

»Glaubst du denn, er liebt seine kleine Schwester nicht?« fragte sie mit jener gespielten Empörung, die er so gut kannte.

Brunetti antwortete nicht.

»Also gut«, gestand Paola, »ich habe ihm zehntausend Lire versprochen, wenn er aufißt.«

»Krieg ich die auch?« fragte Brunetti und verabschiedete sich.

Auf dem Weg in Richtung Rialto merkte Brunetti, daß ihm schon wohler war als die ganze Zeit seit dem Essen mit seinem Schwiegervater. Er hatte noch immer keine Ahnung, was Paola Kummer bereiten mochte, aber die Unbefangenheit ihres letzten Gesprächs überzeugte ihn, daß ihre Ehe immerhin auf gesunden Füßen stand. Auf und ab ging er, auf und ab über die Brücken, genau wie seine Stimmung den ganzen Tag auf und ab gegangen war, zuerst infolge der Aufregungen eines neuen Falles, dann durch die beunruhigende Einmischung seines Schwiegervaters und schließlich durch Paolas friedenstiftendes Geständnis, sie habe ihren Sohn bestochen. Über das Gespräch mit den Lorenzonis konnte ihm nur die Aussicht auf das

Abendessen hinweghelfen, aber wie gern hätte er sich einen ganzen Monat von Chiara bekochen lassen, wenn es ihm dafür erspart geblieben wäre, wieder einmal der Überbringer von Trauer und Elend zu sein.

Der Palazzo lag in der Nähe des Rathauses, aber er mußte am Cinema Rossini vorbei und dann wieder zurück zum Canal Grande, um hinzukommen. Auf dem Ponte del Teatro blieb er kurz stehen und betrachtete die wiedererstandenen Fundamente der Gebäude zu beiden Seiten des Kanals. Als er ein Junge war, hatte man die Kanäle ständig gereinigt, und das Wasser war so sauber gewesen, daß man darin schwimmen konnte. Heute war die Reinigung eines Kanals ein großes Ereignis und kam so selten vor, daß sie mit Schlagzeilen bedacht und den Stadtoberen als besonderes Verdienst angerechnet wurde. Und den Kontakt mit dem Wasser würde manch einer vielleicht nicht überleben.

Als er den Palazzo gefunden hatte, ein hohes viergeschossiges Gebäude, dessen vordere Fenster auf den Canal Grande gingen, klingelte er, wartete ein Weilchen und klingelte noch einmal. Schließlich hörte er die Stimme eines Mannes über die Sprechanlage: »Commissario Brunetti?«

»Ja.«

»Kommen Sie bitte herein«, sagte die Stimme, und die Tür sprang auf. Brunetti ging hinein und fand sich in einem Garten wieder, der viel größer war, als er es in diesem Teil der Stadt erwartet hätte. Nur die Reichsten hatten es sich leisten können, ihre Palazzi um so viel freien Raum herum zu bauen, und nur ihre ebenso reichen Abkömmlinge konnten so etwas erhalten.

»Hier herauf«, hörte er jemanden vom Ende einer Treppe zu seiner Linken rufen. Er drehte sich um und ging hinauf. Oben wartete ein junger Mann im blauen Zweireiher. Er hatte dunkelbraunes Haar und eine ausgeprägt hohe Stirn, die er unter schräg nach vorn gebürsteten Haaren zu verstecken suchte. Als Brunetti nahe genug war, streckte der junge Mann die Hand aus und sagte: »Guten Abend, Commissario. Ich bin Maurizio Lorenzoni. Mein Onkel und meine Tante erwarten Sie.« Sein Händedruck war schlaff – nach so einer Berührung hätte Brunetti sich am liebsten immer die Hand an der Hose abgewischt, doch der Blick machte einiges wieder wett, denn er war direkt und offen. »Haben Sie mit Dottor Urbani gesprochen?« Eine taktvolle Art zu fragen, das mußte Brunetti zugeben.

»Ja, und ich muß Ihnen leider sagen, daß die Identifizierung der Leiche dadurch bestätigt wurde. Es ist Ihr Vetter Roberto.«

»Und ein Irrtum ist ausgeschlossen?« fragte der andere in einem Ton, der die Antwort schon vorwegnahm.

»Ja, völlig ausgeschlossen.«

Der junge Mann stieß die Fäuste in die Taschen seines Jacketts, bis es sich straff über die Schultern spannte. »Das bringt sie um. Ich weiß nicht, wie meine Tante das verkraften wird.«

»Es tut mir leid«, sagte Brunetti aufrichtig. »Wäre es vielleicht besser, wenn Sie es ihnen sagen?«

»Ich glaube, ich schaffe das nicht«, antwortete Maurizio, den Blick auf den Boden gerichtet.

In all den Jahren, in denen Brunetti den Familien Ermordeter eine solche Nachricht hatte überbringen müssen, hatte sich noch nie einer erboten, ihm das abzunehmen. »Ihr Onkel und Ihre Tante wissen, daß ich hier bin? Und wer ich bin?«

Der junge Mann nickte und sah auf. »Ich mußte es ihnen sagen. Damit sie wissen, was sie erwartet. Aber es ist…«

Brunetti beendete den Satz für ihn: »Es ist zweierlei, ob man mit etwas rechnet oder ob man es dann bestätigt bekommt. Vielleicht könnten Sie mich jetzt zu ihnen bringen.«

Der junge Mann drehte sich um und ging voraus, wobei er die Tür hinter ihnen offen ließ. Brunetti machte sie zu, ohne daß der andere davon Notiz nahm. Er führte Brunetti über einen mit Marmor gefliesten Korridor zu einer großen Flügeltür aus Nußbaum. Ohne anzuklopfen, öffnete er sie und trat zur Seite, um Brunetti den Vortritt zu lassen.

Brunetti erkannte den Conte von den Bildern her, die er gesehen hatte: silbergraues Haar, aufrechte Haltung und das eckige Kinn, das – er konnte es sicher schon nicht mehr hören – an Mussolini erinnerte. Brunetti wußte zwar, daß Conte Lorenzoni auf die Sechzig zuging, doch die Männlichkeit, die er ausstrahlte, ließ ihn zehn Jahre jünger wirken. Der Conte stand vor einem überdimensionalen Kamin und blickte starr auf das Bukett aus Trockenblumen, das darin stand, aber als Brunetti eintrat, drehte er sich um und sah ihn an.

Fast zwergenhaft in ihrem Armsessel, starrte eine spindeldürre Frau Brunetti an, als wäre er der Teufel, der ihre Seele holen wollte. Was ja auch stimmt, dachte Brunetti, den beim Anblick der mageren, nervös im Schoß gefalteten Hände plötzlich Mitleid überkam. Die Contessa war jünger als ihr Mann, aber das Leid der letzten beiden Jahre hatte sie aller Jugend und Hoffnung beraubt und eine alte Frau aus ihr gemacht, die eher die Mutter des Conte hätte sein können als seine Frau. Brunetti wußte, daß sie früher zu den Schönheiten der Stadt gehört hatte, und gewiß waren die Konturen ihres Gesichts noch immer perfekt. Aber viel mehr als die Konturen war von dem Gesicht nicht übrig.

Noch bevor ihr Mann etwas sagen konnte, fragte sie so leise, daß ihre Stimme sich im Raum verloren hätte, wäre sie nicht das einzige Geräusch gewesen: »Sind Sie der Polizist?«

»Ja, Contessa.«

Der Conte kam jetzt auf Brunetti zu und reichte ihm die Hand. Mit einem Händedruck, der so fest war wie der seines Neffen schlaff, preßte er Brunettis Finger zusammen. »Guten Abend, Commissario. Entschuldigen Sie, wenn ich Ihnen nichts zu trinken anbiete. Sie werden das sicher verstehen.« Seine Stimme war tief, aber erstaunlich leise, fast so leise wie die seiner Frau.

»Ich überbringe Ihnen die schlimmste Nachricht, die es gibt, Signor Conte«, sagte Brunetti.

»Roberto?«

»Ja. Er ist tot. Seine Leiche wurde in der Nähe von Belluno gefunden.«

Aus ihrem Sessel fragte die Mutter des Jungen: »Wissen Sie das genau?« Brunetti sah zu ihr hinüber und stellte erstaunt fest, daß sie in diesen wenigen Augenblicken noch

kleiner geworden, noch tiefer zwischen die hohen Seiten-
lehnen gesunken war.

»Ja, Contessa. Wir haben seinem Zahnarzt die Röntgenaufnahmen vom Gebiß gezeigt, und er hat bestätigt,
daß sie mit denen von Roberto übereinstimmen.«

»Röntgenaufnahmen?« fragte sie. »Und was ist mit seiner Leiche? Hat sie noch niemand identifiziert?«

»Cornelia«, sagte ihr Mann sanft, »laß ihn ausreden,
dann können wir Fragen stellen.«

»Ich will wissen, was mit der Leiche ist, Ludovico. Ich
will wissen, was aus meinem Kind geworden ist.«

Brunetti wandte sich wieder dem Conte zu und wartete
auf ein Zeichen zum Weiterreden. Als der Conte nickte,
fuhr Brunetti fort: »Er lag auf einem Acker begraben. Offenbar hat er dort einige Zeit gelegen, über ein Jahr.« Er hielt
inne, hoffte, daß sie sich denken konnten, was aus einer
Leiche wurde, die ein Jahr lang in der Erde lag, und es
nicht noch von ihm erklärt haben wollten.

»Aber wozu die Röntgenbilder?« fragte die Contessa.
Wie so viele, denen Brunetti unter den gleichen Umständen begegnet war, wollte sie manches einfach nicht verstehen.

Ehe Brunetti den Ring erwähnen konnte, schaltete der
Conte sich ein. Er blickte zu seiner Frau hinüber und
sagte: »Das heißt, daß die Leiche verwest ist, Cornelia, und
darum auf diese Art identifiziert werden muß.«

Brunetti, der die Contessa beobachtet hatte, während
ihr Mann sprach, sah genau den Augenblick, in dem diese
Erklärung den letzten Schutzwall durchbrach, den sie
noch gehabt hatte. Vielleicht war es das Wort ›verwest‹,

aber was auch immer, sie ließ jedenfalls in diesem Augenblick des Verstehens den Kopf gegen die Sessellehne sinken und schloß die Augen. Ihre Lippen bewegten sich, entweder im Gebet oder im Protest. Die Polizei von Belluno würde ihnen den Ring geben, also konnte Brunetti es sich ersparen, sie auch davon noch zu unterrichten.

Der Conte drehte sich um und richtete den Blick wieder auf die Blumen im Kamin. Lange sagte niemand etwas, bis schließlich der Conte fragte, ohne Brunetti anzusehen: »Wann können wir ihn wiederhaben?«

»Da müssen Sie sich mit den Behörden in Belluno in Verbindung setzen, Signor Conte, aber ich bin sicher, daß man Ihnen dort in jeder Weise entgegenkommen wird.«

»Wie erreiche ich die Leute dort?«

»Wenn Sie die Questura in Belluno anrufen…« begann Brunetti, erbot sich dann jedoch: »Ich kann das aber auch für Sie erledigen. Vielleicht wäre es so einfacher.«

Maurizio, der die ganze Zeit geschwiegen hatte, schaltete sich ein. »Ich übernehme das, *zio*«, sagte er an den Conte gewandt und deutete, als er Brunettis Blick begegnete, mit dem Kopf zur Tür. Aber Brunetti ignorierte ihn.

»Signor Conte, ich müßte so bald wie möglich mit Ihnen über die damalige Entführung sprechen.«

»Nicht jetzt«, entgegnete der Conte, den Blick noch immer abgewandt.

»Ich weiß, wie furchtbar das alles für Sie ist, Signor Conte«, sagte Brunetti, »aber ich kann Ihnen dieses Gespräch nicht ersparen.«

»Das Gespräch wird stattfinden, wenn ich es sage, Commissario, nicht früher«, antwortete der Conte, noch immer ohne den Blick von den Blumen im Kamin zu wenden.

In dem Schweigen, das daraufhin entstand, verließ Maurizio seinen Platz an der Tür und ging zu seiner Tante. Er beugte sich über sie und legte ihr kurz eine Hand auf die Schulter. Dann richtete er sich wieder auf und sagte: »Ich bringe Sie hinaus, Commissario.«

Brunetti folgte ihm aus dem Zimmer. In der Diele erklärte er dem jungen Mann, wie er in Belluno die richtigen Leute erreichte, die Robertos Leiche freigeben und nach Venedig überführen lassen würden. Brunetti fragte ihn nicht, wann er noch einmal mit Conte Ludovico sprechen könne.

13

Als das Abendessen endlich soweit war, daß sie sich zu Tisch setzen konnten, fand Brunetti alle seine Erwartungen voll und ganz erfüllt, doch er ertrug es mit einem Stoizismus, der seinen liebsten römischen Schriftstellern alle Ehre gemacht hätte. Er ließ sich auch brav eine zweite Portion Ravioli auftun, gewälzt in einer Substanz, die wohl einmal Butter gewesen war, und vermengt mit angekohlten Salbeiblättern. Das Hähnchen war so salzig wie angedroht, und bevor das Mahl noch beendet war, hatte er bereits die dritte Flasche Mineralwasser geöffnet. Paola sagte ausnahmsweise einmal nichts, als er die zweite Flasche Wein aufmachte, und war ihm kräftig beim Austrinken behilflich.

»Und was gibt's zum Nachtisch?« fragte er, was ihm den seit Wochen zärtlichsten Blick von Paola eintrug.

»Ich hatte keine Zeit, einen zu machen«, sagte Chiara und verpaßte zum Glück die Blicke zwischen ihren drei Tischgenossen. Die gemalten Gesichter der Überlebenden auf Géricaults »Floß der Medusa« hätten keine größere Freude ausdrücken können, als sie die Segel der Schiffe erblickten, die zu ihrer Rettung kamen.

»Ich glaube, es ist noch etwas Eis da«, meldete sich Raffi, getreu der Vereinbarung mit seiner Mutter.

»Leider nein, ich habe den Rest heute nachmittag aufgegessen« gestand Chiara.

»Möchtet ihr beide denn vielleicht zum Campo di Santa Margherita gehen und neues holen?« fragte Paola.

»Aber was wird dann aus dem Abwasch, *mamma*?« wollte Chiara wissen. »Du hast gesagt, wenn ich koche, muß Raffi abwaschen.«

Noch bevor Raffi protestieren konnte, sagte Paola: »Wenn ihr das Eis holen geht, mache ich den Abwasch.« Unter begeisterten Zustimmungsrufen zückte Brunetti sein Portemonnaie und gab Raffi zwanzigtausend Lire. Beim Weggehen verhandelten sie bereits über die Sorten.

Paola stand auf und begann, den Tisch abzuräumen. »Meinst du, du wirst es überleben?« fragte sie.

»Wenn ich vor dem Zubettgehen noch einen Liter Wasser trinken darf und daran denke, mir eine weitere Flasche ans Bett zu stellen.«

»War ziemlich schlimm, nicht?« räumte Paola ein.

»Sie war glücklich«, meinte Brunetti ausweichend und fügte dann hinzu: »Und es spricht doch sehr dafür, daß man Mädchen etwas lernen lassen sollte, nicht?«

Paola stellte lachend das Geschirr in die Spüle. Dann sprachen sie unbeschwert über das Essen und freuten sich beide, daß Chiara so mit sich zufrieden gewesen war, ein sicherer Beweis für den Erfolg der familiären Intrige. Und der familiären Liebe, dachte Brunetti.

Als das Geschirr abgewaschen und zum Abtropfen ins Trockengestell über der Spüle gestellt war, sagte er: »Ich werde wohl morgen mit Vianello nach Belluno fahren.«

»Wegen des jungen Lorenzoni?«

»Ja.«

»Wie haben die Eltern es aufgenommen?«

»Schlecht, besonders die Mutter.«

Er merkte, daß Paola über den Verlust des einzigen

Sohnes lieber nicht nachdenken wollte. Wie immer in solchen Fällen lenkte sie mit Detailfragen ab. »Wo hat man ihn eigentlich gefunden?«

»In einem Acker.«

»Einem Acker? Wo?«

»In einem der Dörfer mit diesen seltsamen bellunesischen Namen – Col di Cugnan, glaube ich.«

»Und *wie* wurde er denn gefunden?«

»Ein Bauer hat den Acker gepflügt und dabei die Gebeine zutage gefördert.«

»Gütiger Himmel, wie schrecklich«, sagte sie und fügte unvermittelt hinzu: »Und du mußtest ihnen das mitteilen und dann zu diesem scheußlichen Essen nach Hause kommen.«

Brunetti mußte wider Willen lachen.

»Was ist daran so komisch?«

»Daß du als erstes ans Essen denkst.«

»Das habe ich von dir, mein Lieber«, sagte sie, und in ihrem Ton lag so etwas wie nachsichtiger Hochmut. »Vor unserer Heirat habe ich an Essen kaum einen Gedanken verschwendet.«

»Wie hast du dann so gut kochen gelernt?«

Sie winkte ab, aber er spürte außer ihrer Verlegenheit auch den Wunsch, sich die Wahrheit entlocken zu lassen, und bohrte nach. »Doch, sag es mir: Wie hast du so gut kochen gelernt? Ich habe gedacht, du tätest seit Jahren nichts anderes.«

»Ich habe mir ein Kochbuch gekauft«, antwortete sie verdächtig schnell.

»Ein Kochbuch? Du? Warum?«

»Als ich wußte, daß ich dich nun mal sehr gern hatte,

und merkte, wie wichtig dir Essen ist, fand ich es an der Zeit, kochen zu lernen.« Sie sah ihn an und wartete auf seinen Kommentar, als keiner kam, sprach sie weiter: »Ich habe zu Hause damit angefangen, und glaub mir, manche meiner ersten Versuche waren sogar noch schlimmer als das, was wir heute abend hatten.«

»Schwer zu glauben«, sagte Brunetti. »Und?«

»Also, ich wußte, daß ich dich mochte, und wahrscheinlich wußte ich auch, daß ich mit dir zusammensein wollte. Da bin ich also drangeblieben, und mit der Zeit ...« Sie unterbrach sich, und ihre ausholende Geste umfaßte die ganze Küche. »Mit der Zeit habe ich es dann wohl gelernt.«

»Aus einem Kochbuch?«

»Und mit etwas Hilfe.«

»Von wem?«

»Damiano. Er kocht sehr gut, wie du weißt. Außerdem von meiner Mutter. Und nachdem wir verlobt waren, auch von deiner.«

»Meine Mutter hat dir Kochen beigebracht?« Paola nickte, und Brunetti sagte: »Sie hat mir nie etwas davon erzählt.«

»Das habe ich mir auch von ihr versprechen lassen.«

»Warum?«

»Ich weiß auch nicht, Guido«, log sie ganz offensichtlich. Er schwieg, denn er wußte aus langer Erfahrung, daß sie es ihm gleich erklären würde. »Wahrscheinlich wollte ich bei dir den Eindruck erwecken, daß ich alles kann, sogar kochen.«

Er beugte sich auf seinem Stuhl vor, faßte sie um die Taille und zog sie zu sich. Sie machte einen halbherzigen Versuch, sich ihm zu entwinden. »Ich komme mir so dämlich vor, dir das nach all den Jahren zu erzählen«, sagte sie, wobei sie sich an ihn lehnte und ihn auf den Kopf küßte. Plötzlich fiel ihr aus heiterem Himmel etwas ein, und sie sagte: »Meine Mutter kennt sie.«

»Wen?«

»Contessa Lorenzoni. Ich glaube, sie sitzen zusammen in irgendeinem Wohltätigkeitsausschuß, oder...« Sie unterbrach sich. »Ich weiß es nicht mehr genau, aber sie kennen sich.«

»Hat deine Mutter einmal etwas über sie gesagt?«

»Nein, zumindest erinnere ich mich an nichts. Außer an die Sache mit ihrem Sohn. Es bringt sie um, sagt *mamma* jedenfalls. Sie war so vielseitig engagiert: bei den Freunden Venedigs, fürs Theater, bei Spendensammlungen für den Wiederaufbau des La Fenice. Aber als das dann passierte, hat sie alles fallengelassen. Meine Mutter sagt, daß sie nie mehr ausgeht und auch niemanden empfängt. Keiner sieht sie mehr. *Mamma* hat, glaube ich, gemeint, die Ungewißheit um sein Schicksal sei schuld daran und seinen Tod könnte sie wahrscheinlich noch eher hinnehmen. Aber nicht zu wissen, ob er noch lebt... Ich kann mir nichts Entsetzlicheres vorstellen. Da ist es sogar besser, zu wissen, daß er tot ist.«

Brunetti, der gewöhnlich für das Leben plädierte, hätte unter anderen Umständen Einwände erhoben, aber er wollte das Thema heute abend lieber nicht diskutieren. Er hatte schon den ganzen Tag über das Verschwinden und den Tod von Kindern nachdenken müssen und mochte nichts mehr davon wissen. Ziemlich unvermittelt wechselte er das Thema. »Was tut sich denn in der Denkfabrik?« fragte er.

Sie machte sich von ihm los, nahm das Besteck von der Spüle und begann es abzutrocknen. »Das Niveau entspricht etwa dem heutigen Abendessen«, antwortete sie schließlich. Stück für Stück ließ sie die Messer und Gabeln in eine Schublade fallen. »Unser Fachbereichsleiter verlangt, daß wir uns mehr mit Kolonialliteratur befassen.«

»Was ist denn das?« fragte Brunetti.

»Da fragst du zu Recht« antwortete sie, während sie einen Vorlegelöffel abtrocknete. »Leute aus Kulturen, in denen Englisch nicht die Muttersprache ist, die aber Englisch schreiben.«

»Und was ist daran so schlimm?«

»Einige von uns sollen das Zeug nächstes Jahr lehren.«

»Du auch?«

»Ja«, sagte sie, dabei warf sie den letzten Löffel in die Schublade und knallte sie zu.

»Und wie soll dein Kind heißen?«

»›Die Stimme der karibischen Frauen‹.«

»Weil du eine Frau bist?«

»Jedenfalls nicht, weil ich aus der Karibik bin«, antwortete sie.

»Und?«

»Ich habe mich geweigert.«

»Warum?«

»Weil mich das Thema nicht interessiert. Weil ich es widerwillig und darum schlecht machen würde.« Brunetti ahnte, daß dies eine Ausflucht war, und wartete, daß sie es zugab. »Und weil ich mir von ihm nicht vorschreiben lassen will, was ich lehre.«

»War das der Grund für deinen Kummer?« fragte er so beiläufig wie möglich.

Obwohl sie ihn scharf dabei ansah, klang ihre Antwort so beiläufig wie seine Frage. »Ich wußte nicht, daß ich Kummer hatte.« Sie wollte noch etwas hinzufügen, aber da flog die Wohnungstür auf, die Kinder kamen mit dem Eis zurück, und Brunettis Frage blieb unbeantwortet.

In der Nacht wachte Brunetti tatsächlich zweimal auf, und jedesmal trank er zwei Gläser Mineralwasser. Das zweite Mal war kurz nach Tagesanbruch, und nachdem er sein Glas auf dem Fußboden abgestellt hatte, lag er auf den Ellbogen gestützt und betrachtete Paolas Gesicht. Eine Haarsträhne ringelte sich um ihr Kinn und zitterte leise unter ihrem Atem. Mit geschlossenen Augen und ohne Mienenspiel zeigte das Gesicht nur Kontur und Charakter. Fremd und für ihn undurchschaubar lag sie neben ihm, und er suchte in ihrem Gesicht nach irgend etwas, das ihm helfen würde, sie besser zu begreifen. Er wünschte sich plötzlich mit aller Macht, daß Conte Orazio unrecht habe und sie glücklich und mit ihrem Leben an seiner Seite zufrieden sei.

Wie ihm zum Hohn schlugen die Glocken von San Polo sechsmal, und die Spatzen, die sich zwischen den losen Backsteinen des Schornsteins ein Nest gebaut hatten, begrüßten den neuen Tag und riefen zur Arbeit. Brunetti überhörte sie geflissentlich und legte den Kopf wieder aufs Kissen. Er schloß die Augen in der Überzeugung, daß er sowieso nicht wieder einschlafen würde, sollte aber bald feststellen, wie leicht es war, den Ruf zur Arbeit zu überhören.

14

An diesem Morgen hielt Brunetti es für angezeigt, seine spärlichen Informationen über den Mordfall Lorenzoni – inzwischen konnte man ihn ja so nennen – an Patta weiterzugeben, und das tat er, kaum daß dieser in der Questura eingetroffen war. Brunetti fürchtete Nachwirkungen seines gestrigen Verhaltens gegenüber Patta, aber es gab keine, zumindest nicht offen. Patta hatte die Zeitungsberichte gelesen und äußerte gebetsmühlenhaft seine Bestürzung, die vor allem der Tatsache zu gelten schien, daß ein Adelshaus betroffen war.

Brunetti erklärte, er habe zufällig den Anruf entgegengenommen, in dem die Übereinstimmung der Gebißaufnahmen bestätigt worden sei, und es daraufhin gleich übernommen, die Eltern zu verständigen. Aus langer Erfahrung hütete er sich, Interesse an dem Fall zu zeigen, und fragte fast beiläufig, wem der Vice-Questore den Fall zu übergeben gedenke. Er ging sogar soweit, einen Kollegen vorzuschlagen.

»Woran sind Sie denn gerade, Brunetti?«

»An der illegalen Müllablagerung in Marghera«, antwortete Brunetti prompt und in einem Ton, als ob Umweltvergiftung wichtiger wäre als Mord.

»Ach ja«, sagte Patta; er hatte von Marghera gehört. »Nun, ich denke, das können wir den uniformierten Kollegen überlassen.«

»Aber ich muß noch den Hafenmeister vernehmen«, beharrte Brunetti. »Und jemand muß sich die Frachtpapiere dieses Tankers aus Panama ansehen.«

»Das soll Pucetti machen«, meinte Patta wegwerfend.

Brunetti fiel ein Spiel ein, das er früher gern mit seinen Kindern gespielt hatte. Man ließ eine Handvoll Holzstäbchen, ungefähr so lang wie Spaghetti, auf den Tisch fallen und mußte dann so viele wie möglich aus dem Gewirr herausklauben, ohne daß sich eines von den anderen bewegte. Dabei mußte man sehr behutsam vorgehen; eine falsche Bewegung, und alles kullerte durcheinander.

»Meinen Sie nicht, Mariani könnte das machen?« schlug Brunetti einen der beiden anderen *commissari* vor. »Er ist gerade aus dem Urlaub zurück.«

»Nein, ich finde, Sie sollten das übernehmen. Schließlich kennt Ihre Frau ja diese Sorte Leute, nicht wahr?«

›Diese Sorte Leute‹ war eine Formulierung, die Brunetti jahrelang nur im abwertenden Sinne gehört hatte, meist in einem rassistischen, und hier sprang sie nun dem Vice-Questore über die Lippen wie ein Lobgesang. Brunetti nickte unverbindlich; er war nicht sicher, welche ›Sorte Leute‹ seine Frau kannte und was sie möglicherweise über sie wußte.

»Gut, dann könnten Ihnen ja hier Ihre Familienbeziehungen zugute kommen«, sagte Patta, was wohl heißen sollte, daß die Macht des Staates oder die Befugnisse der Polizei im Zusammenhang mit dieser Sorte Leute nicht viel zählten. Und wenn Brunetti es recht bedachte, mochte das sogar stimmen.

Er überwand sich zu einem sehr widerstrebenden »Hm« und gab dann nach, wobei er alles, was nach Begeisterung klingen konnte, aus seiner Stimme heraushielt. »Wenn Sie es wollen, Vice-Questore, dann rede ich wegen Marghera mit Pucetti.«

»Halten Sie aber mich oder Tenente Scarpa über Ihr Tun auf dem laufenden, Brunetti«, fügte Patta wie abwesend hinzu.

»Selbstverständlich«, sagte Brunetti, ein Versprechen, so leer wie schon lange nicht mehr. Als er sah, daß sein Vorgesetzter ihm offenbar nichts weiter zu sagen hatte, stand er auf und ging.

Kaum hatte er die Tür von Pattas Zimmer hinter sich zugemacht, fragte Signorina Elettra: »Haben Sie ihn überzeugt, daß er Ihnen den Fall geben muß?«

»Überzeugt?« wiederholte Brunetti erstaunt. Wie konnte Signorina Elettra nach so langer Zeit mit Patta noch immer glauben, daß ihr Vorgesetzter für Argumente zugänglich sei?

»Natürlich, indem Sie ihm gesagt haben, wie sehr Sie mit anderen Dingen beschäftigt sind«, erklärte sie, während sie eine Tastenkombination auf ihrem Computer drückte und damit ihren Drucker zum Leben erweckte.

Brunetti konnte sich ein Lächeln nicht verkneifen. »Ich dachte schon, ich müßte mich mit körperlicher Gewalt dagegen wehren«, sagte er.

»Sie scheinen an dem Fall ja sehr interessiert zu sein, Commissario.«

»Das bin ich.«

»Dann wird Sie das hier vielleicht interessieren«, sagte sie, indem sie ein paar Blätter aus dem Drucker nahm und ihm reichte.

»Was ist das?«

»Eine Zusammenfassung aller Vorgänge, bei denen wir auf den Namen Lorenzoni gestoßen sind.«

»Wir?«

»Die Ordnungskräfte.«

»Und wer sind die?«

»Wir, die Carabinieri, Zoll- und Steuerfahndung.«

Brunetti machte ein erstauntes Gesicht. »Kein Draht zum Geheimdienst, Signorina?«

Ihre Miene verriet nichts. »Den nehme ich nur in Anspruch, wenn es wirklich nötig ist, Commissario. Ich möchte den Kontakt nicht übermäßig strapazieren.«

Brunetti suchte in ihren Augen nach Hinweisen darauf, ob sie vielleicht scherzte. Er wußte nicht, was ihn mehr beunruhigen würde: die Feststellung, daß sie die Wahrheit sprach, oder daß er den Unterschied nicht merkte.

Da ihre Miene weiterhin nichts verriet, ließ er diese Frage lieber auf sich beruhen und sah sich die Liste an. Der erste Eintrag war vom Oktober vor drei Jahren: Roberto wegen Trunkenheit am Steuer festgenommen. Geringes Bußgeld, Verfahren eingestellt.

Bevor er weiterlesen konnte, unterbrach sie ihn. »Ich habe nichts in die Liste aufgenommen, was mit der Entführung zu tun hat, Commissario. Dafür habe ich eine eigene Aufstellung gemacht. Ich fand das weniger verwirrend.«

Brunetti nickte. Auf dem Weg nach oben las er die Liste durch. Weihnachten desselben Jahres – genauer gesagt am ersten Weihnachtstag – war ein Laster der Spedition Lorenzoni auf der Autobahn bei Salerno entführt worden.

Die Ladung – Laboreinrichtungen aus Deutschland im Wert von einer Viertelmilliarde Lire – war nie wieder aufgetaucht.

Vier Monate später wurde bei der zufälligen Zollkontrolle eines Lorenzoni-Transporters festgestellt, daß auf den Begleitpapieren nur halb so viele ungarische Ferngläser standen, wie sich in dem Wagen fanden. Die festgesetzte Geldstrafe war umgehend bezahlt worden. Es folgte ein Jahr, in dem die Lorenzonis nichts mit der Polizei zu tun hatten, aber dann war Roberto an einer Schlägerei in einer Disco beteiligt gewesen. Strafanzeige wurde keine erstattet, aber eine Zivilklage wurde damit beigelegt, daß die Familie zwölf Millionen Lire an einen Jungen zahlte, der bei der Schlägerei einen Nasenbeinbruch erlitten hatte.

Das war's. Weiter nichts. In den acht Monaten zwischen der Schlägerei in der Disco und Robertos Entführung schienen weder er selbst noch seine Familie oder irgendein Unternehmen des weitverzweigten Lorenzoni-Imperiums für die Polizei, die mit ihren vielen Augen über Land und Bürger wachte, existiert zu haben. Dann, wie ein Blitz aus heiterem Himmel, die Entführung. Zwei Lösegeldforderungen, ein öffentlicher Aufruf an die Entführer, und wieder Schweigen. Bis die Leiche des Jungen auf einem Acker bei Belluno gefunden wurde.

Noch während ihm das durch den Kopf ging, fragte sich Brunetti, warum er Roberto eigentlich ›den Jungen‹ nannte. Immerhin war der ›Junge‹ einundzwanzig gewesen, als er entführt und offenbar bald danach ermordet wurde. Brunetti versuchte sich zu erinnern, wie die verschiedenen

Leute von Roberto gesprochen hatten: Seine Freundin hatte seine Streiche und seine Selbstsucht erwähnt; Conte Orazio hatte sich fast herablassend über ihn geäußert, und seine Mutter hatte ihr *bambino* beweint.

Vianellos Eintreten riß ihn aus seinen Gedanken. »Ich habe mir überlegt, daß ich mit nach Belluno fahre, Vianello. Können Sie uns einen Wagen besorgen?«

»Ich kann etwas Besseres«, antwortete der Sergente mit einem breiten Grinsen. »Deswegen bin ich hier.«

Brunetti wußte, was von ihm erwartet wurde, und fragte: »Was denn?«

»Bonsuan«, lautete die geheimnisvolle Antwort des Sergente.

»Bonsuan?«

»Ja, Commissario.«

»Ich wußte gar nicht, daß man einen Kanal dorthin gebaut hat.«

»Seine Tochter, Commissario.«

Bonsuans größter Stolz war, wie Brunetti wußte, daß von den drei Töchtern, die er auf die Universität geschickt hatte, eine Ärztin, eine Architektin und eine Anwältin geworden war. »Welche?« fragte er darum nur.

»Analisa, die Architektin«, antwortete Vianello, und bevor Brunetti nachfragen konnte, erklärte er: »Sie hat einen Pilotenschein. Ein Freund von ihr hat draußen am Lido eine Cessna stehen. Wenn wir wollen, setzt sie uns heute nachmittag auf ihrem Weg nach Udine in Belluno ab.«

»Und ob wir wollen«, meinte Brunetti, angesteckt von Vianellos Begeisterung über den bevorstehenden Tagesausflug.

Wie sich zeigte, ging die junge Frau mit dem Steuerknüppel so souverän um wie ihr Vater mit dem Ruder. Brunetti und Vianello waren immer noch so begeistert von der Gelegenheit, daß sie während des ganzen fünfundzwanzigminütigen Fluges mit den Nasen an den kleinen Fenstern der Maschine klebten. Dabei erfuhr Brunetti zwei Dinge, die ihm neu waren: daß die junge Frau bei Alitalia nicht als Pilotin eingestellt worden war, weil sie ein abgeschlossenes Architekturstudium hatte und mit ihrer Bildung »die anderen Piloten beschämen« würde; und daß große Gebiete um Vittorio Veneto herum vom Militär zu ›Pio XII‹ erklärt worden waren – ein Ausdruck für ›Proibito‹ – und nicht überflogen werden durften. Die kleine Maschine nahm daher den Weg an der Adriaküste entlang über Pordenone, dann in nordwestlicher Richtung nach Belluno. Unter ihnen wechselten die Farben von Beige über Braun zu Grün und wieder zurück, während sie über noch brachliegende Flächen oder weite, frisch bestellte Felder flogen; dazwischen zeigten immer wieder Obstbäume ihre frühlingsfrischen Pastellfarben, oder ein Windstoß wirbelte Blütenblätter auf.

Ivo Barzan, der Commissario, der Roberto Lorenzonis Überreste von dem Acker ins Krankenhaus hatte bringen lassen und anschließend die Polizei in Venedig verständigt hatte, erwartete sie bei der Landung.

Er brachte sie zuerst zu Doktor Litfins Haus und ging dann mit ihnen zu dem dunklen Rechteck bei der Baumgruppe. Ein einsames beigefarbenes Huhn pickte eifrig in der frischen Erde und ließ sich durch die im scharfen Wind flatternden rot-weiß gestreiften Bänder, mit denen die Stelle abgegrenzt war, nicht stören. Man habe kein Geschoß gefunden, sagte Barzan, obwohl die Carabinieri das Gelände zweimal mit Metalldetektoren abgesucht hätten.

Während Brunetti in das Loch blickte und das Huhn scharren und picken hörte, fragte er sich, wie es hier wohl ausgesehen hatte, als der Junge starb, falls er wirklich hier gestorben war. Im Winter wäre es öde und trist gewesen; im Herbst hätte sich wenigstens noch Leben geregt. Dann schalt er sich selbst wegen dieser dummen Überlegungen. Wenn am Ende des Ackers der Tod wartete, spielte es wohl kaum eine Rolle, ob Schlamm oder Blumen die Erde bedeckten. Er steckte die Hände tief in die Taschen und wandte sich von der Grube ab.

Barzan teilte ihnen mit, daß die Nachbarn der Polizei nichts Nützliches hätten sagen können. Eine alte Frau behauptete steif und fest, der Tote sei ihr Mann, den der Bürgermeister, ein Kommunist, vergiftet habe. Niemand könne sich an etwas Ungewöhnliches erinnern, wobei Barzan ehrlicherweise zugab, daß ja auch niemand etwas Brauchbares aussagen könne, wenn die Polizei nichts Genaueres zu fragen wisse, als ob jemand vor zwei Jahren etwas Merkwürdiges beobachtet habe.

Brunetti sprach mit den Leuten, die auf der anderen Straßenseite wohnten, einem alten Ehepaar, weit über Achtzig. Zum Ausgleich dafür, daß sie nichts wußten, boten sie Kaffee an, den sie, als alle drei Polizisten dankend annahmen, großzügig mit Zucker und Grappa anreicherten.

Dottor Bortot, der sie in seinem Sprechzimmer im

Krankenhaus erwartete, sagte ihnen, daß er seinem Bericht wenig hinzuzufügen habe. Es stehe schon alles darin: das tödliche Loch im Schädel, das Fehlen einer klar erkennbaren Austrittsöffnung, die Schädigung und Verwesung der inneren Organe.

»Schädigung?« fragte Brunetti.

»Die Lunge, soweit man ihr noch etwas ansah. Er muß geraucht haben wie ein Schlot, der Junge, und das jahrelang«, sagte Bortot und hielt inne, um sich eine Zigarette anzuzünden. »Und die Milz«, fuhr er fort und hielt wieder inne. »Die Schädigung könnte auf natürliche Einflüsse zurückgehen, aber das erklärt nicht, warum sie so klein ist. Allerdings kann man so etwas schwer beurteilen, wenn die Leiche derart lange in der Erde gelegen hat.«

»Über ein Jahr?« fragte Brunetti.

»Das wäre meine Schätzung, ja. Ist es denn der junge Lorenzoni?«

»Ja.«

»Dann stimmt die Zeit ungefähr. Wenn sie ihn kurz nach der Entführung umgebracht haben, wären es etwas weniger als zwei Jahre, und das entspricht in etwa meiner Schätzung.« Er drückte seine Zigarette aus. »Haben Sie Kinder?« fragte er an keinen direkt gewandt.

Alle drei Polizisten nickten.

»Na, dann«, sagte Bortot unbestimmt und entschuldigte sich gleich darauf damit, daß er heute nachmittag noch drei Autopsien vor sich habe.

Barzan bot ihnen mit erstaunlicher Großzügigkeit an, sie von seinem Fahrer nach Venedig zurückbringen zu lassen, und Brunetti, der vom Ort des Todes genug hatte, nahm an. Weder er noch Vianello hatten auf der Fahrt nach Süden viel zu sagen, obwohl Brunetti auffiel, wieviel weniger interessant die Landschaft durch das Fenster eines Autos aussah. Außerdem wurde hier unten nicht vor einer ›*Zona Proibita*‹ gewarnt.

15

Die Morgenzeitungen machten sich, wie Brunetti geahnt hatte, über die Lorenzoni-Geschichte her wie die Wölfe. Da sie ihre Leser für unfähig hielten, wenigstens die wichtigsten Einzelheiten einer achtzehn Monate zurückliegenden Geschichte noch im Gedächtnis zu haben – eine Annahme, die Brunetti teilte –, begann jeder Artikel mit einem ausführlichen Bericht über die damalige Entführung. Roberto wurde darin abwechselnd als ›der älteste Sohn‹, ›der Neffe‹ und ›der einzige Sohn‹ der Familie Lorenzoni bezeichnet, und die Entführung hatte sich je nachdem in Mestre, Belluno oder Vittorio Veneto zugetragen. Offenbar vergaßen nicht nur Leser wichtige Details.

Da die Presse es offensichtlich nicht geschafft hatte, an den Autopsiebericht heranzukommen, waren die Artikel merkwürdig frei von der leichenschänderischen Wollust, mit der sie sonst auf Exhumierungen einging, vielmehr begnügten die Autoren sich mit so glanzlosen Ausdrücken wie ›fortgeschrittenes Stadium der Verwesung‹ oder ›menschliche Überreste‹. Brunetti bemerkte beim Lesen mit einem gewissen Unbehagen, daß auch er ein bißchen enttäuscht war über die laue Sprache, und überlegte besorgt, ob auch sein Geschmack sich schon der deftigeren Kost angepaßt hatte.

Auf seinem Schreibtisch in der Questura erwartete ihn eine Videokassette in einem wattierten braunen Umschlag, auf dem sein Name stand. Er rief bei Signorina Elettra an. »Ist das die Videokassette von der RAI?« fragte er.

»Ja, Dottore. Gestern nachmittag gekommen.«

Er betrachtete den Umschlag, der aber unversehrt schien. »Haben Sie es sich zu Hause schon angesehen?« fragte er.

»Nein, ich habe keinen Videorecorder.«

»Sonst hätten Sie es getan?«

»Natürlich.«

»Wollen wir ins Labor gehen und es uns zusammen ansehen?« schlug er vor.

»Sehr gern, Commissario«, antwortete sie und legte auf.

Sie erwartete ihn vor der Tür zum Labor im Erdgeschoß, heute in einer fast totgebügelten Jeans. Die lässige Note wurde noch betont durch ein Paar gefährlich spitzer Cowboystiefel mit schrägen Absätzen. Eine Bluse aus Seidenkrepp stellte die Seriosität wieder her, ebenso wie der strenge Knoten, zu dem sie ihr Haar heute geschlungen hatte.

»Ist Bocchese nicht da?« fragte er.

»Nein, er muß vor Gericht aussagen.«

»In welchem Fall?«

»In der Raubsache Brandolini.«

Sie quittierten es beide nicht einmal mehr mit einem Kopfschütteln, daß dieser vier Jahre alte Raubüberfall, dem schon zwei Tage später die Festnahme gefolgt war, erst jetzt vor Gericht kam. »Aber ich habe ihn gestern gefragt, ob wir das Labor benutzen dürfen, um uns das Video anzusehen, und er hat ja gesagt«, erklärte sie.

Brunetti öffnete die Tür und ließ ihr den Vortritt. Signorina Elettra ging zum Recorder und stellte ihn an, als wäre sie hier zu Hause. Er schob die Kassette ein. Gleich darauf erschienen Logo und Testbild der RAI auf dem Bildschirm, rasch gefolgt vom Datum und ein paar Zeilen, die Brunetti für technische Angaben hielt.

»Müssen wir das zurückschicken?« fragte er, während er sich auf einen der hölzernen Klappstühle gegenüber dem Fernsehgerät setzte.

Sie nahm neben ihm Platz. »Nein. Cesare sagt, es ist nur eine Kopie. Aber es wäre ihm lieb, wenn niemand erführe, daß er sie uns gegeben hat.«

Die Stimme eines Sprechers schnitt Brunettis Antwort ab. Er schilderte den damals frischen Entführungsfall und kündigte den Zuschauern an, daß RAI jetzt exklusiv eine Botschaft von Conte Ludovico Lorenzoni, dem Vater des Opfers, an die Entführer übertragen werde. Während die üblichen Touristenattraktionen Venedigs über den Bildschirm flimmerten, erklärte der Sprecher, man habe den Aufruf des Conte am Nachmittag aufgezeichnet und RAI werde ihn nun exklusiv und in der Hoffnung ausstrahlen, daß die Kidnapper den Bitten des verzweifelten Vaters Gehör schenken würden. Und während auf dem Bildschirm ein langer Schwenk über die Fassade von San Marco aus der Froschperspektive erschien, übergab er an das RAI-Team in Venedig.

Ein Mann im dunklen Anzug stand mit ernster Miene in einem großen Raum, den Brunetti als die Diele im Palazzo der Lorenzonis erkannte. Im Hintergrund waren die Flügeltüren zu dem Wohnzimmer zu erkennen, wo er mit der Familie gesprochen hatte. Der Mann faßte noch einmal zusammen, was der Sprecher gesagt hatte, dann drehte er sich um und öffnete einen der Türflügel. Die Kamera erfaßte, zuerst in der Totale, dann in Nahaufnahme, Conte Ludovico hinter einem Schreibtisch, an den Brunetti sich nicht erinnerte.

Anfangs blickte der Conte auf seine Hände, aber als die Kamera näherkam, hob er den Kopf und schaute direkt hinein. Einige Sekunden vergingen, bis die Kamera den richtigen Abstand fand und stillhielt; dann begann der Conte zu sprechen.

»Ich wende mich mit diesen Worten an diejenigen, die für das Verschwinden meines Sohnes Roberto verantwortlich sind, und bitte sie, mir aufmerksam und verständnisvoll zuzuhören. Ich bin bereit, für das Leben meines Sohnes jede Summe zu bezahlen, aber die staatlichen Behörden verhindern das. Ich kann nicht mehr über mein Vermögen verfügen, und ich habe keine Möglichkeit, an die geforderte Summe heranzukommen, weder hier in Italien noch im Ausland. Ich schwöre das bei meiner Ehre, und ich schwöre weiter, daß ich andernfalls mit Freuden diese Summe, jede Summe geben würde, um meinen Sohn wohlbehalten wiederzubekommen.«

An dieser Stelle hielt der Conte inne und sah auf seine Hände. Kurz darauf blickte er wieder in die Kamera. »Ich bitte diese Leute um Mitgefühl für mich und meine Frau, die sich meiner Bitte anschließt. Ich appelliere an die Menschlichkeit der Entführer und bitte um die Freilassung meines Sohnes. Auf Wunsch werde ich auch gern Platz mit ihm tauschen. Wenn man mir sagt, was ich tun soll, werde ich es tun. Man hat angekündigt, über einen nicht namentlich genannten Freund mit mir Kontakt aufzunehmen. Ich bitte darum, dies zu tun und entsprechende Anweisungen zu hinterlassen. Was immer von mir verlangt wird, ich werde es tun, und zwar gern, wenn es mir die Rückkehr meines geliebten Sohnes garantiert.«

Erneut machte der Conte eine Pause, aber nur kurz. »Ich appelliere an das Mitgefühl der Entführer und bitte um Erbarmen mit meiner Frau und mir.« Der Conte verstummte, aber die Kamera verharrte auf seinem Gesicht, bis er einmal ganz kurz nach links und dann wieder in die Linse blickte.

Der Bildschirm verdunkelte sich vorübergehend, worauf wieder der Sprecher im Studio erschien. Er erinnerte die Zuschauer noch einmal daran, daß dies eine Exklusivsendung von RAI gewesen sei, und forderte jeden auf, der irgendwelche Informationen über Roberto Lorenzoni habe, unter der jetzt eingeblendeten Nummer anzurufen. Aber es erschien keine Nummer, wohl weil das Band nur eine Kopie aus dem Archiv und nicht das über die Sender der RAI ausgestrahlte Original war.

Der Bildschirm wurde dunkel.

Brunetti stand auf und stellte den Ton ab, ließ das Gerät aber an. Er drückte auf den Schnellrücklauf und wartete, bis das Geräusch verstummt war. Als das Band mit einem Klicken zum Stillstand kam, drehte er sich zu Signorina Elettra um. »Was sagen Sie dazu?«

»Ich hatte recht mit dem Make-up«, meinte sie.

»Ja«, bestätigte Brunetti. »Noch etwas?«

»Die Sprache?«

Brunetti nickte. »Sie meinen, daß er von den Entführern

immer nur in der dritten Person gesprochen und sich nie direkt an sie gewandt hat?« fragte er.

»Ja«, antwortete sie. »Das kommt einem merkwürdig vor. Aber vielleicht konnte er das einfach nicht im Hinblick darauf, was sie mit seinem Sohn gemacht hatten.«

»Möglich«, stimmte Brunetti zu, während er sich vorstellte, wie ein Vater auf diesen größten aller Schrecken reagieren würde.

Er drückte noch einmal auf ›Play‹. Das Band begann von vorn, aber diesmal ohne Ton.

Er warf einen Blick zu Signorina Elettra, die nur die Augenbrauen hochzog. »Ich nehme auch im Flugzeug nie die Kopfhörer«, erklärte er. »Es ist erstaunlich, was man in Filmen alles sieht, wenn der Ton einen nicht ablenkt.«

Sie nickte, und beide schauten sich das Ganze noch einmal an. Diesmal sahen sie den Blick des Ansagers über den Text huschen, der irgendwo links neben der Kamera ablief. Der andere vor der Tür zum Wohnzimmer schien seinen Text auswendig zu können, obschon seine ernste Miene aufgesetzt und unnatürlich wirkte.

Wenn Brunetti erwartet hatte, daß Conte Ludovicos Nervosität oder Zorn auf diese Weise deutlicher herauskämen, so hatte er sich geirrt. Ohne Ton wirkte der Conte vielmehr völlig emotionslos. Als er auf seine Hände blickte, mußten jedem Zuschauer Zweifel kommen, ob er je die Kraft finden würde, wieder aufzusehen, und als sein Blick für diesen winzigen Moment an der Kamera vorbeiging, war das eine Geste, die jegliche Neugier oder Ungeduld vermissen ließ.

Der Bildschirm wurde wieder dunkel, und Signorina

Elettra sagte: »Der arme Mann, und dafür mußte er auch noch stillsitzen und sich schminken lassen.« Sie schloß die Augen und schüttelte den Kopf, als wäre sie unwillentlich Zeugin von etwas Unanständigem geworden.

Brunetti ließ das Band wieder zurücklaufen, bis es erneut zum Stillstand kam. Er drückte die Auswurftaste, und die Kassette sprang heraus. Brunetti schob sie in ihre Hülle und steckte sie in seine Jackentasche.

»Denen sollte etwas Entsetzliches zustoßen«, sagte Signorina Elettra mit plötzlicher Wut.

»Die Todesstrafe?« fragte Brunetti, wobei er sich bückte, um Fernseher und Videorecorder auszuschalten.

Sie schüttelte den Kopf. »Nein. Egal wie verabscheuungswürdig diese Menschen sind, egal was sie getan haben, diese Macht darf man keinem Staat geben.«

»Weil man dem Staat nicht trauen kann?« fragte Brunetti.

»Würden Sie unserem Staat trauen?« fragte sie zurück.

Jetzt schüttelte Brunetti den Kopf.

»Können Sie mir einen Staat nennen, dem Sie trauen würden?« fragte sie weiter.

»Ihm zutrauen, über Leben und Tod eines Bürgers zu entscheiden?« Er schüttelte wieder den Kopf, dann fragte er: »Aber wie soll man Leute bestrafen, die solche Verbrechen begehen?«

»Ich weiß es nicht. Ich will sie vernichtet sehen, tot. Um das zu leugnen, müßte ich lügen. Aber diese Macht ist viel zu gefährlich, um sie… irgend jemandem in die Hand zu geben.«

Ihm fiel ein, was Paola einmal gesagt hatte; in welchem

Zusammenhang, wußte er nicht mehr. Immer wenn Leute unredlich argumentieren wollen, hatte sie gesagt, tischen sie ein so überzeugendes Beispiel auf, daß man unmöglich etwas dagegenhalten kann. Aber so zwingend ein Einzelfall auch sei, das Recht habe sich an Grundsätzen und Allgemeingültigkeit zu orientieren. Einzelfälle könnten als Beweis nur für sich selbst und für nichts anderes dienen. Nun hatte Brunetti schon soviel Schreckliches im Gefolge von Verbrechen gesehen, daß er den Ruf nach neuen, schärferen Strafgesetzen sehr gut verstand. Als Polizist wußte er, daß die volle Härte des Gesetzes meist gegenüber den Schwachen und Armen angewendet wurde, und er wußte auch, daß alle Gesetzesstrenge keine Verbrechen verhinderte. Das alles wußte er als Polizist, aber als Mann und Vater wünschte er sich doch, daß die Leute, die das Leben dieses jungen Mannes ausgelöscht hatten, vor Gericht gestellt wurden und dafür büßen mußten.

Er ging zur Tür, und sie verließen das Labor, kehrten zurück zu ihrer Arbeit, in die Welt, in der Verbrechen etwas waren, dem man Einhalt gebieten mußte, nicht Gegenstand philosophischer Überlegungen.

16

Der gesunde Menschenverstand sagte Brunetti zwar, es wäre töricht, von den Lorenzonis zu erwarten, daß sie ihn noch vor der Beerdigung des Jungen zu einem Gespräch empfingen; was ihn jedoch letztlich an einem Vorstoß hinderte, war sein Mitgefühl. Die Zeitungen nannten den kommenden Montag als Beerdigungstermin, die Aussegnung sollte in der Kirche San Salvatore stattfinden. Bis dahin wollte Brunetti noch einiges über Roberto in Erfahrung bringen.

Von seinem Zimmer aus rief er in der Praxis von Doktor Urbani an und fragte die Sprechstundenhilfe des Zahnarztes, ob sie den Namen von Robertos Hausarzt wisse. Es dauerte ein paar Minuten, bis sie in ihren Unterlagen nachgesehen hatte, aber dort fand er sich tatsächlich auf der ersten Patientenkarte, die für Roberto vor zehn Jahren angelegt worden war.

Der Name, Luciano De Cal, war Brunetti vertraut; er war mit einem De Cal zur Schule gegangen, der hieß allerdings Franco und war jetzt Juwelier. Ja, Roberto sei die meiste Zeit seines Lebens bei ihm Patient gewesen, sagte der Arzt, als Brunetti ihn in seiner Praxis erreichte und den Grund seines Anrufs erklärte. Er habe ihn betreut, seit der ursprüngliche Arzt der Familie Lorenzoni in den Ruhestand gegangen sei.

Als Brunetti nach Robertos Gesundheitszustand in den Monaten vor der Entführung fragte, entschuldigte Dok-

162

tor De Cal sich kurz, um die Karteikarte des Jungen zu holen. Er sei zwei Wochen vor der Entführung in die Sprechstunde gekommen, sagte Dr. De Cal, und habe über Mattigkeit und anhaltende Magenschmerzen geklagt. Der Arzt hatte zuerst an eine Kolik gedacht, für die Roberto besonders in den ersten Wochen der kühleren Jahreszeit anfällig gewesen sei. Aber als die Behandlung nicht anschlug, hatte De Cal ihm empfohlen, einen Internisten aufzusuchen.

»Ist er hingegangen?« fragte Brunetti.

»Ich weiß es nicht.«

»Warum nicht?«

»Kurz nachdem ich ihn an Dottor Montini überwiesen hatte, bin ich nach Thailand in Urlaub gefahren, und als ich zurückkam, war er entführt worden.«

»Hatten Sie je Anlaß, mit diesem Doktor Montini zu sprechen?«

»Über Roberto?«

»Ja.«

»Nein, nie. Wir verkehren privat nicht miteinander; er ist ein Berufskollege, mehr nicht.«

»Verstehe«, sagte Brunetti. »Könnten Sie mir seine Telefonnummer geben?«

De Cal legte den Hörer hin und war kurz danach wieder am Apparat. »Er wohnt in Padua«, erklärte er und nannte Brunetti die Nummer.

Brunetti bedankte sich und fragte: »Sie haben also an eine Kolik gedacht, Dottore?«

Am anderen Ende der Leitung war das Rascheln von Papier zu hören. »Nun ja, es hätte eine sein können.« Neuerliches Papiergeraschel. »Ich habe hier notiert, daß er innerhalb von zwei Wochen dreimal bei mir war. Das war im September, am zehnten, neunzehnten und dreiundzwanzigsten.«

Das hieß, der letzte Besuch hatte fünf Tage vor der Entführung stattgefunden.

»Was für einen Eindruck hat er auf Sie gemacht?« wollte Brunetti wissen.

»Ich habe mir hier notiert, daß er nervös und gereizt wirkte, aber genau erinnern kann ich mich nicht.«

»Was war er Ihrer Einschätzung nach für ein Junge, Dottore?« fragte Brunetti unvermittelt.

De Cal antwortete nach einer kurzen Pause. »Ich fand ihn ziemlich typisch.«

»Typisch wofür?«

»Für eine solche Familie, für diese Kreise.«

Brunetti fiel jetzt wieder ein, daß sein Klassenkamerad Franco überzeugter Kommunist gewesen war. So etwas lag ja oft in der Familie, weshalb er den Arzt jetzt fragte: »Sie meinen die reichen Müßiggänger?«

De Cal hatte den Anstand, über Brunettis Ton zu lachen. »Ja, wahrscheinlich meine ich das. Armer Junge, er war nicht schlecht. Ich kannte ihn seit seinem zehnten Lebensjahr, und es gab wenig, was ich nicht von ihm wußte.«

»Was wußten Sie zum Beispiel?«

»Nun, daß er nicht sonderlich intelligent war. Ich glaube, für Robertos Vater war seine Begriffsstutzigkeit eine Enttäuschung.«

Brunetti hatte den Eindruck, daß der Satz noch weitergehen sollte, und half nach: »Anders als sein Vetter?«

»Maurizio?«

»Ja.«

»Haben Sie ihn mal kennengelernt?« fragte De Cal.

»Flüchtig.«

»Und, wie fanden Sie ihn?«

»Sie würden von ihm nicht behaupten, daß er nicht intelligent wäre.«

De Cal lachte, und Brunetti grinste bei der nächsten Frage.»Er ist wohl nicht Ihr Patient, Dottore?«

»Nein, nur Roberto. Sehen Sie, ich bin ja eigentlich Kinderarzt, aber Roberto ist weiter zu mir gekommen, auch als er älter wurde, und ich hatte nie das Herz, ihm zu sagen, er solle sich mal einen anderen Arzt suchen.«

»Außer dann bei Dottor Montini«, erinnerte ihn Brunetti.

»Ja. Was es auch war, es war sicher keine Kolik. Ich dachte, es könnte vielleicht die Crohnsche Krankheit sein – ich habe sogar auf meiner Karte hier einen Vermerk gemacht. Darum wollte ich ihn zu Montini schicken. Er ist einer der besten Crohn-Experten in der Gegend.«

Brunetti hatte schon von der Krankheit gehört, erinnerte sich aber nicht an Einzelheiten, weshalb er fragte: »Was sind denn die Symptome?«

»Bauchschmerzen. Dann Durchfall, Blut im Stuhl. Es ist sehr schmerzhaft. Sehr ernst. Er hatte alle diese Symptome.«

»Und wurde Ihre Diagnose bestätigt?«

»Wie gesagt, Commissario, ich habe ihn an Montini überwiesen, aber als ich aus dem Urlaub kam, war er entführt worden, so daß ich die Sache dann nicht weiter verfolgt habe. Sie können ja Montini fragen.«

»Das werde ich tun, Dottore«, sagte Brunetti und verabschiedete sich höflich.

Er wählte sofort die Nummer in Padua. Doktor Montini machte gerade im Krankenhaus Visite und sollte erst am nächsten Morgen ab neun wieder in seiner Praxis zu erreichen sein. Brunetti hinterließ seinen Namen sowie seine dienstliche und private Telefonnummer mit der Bitte, ihn so bald als möglich zurückzurufen. Eigentlich gab es keinen besonderen Grund zur Eile, doch Brunetti verspürte eine unterschwellige Ungeduld, weil er nicht wußte, wonach er suchte oder was wichtig war, und glaubte dieses Unwissen durch Eile wenigstens übertünchen zu können.

Sein Telefon klingelte, kaum daß er aufgelegt hatte. Es war Signorina Elettra, die ihm sagen wollte, daß sie eine Akte über die Lorenzoni-Firmen in Italien wie auch im Ausland zusammengestellt habe und ob er sie sehen wolle. Er ging nach unten.

Der Ordner war so dick wie eine Zigarettenschachtel. »Signorina«, begann er, »wie haben Sie es nur geschafft, das alles in so kurzer Zeit zusammenzubekommen?«

»Ich habe mit ein paar Freunden gesprochen, die noch bei der Bank arbeiten, und sie gebeten, sich ein bißchen umzuhören.«

»Und das alles, seit ich Sie darum gebeten habe?«

»Ist doch ganz einfach, Commissario. Ich kriege alles darüber.« Wie es inzwischen schon zu einem Ritual geworden war, deutete sie auf ihren Computer, dessen Bildschirm hinter ihr schimmerte.

»Wie lange braucht man eigentlich, bis man mit so einem Ding umgehen kann, Signorina?«

»Sie selbst, Commissario?«

»Ja.«

»Das hängt von zwei Dingen ab. Nein, von dreien.«

»Und die wären?«

»Wie intelligent Sie sind. Wie ernst es Ihnen mit dem Lernen ist. Und wer es Ihnen beibringt.«

Die Bescheidenheit verbot ihm, sie nach einem Urteil über ersteres zu fragen. Unsicherheit hielt ihn davon ab, das zweite zu beantworten. »Könnten Sie es mir beibringen?«

»Natürlich.«

»Würden Sie es tun?«

»Sicher. Wann wollen Sie anfangen?«

»Morgen?«

Sie nickte, dann lächelte sie.

»Und wie lange dauert es?« wollte Brunetti wissen.

»Kommt darauf an.«

»Worauf?«

Wurde ihr Lächeln etwa noch breiter? »Auf dieselben drei Dinge.«

Er begann schon auf der Treppe zu lesen, und bis er wieder an seinem Schreibtisch saß, hatte er Listen über Listen von Geschäftsbeteiligungen durchgesehen, die sich auf Milliarden von Lire beliefen, und verstand allmählich, warum die Entführer sich die Lorenzonis ausgesucht hatten. Die Papiere waren nicht weiter geordnet, doch Brunetti versuchte ein System hineinzubringen, indem er sie stapelweise nach ihrer ungefähren geographischen Lage in Europa auf seinen Schreibtisch legte.

Speditionen, Stahl, Kunststoff-Fabriken auf der Krim: Er konnte eine explosionsartige Ausbreitung auf neue Märkte im Osten rekonstruieren, bei der immer mehr von Lorenzonis Unternehmungen über die Linie wanderten, die früher einmal ein eiserner Vorhang gewesen war. Im März hatten zwei Bekleidungsfabriken in Vercelli geschlossen, nur um zwei Monate danach in Kiew wieder aufzumachen. Eine halbe Stunde später legte Brunetti das letzte Blatt auf seinen Schreibtisch und sah, daß fast alles auf der rechten Seite lag, auch wenn er viele der genannten Orte nur sehr ungefähr einordnen konnte.

Brunetti brauchte nicht lange, um sich an die neuerdings in der Presse verbreiteten Geschichten über die sogenannte Russenmafia zu erinnern, an die Tschetschenenbanden, die nach diesen Berichten fast die ganze Wirtschaft in Rußland beherrschten, die legale wie die illegale. Von da war es nur ein kleiner Schritt zu der Vermutung, daß diese Leute irgendwie mit der Entführung zu tun haben könnten. Robertos Entführer hatten ja nichts weiter gesagt, ihm nur ihre Waffen unter die Nase gehalten und ihn weggeführt.

Aber wie wären sie dann auf diesen Acker bei Col di Cugnan gekommen, einem so kleinen Ort, daß selbst die meisten Venezianer den Namen wahrscheinlich noch nie gehört hatten? Er nahm die Entführungsakte zur Hand und blätterte darin, bis er die Lösegeldforderungen in ihren Plastikhüllen fand. Die Blockbuchstaben hätte zwar jeder schreiben können, aber das Italienisch war völlig korrekt, wobei Brunetti sich allerdings sagen mußte, daß damit noch nichts bewiesen war.

Er wußte nicht, wie ein typisch russisches Verbrechen

aussah, aber sein Instinkt sagte ihm, daß es sich hier nicht um ein solches handelte. Wer Roberto entführt hatte, mußte über die Villa Bescheid gewußt haben und daß man dort unentdeckt warten konnte, bis das Opfer auftauchte. Es sei denn, fügte Brunetti für sich hinzu, es sei denn, sie wußten schon, wann Roberto kommen würde. Das war ja auch eine dieser Fragen, die bei der ursprünglichen Ermittlung nicht gestellt worden waren. Wer hatte Robertos Pläne für den Abend gekannt und von seiner Absicht gewußt, zur Villa zu fahren?

Wie so oft machte es Brunetti kribbelig, Berichte zu lesen, die andere Leute verfaßt hatten, zumal, wenn sie mit der Sache gar nicht mehr befaßt waren.

Nicht ohne ein gewisses Unbehagen ob der Leichtigkeit, mit der er seinem Gefühl nachgab, griff Brunetti zum Hörer und wählte Vianellos Nummer. Als der Sergente sich meldete, sagte Brunetti: »Wir wollen uns mal das Tor ansehen.«

17

Obwohl Brunetti ein ausgesprochener Städter war und nie woanders gelebt hatte als in der Stadt, nahm er mit der Begeisterung des Landmanns den Reichtum der Natur und jedes Zeichen ihrer Schönheit wahr. Seit seiner Kindheit liebte er den Frühling am meisten, mit einer Inbrunst, die sich aus der Erinnerung an seine Freude über die ersten warmen Tage nach langer winterlicher Kälte speiste. Außerdem entzückte ihn die Rückkehr der Farben: das provozierende Gelb der Forsythien, das Lila der Krokusse und das fröhliche Grün der neuen Blätter. Sogar aus dem Rückfenster des Autos, das auf der *autostrada* nach Norden fuhr, konnte er diese Farben sehen und darin schwelgen. Vianello, der vorn auf dem Beifahrersitz neben Pucetti saß, unterhielt sich mit diesem über den merkwürdig milden Winter, viel zu warm für den Frost, der sonst immer den Seetang in der Lagune zerstörte, was wiederum hieß, daß die Strände diesen Sommer voll davon sein würden.

In Treviso bogen sie auf die Schnellstraße Richtung Roncade ab. Nach ein paar Kilometern sahen sie rechts einen Wegweiser zur Kirche Sant' Ubaldo.

»Hier muß es irgendwo sein«, sagte Pucetti, der sich vor ihrer Abfahrt vom Piazzale Roma die Karte angesehen hatte.

»Ja«, antwortete Vianello, »nach etwa drei Kilometern, dann müßte es auf der linken Seite liegen.«

»Ich war noch nie in dieser Gegend«, sagte Pucetti. »Hübsch hier.«

Vianello nickte, sagte aber nichts.

Wenige Minuten später brachte eine Biegung der schmalen Straße sie in Sichtweite eines dicken steinernen Turms zu ihrer Linken. Von zwei Seiten des Turms führte im rechten Winkel je eine hohe Mauer weg, die sich bald zwischen den knospenden Bäumen verlor.

Brunetti tippte Pucetti auf die Schulter, der abbremste und langsam ein paar hundert Meter an der Mauer entlang-fuhr. Als Brunetti dann vor ihnen das Tor sah, tippte er Pucetti wieder auf die Schulter, worauf dieser anhielt. Sie kamen auf einem breiten, mit Kies bestreuten Halbrund unmittelbar vor dem Tor zum Stehen. Die drei Männer stiegen aus.

In der Ermittlungsakte über die Entführung stand, daß der Stein, der das Tor von innen blockiert hatte, an seiner schmalsten Stelle zwanzig Zentimeter breit gewesen war; der Abstand zwischen den eisernen Gitterstäben der Tore betrug aber, wie Brunetti feststellte, als er die Hand hoch-hielt und nachmaß, höchstens zehn Zentimeter. Er ging nach links hinüber und folgte ein Stückchen der Mauer, die etwa anderthalbmal so hoch war wie er.

»Vielleicht mit einer Leiter«, rief Vianello, der mit den Händen an den Hüften und zurückgelegtem Kopf vor dem Tor stand und hinaufsah. Bevor Brunetti etwas antworten konnte, hörte er von links ein Auto nahen. Gleich darauf kam ein kleiner weißer Fiat mit zwei Männern in Sicht. Der Wagen verlangsamte seine Fahrt, und die Insassen ver-suchten ihre Neugier gar nicht erst zu verbergen, als sie das blau-weiße Polizeiauto und die uniformierten Männer sahen. Langsam fuhren sie vorbei, während sich von rechts ein anderer Wagen näherte. Auch dieser bremste ab, um den Insassen einen Blick auf die Polizei vor der Lorenzoni-Villa zu ermöglichen.

Eine Leiter, überlegte Brunetti, bedeutete einen Klein-laster. Roberto war am 28. September entführt worden, so daß die herbstlich belaubten Büsche am Straßenrand jeder Art von Fahrzeug ausreichend Deckung geboten hätten, sogar einem Kleinlaster.

Brunetti ging zum Tor zurück und stellte sich vor das Kästchen für die Schließanlage, das sich links an einer Säule befand. Er nahm einen Zettel aus der Tasche und warf einen kurzen Blick darauf. Dann tippte er eine Zahlen-kombination ein. Das rote Licht an dem Kästchen erlosch, und ein grünes leuchtete auf. Hinter der Säule begann es zu summen, und die eisernen Torflügel schwenkten lang-sam auf.

»Woher wußten Sie, wie das geht?« fragte Vianello.

»Die Zahlenkombination steht im Ermittlungsbericht«, antwortete Brunetti, nicht ohne eine gewisse Befriedigung darüber, daß er daran gedacht hatte, sie zu notieren. Das Summen hörte auf, das Tor stand weit offen.

»Das ist Privatgelände, oder?« fragte Vianello und überließ es Brunetti, den ersten Schritt zu tun und damit den Befehl zu geben.

»Stimmt«, sagte Brunetti. Er trat durchs Tor und ging die geschotterte Zufahrt hinauf.

Vianello gab Pucetti ein Zeichen, er solle draußen war-ten, und folgte Brunetti. Buchsbaumhecken säumten den

Weg zu beiden Seiten, so eng gepflanzt, daß sie feste grüne Mauern zwischen dem Weg und den Gärten bildeten, die gewiß dahinter lagen. Nach etwa fünfzig Metern unterbrachen zwei steinerne Bogen rechts und links die Hecke. Brunetti ging durch den rechten. Als Vianello ihm folgte, sah er seinen Vorgesetzten reglos dastehen, die Hände in den Hosentaschen, den Mantel weit offen. Brunetti betrachtete das Gelände vor ihnen, lauter erhöhte Blumenrabatten zwischen gepflegten Kieswegen.

Ohne etwas zu sagen, machte er kehrt, überquerte den Hauptweg und ging durch den anderen Steinbogen, wo er wieder stehenblieb und sich umsah. Hier wiederholte sich die peinliche Ordnung von Wegen und Rabatten: ein Spiegelbild des Gartens auf der gegenüberliegenden Seite. Hyazinthen, Maiglöckchen und Krokusse badeten im Sonnenschein und sahen aus, als würden sie ihrerseits am liebsten die Hände in die Taschen stecken und sich umsehen.

Vianello stellte sich neben Brunetti. »Nun, Commissario?« fragte er, denn er wußte nichts damit anzufangen, daß sein Chef einfach nur dastand und sich die Blumen ansah.

»Weit und breit keine größeren Steine, Vianello.«

Vianello, der darauf nicht weiter geachtet hatte, antwortete: »Nein, Commissario. Warum?«

»Vorausgesetzt, daß sich hier inzwischen nicht viel verändert hat, müßten sie den Stein mitgebracht haben, richtig?«

»Und mit über die Mauer genommen haben?«

Brunetti nickte. »Die hiesige Polizei hat immerhin die

Innenseite der Mauer abgeschritten, in voller Länge. Auf dem Boden waren keinerlei Spuren.« Er drehte sich zu Vianello um und fragte: »Was meinen Sie, wieviel der Stein gewogen hat?«

»Schätzungsweise fünfzehn Kilo«, antwortete Vianello. »Vielleicht auch nur zehn.«

Brunetti nickte wieder. Keiner von ihnen mußte aussprechen, wie schwierig es gewesen wäre, solch ein Gewicht über die Mauer zu schaffen.

»Sollen wir uns die Villa mal ansehen?« fragte Brunetti, und weder er selbst noch Vianello verstand es als Frage.

Brunetti ging durch den Bogen zurück, Vianello folgte ihm. Sie gingen nebeneinander weiter den Zufahrtsweg hinauf, der jetzt einen Bogen nach rechts beschrieb. Irgendwo vor ihnen zwitscherte ein Vogel, und die Luft war erfüllt vom schweren Geruch nach Lehm und Hitze.

Vianello, der beim Gehen auf seine Füße schaute, merkte zuerst nur, daß ihm kleine Steinchen an die Knöchel schlugen und Erde auf seine Schuhe fiel. Den Schuß registrierte er erst danach. Dem ersten folgte gleich ein zweiter, und die aufspritzenden Steine einen Meter hinter der Stelle, wo Vianello eben noch gestanden hatte, zeigten, daß dieser sein Ziel gefunden hätte. Doch als der Kies aufspritzte, lag Vianello schon rechts neben dem Weg auf dem Boden, wohin ihn Brunetti gestoßen hatte, der von seinem eigenen Schwung ein paar Meter über den hinstürzenden Sergente hinausgetragen worden war.

Ohne nachzudenken, stemmte Vianello sich hoch und rannte geduckt auf die Hecke zu. Das dichte Geäst bot keine Deckung, nur einen dunkelgrünen Hintergrund, vor dem seine blaue Uniform sich weniger abhob als vor dem weißen Kies.

Wieder krachte ein Schuß, dann noch einer. »Hierher, Vianello«, schrie Brunetti, und ohne zu sehen, wo Brunetti war, rannte Vianello tief gebückt der Stimme nach, den Blick vernebelt von Todesangst. Plötzlich packte ihn jemand am linken Arm und riß ihn um. Er sah eine Lücke in der Hecke und robbte wie ein gestrandeter Seehund hindurch.

Seine verzweifelten Bewegungen wurden von etwas Hartem gestoppt: Brunettis Knien. Er rollte zur Seite, kam torkelnd auf die Beine und zog seine Waffe. Seine Hand zitterte.

Brunetti stand vor ihm in einem schmalen Durchschlupf, der durch das Herausnehmen eines Busches entstanden war, und hatte ebenfalls die Waffe gezogen. Jetzt drehte er sich um. »Alles in Ordnung?« fragte er.

»Ja«, war alles, was Vianello einfiel. Dann: »Danke, Commissario.«

Brunetti nickte nur, ging in die Hocke und streckte kurz den Kopf durch die schützenden Äste.

»Sehen Sie etwas?« fragte Vianello.

Brunetti brummte verneinend. Hinter ihnen, vom Eingangstor her, schrillte der Doppelton einer Polizeisirene durch die Luft. Beide Männer wandten den Kopf und lauschten, ob er sich näherte, aber das Geräusch kam unverändert von derselben Stelle. Brunetti richtete sich auf.

»Pucetti?« fragte Vianello, der es für unwahrscheinlich hielt, daß die örtliche Polizei so schnell war.

Einen Augenblick hatte Brunetti gute Lust, zur Villa zu rennen und sich den vorzuknöpfen, der auf sie geschossen hatte, aber dann drang ihm die Sirene wieder ins Bewußt-sein, und sein gesunder Menschenverstand griff ein. »Gehen wir zurück«, sagte er und machte sich auf, an den Blumen-rabatten entlang, die hier den Weg säumten. »Er hat wahr-scheinlich Hilfe angefordert.«

Sie hielten sich dicht an der Hecke, und selbst als diese einen scharfen Knick nach links machte und vom Haus aus nicht mehr in der Schußlinie war, blieben sie auf der Innen-seite der Hecke, beide nicht erpicht darauf, auch nur einen Fuß auf den Kiesweg zu setzen. Erst als sie in Sichtweite der Mauer waren, erschien es Brunetti ungefährlich genug, sich durch das dichte Gezweig zu schlagen.

Das Tor war geschlossen, aber das Polizeiauto stand jetzt direkt davor, die Beifahrertür fast an den Gitterstäben, so daß die Ausfahrt wirkungsvoll versperrt war.

Als sie nur noch wenige Meter vom Tor entfernt waren, rief Brunetti laut, um die heulende Sirene zu übertönen: »Pucetti?«

Hinter dem Wagen hervor kam eine Antwort, aber der junge Polizist ließ sich nicht blicken.

»Pucetti?« rief Brunetti noch einmal.

»Halten Sie Ihre Waffe hoch, Commissario«, tönte Pu-cettis Stimme hinter dem Auto.

Brunetti verstand sofort und streckte die Hand hoch in die Luft, damit man gut sah, daß er seine Waffe noch hatte.

Jetzt kam Pucetti hinter dem Auto hervor, die eigene Waffe gezogen, aber mit dem Lauf zur Erde. Er griff durchs offene Wagenfenster, und die Sirene verstummte. In die plötzliche Stille hinein sagte er: »Ich wollte nur sicher-gehen, Commissario.«

»Sehr gut«, antwortete Brunetti, während er sich fragte, ob er selbst daran gedacht hätte, der Möglichkeit einer Geiselnahme vorzubeugen. »Haben Sie schon die Kollegen von hier benachrichtigt?«

»Ja, Commissario. Kurz vor Treviso ist eine Carabinieriwache. Die müßten bald hier sein. Was ist passiert?«

»Jemand hat auf uns geschossen, als wir die Auffahrt hinaufgingen.«

»Haben Sie gesehen, wer es war?« fragte Pucetti.

Brunetti schüttelte nur den Kopf, und Vianello sagte: »Nein.«

Die nächste Frage des jungen Polizisten wurde vom Heulen einer anderen Sirene unterbrochen, diesmal aus Richtung Treviso.

Brunetti rief ihm durch den Lärm die Zahlenkombination für das Tor zu, und Pucetti tippte sie ein. Die Torflügel öffneten sich langsam, und noch ehe Brunetti es sagen konnte, sprang Pucetti in den Wagen, setzte ein Stück zurück und fuhr ihn dann halb durchs Tor. Er lenkte scharf nach links und stellte den Wagen so, daß er mit der Stoßstange den einen Torflügel blockierte, an der anderen Seite aber noch Platz zum Durchgehen blieb.

In dem Jeep, der jetzt hinter ihnen auftauchte, saßen zwei Carabinieri. Sie hielten hinter dem Polizeiauto, und der Fahrer kurbelte das Fenster herunter. »Was ist los?« fragte er, an alle drei gewandt. Er hatte ein hageres, fahles Gesicht, und seine Stimme klang so gelassen, als würde er alle Tage von Kollegen zu Hilfe gerufen, die beschossen wurden.

»Von da drüben hat jemand geschossen«, erklärte Brunetti.

»Wissen die, wer Sie sind?« fragte der Carabiniere. Diesmal war sein Akzent deutlicher. Sardinien. Vielleicht waren solche Einsätze für ihn wirklich alltäglich. Er machte keine Anstalten auszusteigen.

»Nein«, antwortete Vianello. »Spielt das denn eine Rolle?«

»Die hatten hier schon drei Einbrüche. Und dann die Entführung. Da kann man verstehen, daß sie schießen, wenn jemand über ihre Zufahrt spaziert. Täte ich auch.«

»Schießen, auf das hier?« fragte Vianello und klopfte sich theatralisch auf die Uniformbrust.

»Auf das da«, gab der Carabiniere zurück, indem er auf die Waffe in Brunettis Hand zeigte.

Brunetti ging dazwischen. »Es bleibt dabei, daß auf uns geschossen wurde«, sagte er. Alles weitere verkniff er sich.

Statt darauf zu antworten, zog der Carabiniere den Kopf zurück, kurbelte das Fenster hoch und nahm ein Mobiltelefon zur Hand. Brunetti sah ihn eine Nummer wählen; hinter ihm flüsterte Pucetti: *Gesù bambino!*

Es folgte ein kurzes Gespräch, dann wählte der Mann eine andere Nummer. Nach einer Pause begann er zu sprechen und redete eine ganze Weile. Zweimal nickte er, drückte dann wieder auf einen Knopf und beugte sich vor, um das Telefon aufs Armaturenbrett zurückzulegen.

Er öffnete das Fenster. »Sie können jetzt reingehen«, sagte er und deutete mit dem Kinn zum Tor.

»Wie?« fragte Vianello.

»Sie können reingehen. Ich habe angerufen. Ich habe denen gesagt, wer Sie sind, und die haben gesagt, Sie können reinkommen.«

»Mit wem haben Sie gesprochen?« wollte Brunetti wissen.

»Mit dem Neffen, wie heißt er noch?«

»Maurizio«, sagte Brunetti.

»Genau. Er ist noch da oben, hat aber gesagt, er schießt jetzt nicht mehr, nachdem er weiß, wer Sie sind.« Als keiner sich bewegte, ermunterte der Carabiniere sie: »Gehen Sie nur. Es ist ungefährlich. Die schießen jetzt nicht mehr.«

Brunetti und Vianello wechselten einen Blick, und Brunetti bedeutete Pucetti mit einer Handbewegung, er solle beim Wagen bleiben. Ohne ein weiteres Wort zu dem Carabiniere gingen sie durchs Tor und den Kiesweg entlang. Diesmal blickte Vianello nach vorn, ließ den Blick hin und her schweifen, während sie sich vom Tor entfernten.

Schweigend gingen sie weiter die Zufahrt hinauf.

Ein Mann kam vor ihnen um die Biegung. Brunetti erkannte ihn sofort als den Neffen Maurizio. Er hatte keine Schußwaffe bei sich.

Die Entfernung zwischen den drei Männern verringerte sich. »Warum haben Sie sich nicht angemeldet?« rief Maurizio, als er noch etwa zehn Meter von ihnen entfernt war. »So etwas Dummes habe ich noch nie erlebt. Sie brechen das Tor auf und dringen einfach hier ein. Seien Sie froh, daß keiner von Ihnen verletzt wurde.«

Großmäuligkeit war Brunetti nichts Neues. »Begrüßen Sie Ihre Besucher immer auf diese Weise, Signor Lorenzoni?«

»Wenn sie mein Tor aufbrechen, ja«, versetzte der junge Mann und blieb vor ihnen stehen.

»Es ist nichts kaputt«, sagte Brunetti.

»Aber der Code ist geknackt«, entgegnete Maurizio. »Die Kombination ist nur der Familie bekannt.«

»Und der Polizei«, ergänzte Brunetti. »Was ist eigentlich mit den Entführern? Was ist mit dem Stein?«

»Wovon reden Sie da?«

»Von dem großen Stein, der das Tor blockierte. Er wog über zehn Kilo.«

Und ohne näher darauf einzugehen, fragte Brunetti beiläufig: »Haben Sie eigentlich einen Waffenschein, Signor Lorenzoni?«

»Natürlich nicht«, versetzte dieser, ohne seine aufkommende Wut länger verbergen zu wollen. »Aber einen Jagdschein.«

Das würde die vielen Steinchen erklären, die Vianello vorhin um die Füße gespritzt waren, dachte Brunetti. »Sie haben also eine Schrotflinte genommen. Um damit auf Menschen zu schießen?«

»Um in ihre Richtung zu schießen«, verbesserte Lorenzoni. »Es wurde ja niemand verletzt. Außerdem hat ein Mensch schließlich das Recht, sein Eigentum zu verteidigen.«

»Und diese Villa ist Ihr Eigentum?« erkundigte Brunetti sich höflich.

Er sah, wie Lorenzoni sich eine scharfe Erwiderung verbiß. Als er antwortete, sagte er nur: »Sie ist Eigentum meines Onkels, wie Sie wissen.«

Hinter ihnen am Eingangstor hörten sie einen Motor anspringen und gleich darauf einen Wagen abfahren, zweifellos die Carabinieri, die des Wartens müde geworden waren und die Sache nur zu gern der venezianischen Polizei überließen.

Die Unterbrechung gab Lorenzoni Zeit, sich wieder zu fangen. »Wie sind Sie überhaupt hereingekommen?« wollte er von Brunetti wissen.

»Mit der Zahlenkombination. Sie stand in den Protokollen über die Entführung Ihres Vetters.«

»Sie haben nicht das Recht, hier einzudringen, jedenfalls nicht ohne richterliche Anordnung.«

»Das mit der richterlichen Anordnung gilt nur für die Verfolgung von Verdächtigen, Signor Lorenzoni. Ich sehe hier keine Verdächtigen. Sie vielleicht?« Brunettis Lächeln wirkte ganz natürlich. »Ich nehme an, daß Ihre Flinte bei der hiesigen Polizei registriert ist und sie die Gebühr für den Jagdschein bezahlt haben?«

»Ich wüßte nicht, was Sie das angeht«, versetzte Lorenzoni.

»Ich mag es nicht, wenn auf mich geschossen wird, Signor Lorenzoni.«

»Ich sagte Ihnen schon, daß ich nicht auf Sie geschossen habe, nur in Ihre Richtung, um Sie zu warnen.«

Während des ganzen Wortgeplänkels stellte Brunetti sich schon Pattas unausweichliche Reaktion vor, wenn er erfuhr, daß Brunetti sich hatte erwischen lassen, wie er unbefugt das Anwesen eines reichen und einflußreichen Geschäftsmannes betrat. »Vielleicht sind wir ja beide im Unrecht, Signor Lorenzoni«, sagte er schließlich.

Man sah Lorenzoni an, daß er nicht recht wußte, ob er das als Entschuldigung verstehen sollte. Brunetti wandte sich von ihm ab und fragte Vianello: »Was meinen Sie, Sergente? Haben Sie Ihren Schrecken überwunden?«

Bevor Vianello noch antworten konnte, trat Lorenzoni

plötzlich einen Schritt vor und legte Brunetti die Hand auf den Arm. Sein Lächeln ließ ihn viel jünger aussehen. »Es tut mir leid, Commissario. Ich war allein, und als das Tor plötzlich aufging, bekam ich es mit der Angst.«

»Haben Sie nicht gedacht, es wäre ein Mitglied der Familie?«

»Mein Onkel konnte es nicht sein. Er ist in Venedig, denn ich habe vor zwanzig Minuten noch mit ihm telefoniert. Und er kennt als einziger die Zahlenkombination.« Er ließ die Hand sinken, trat einen Schritt zurück und fügte hinzu: »Außerdem mußte ich immer daran denken, wie es Roberto ergangen ist. Ich dachte, die wären vielleicht wiedergekommen, aber diesmal meinetwegen.«

Angst hatte ihre eigene Logik, das wußte Brunetti, und so es durchaus möglich, daß der junge Mann die Wahrheit sagte. »Wir bedauern, Sie geängstigt zu haben, Signor Lorenzoni«, sagte er. »Wir wollten uns nur einmal dort umsehen, wo die Entführung stattgefunden hat.« Vianello, der Brunettis Gedankengang ahnte, nickte bekräftigend.

»Warum das?« fragte Lorenzoni.

»Um festzustellen, ob vielleicht etwas übersehen wurde.«

»Was zum Beispiel?«

»Zum Beispiel, daß hier dreimal eingebrochen wurde.« Als Lorenzoni nichts dazu sagte, fragte Brunetti: »Wann war das? Vor oder nach der Entführung?«

»Davor und währenddessen.«

»Was wurde gestohlen?«

»Beim erstenmal haben sie nur einiges Silber aus dem

Eßzimmer erwischt. Einer der Gärtner hat ein Licht bemerkt und kam nachsehen, was los war. Da sind sie über die Mauer geflüchtet.«

»Und die anderen Male?« fragte Brunetti.

»Der zweite Einbruch war in der Zeit der Entführung. Das heißt, nachdem Roberto verschwunden war, aber bevor die Lösegeldforderungen aufhörten. Wir waren alle in Venedig. Die müssen über die Mauer gestiegen sein, und diesmal haben sie einige Gemälde mitgehen lassen. In einem der Schlafzimmer ist im Fußboden ein Safe, aber den haben sie nicht gefunden. Darum glaube ich nicht, daß es Profis waren. Wahrscheinlich Drogenabhängige.«

»Und der dritte Einbruch?«

»Wir waren alle hier, mein Onkel, meine Tante und ich. Mitten in der Nacht wachte ich auf – ich weiß nicht warum, vielleicht hatte ich ein Geräusch gehört. Ich stand auf und ging an die Treppe, da hörte ich unten jemanden herumlaufen. Ich bin dann ins Arbeitszimmer meines Onkels gegangen und habe die Flinte geholt.«

»Dieselbe, mit der Sie heute geschossen haben?« fragte Brunetti.

»Ja. Sie war nicht geladen, aber das wußte ich nicht.« Lorenzoni lächelte verlegen bei diesem Geständnis, dann fuhr er fort: »Ich bin zum Treppenabsatz gegangen, habe Licht gemacht und laut hinuntergerufen. Dann bin ich mit erhobener Waffe die Treppe runter.«

»Das war mutig«, sagte Brunetti mit ehrlicher Anerkennung.

»Ich dachte ja, die Flinte wäre geladen.«

»Und dann?«

»Nichts. Als ich halb unten war, hörte ich eine Tür schlagen und gleich darauf Geräusche draußen im Garten.«

»Was für Geräusche?«

Lorenzoni wollte schon antworten, stockte kurz und sagte dann: »Ich weiß es nicht. Ich hatte solche Angst, daß ich nicht mitbekommen habe, was das für Geräusche waren.« Als weder Brunetti noch Vianello sich überrascht darüber zeigten, fügte er hinzu: »Ich mußte mich auf die Treppe setzen, so eine Angst hatte ich.«

Brunettis Lächeln war milde, als er sagte: »Gut, daß Sie nicht wußten, daß Ihre Waffe nicht geladen war.«

Lorenzoni schien nicht recht zu wissen, wie er das auffassen sollte, bis Brunetti ihm die Hand auf die Schulter legte und sagte: »Nicht viele Leute hätten den Mut gehabt, die Treppe hinunterzugehen, glauben Sie mir.«

»Meine Tante und mein Onkel waren immer sehr gut zu mir«, versuchte Lorenzoni das zu erklären.

»Haben Sie je herausbekommen, wer es war?« wollte Brunetti wissen.

Lorenzoni schüttelte den Kopf. »Nein, nie. Die Carabinieri waren hier und haben sich umgesehen, sogar ein paar Gipsabdrücke von Fußstapfen gemacht, die sie an der Mauer fanden. Aber Sie wissen ja, wie das ist«, meinte er mit einem Seufzer. »Hoffnungslos.« Plötzlich fiel ihm ein, wen er vor sich hatte, und er fügte hinzu: »So habe ich das nicht gemeint.«

Brunetti, der ihm das nicht abnahm, wischte die Bemerkung mit einer Handbewegung beiseite und fragte: »Wie sind Sie darauf gekommen, daß wir die Entführer sein könnten? Ich meine, daß sie wiedergekommen wären?«

Während des ganzen Gesprächs hatte Lorenzoni sie langsam in Richtung Villa geführt. Als sie um die letzte Biegung kamen, lag das Gebäude plötzlich vor ihnen, dreigeschossig, mit zwei niedrigeren Seitenflügeln. Die Steine, mit denen es gebaut war, glühten blaßrosa in der milden Sonne; die hohen Fenster spiegelten das wenige Licht.

Lorenzoni schien sich plötzlich seiner Gastgeberrolle zu entsinnen und fragte: »Kann ich Ihnen etwas anbieten?«

Brunetti sah aus dem Augenwinkel Vianellos schlecht verhohlenes Erstaunen: Erst versucht er uns umzubringen, und dann bietet er uns etwas zu trinken an.

»Sehr freundlich, aber nein, danke«, sagte er. »Dagegen würde ich von Ihnen gern etwas über Ihren Vetter hören.«

»Über Roberto?«

»Ja.«

»Was denn?«

»Was für ein Mensch er war. Was für Witze er gut fand. Was er für die Firma so gemacht hat. Solche Dinge eben.«

Brunetti fand diesen Fragenkatalog selbst etwas eigenartig, aber Lorenzoni schien sich nicht zu wundern. »Er war…«, begann er und hielt wieder inne. »Ich weiß nicht, wie ich es mit Anstand ausdrücken soll. Er war ganz und gar unkompliziert.«

Wieder unterbrach er sich. Brunetti wartete, neugierig, was für Beschönigungen dem jungen Mann noch einfallen würden.

»Er war nützlich für die Firma, weil er immer *una bella figura* machte, so daß mein Onkel ihn als Repräsentanten überallhin schicken konnte.«

»Auch zu Verhandlungen?« fragte Brunetti.

»Nein, nein«, antwortete Lorenzoni wie aus der Pistole geschossen. »Roberto war eher fürs Gesellschaftliche geeignet; Kunden zum Essen ausführen oder ihnen die Stadt zeigen.«

»Was hat er noch gemacht?«

Lorenzoni dachte kurz nach. »Mein Onkel hat ihn oft mit wichtigen Unterlagen irgendwohin geschickt; wenn er sicher sein wollte, daß ein Vertrag rasch ankommt, hat Roberto das übernommen.«

»Und ist dann gleich noch ein paar Tage dagebliebem?«

»Ja, manchmal«, antwortete Lorenzoni.

»War er auf der Universität?«

»Er war in der *facoltà di economia commerciale* eingeschrieben.«

»Und wo?«.

»In Venedig, an der Ca' Foscari.«

»Wie lange?«

»Drei Jahre.«

»Hat er irgendwelche Examina abgelegt?«

Falls Lorenzoni die Wahrheit kannte, kam sie ihm nicht über die Lippen. »Ich weiß es nicht.« Aber die letzte Frage hatte das Einvernehmen getrübt, das Brunetti durch seine Antwort auf Lorenzonis Eingeständnis der Angst hergestellt hatte. »Warum wollen Sie das eigentlich alles wissen?« fragte der junge Mann.

»Ich möchte mir ein Bild von ihm machen«, antwortete Brunetti wahrheitsgemäß.

»Und was soll das noch für einen Sinn haben? Nach so langer Zeit?«

Brunetti zuckte die Achseln. »Ich weiß nicht, ob es einen

Sinn hat. Aber wenn ich die nächsten Monate meines Lebens mit ihm verbringen soll, will ich möglichst viel über ihn wissen.«

»Monate?« fragte Lorenzoni.

»Ja.«

»Heißt das, die Ermittlungen wegen der Entführung werden wiederaufgenommen?«

»Es geht nicht mehr nur um Entführung. Es geht um Mord.«

Lorenzoni zuckte bei dem Wort zusammen, sagte aber nichts.

»Fällt Ihnen sonst noch etwas ein, was vielleicht wichtig sein könnte?«

Lorenzoni schüttelte den Kopf und wandte sich der Treppe zu, die zum Eingang der Villa hinaufführte.

»Ist Ihnen etwas an seinem Verhalten aufgefallen, bevor er entführt wurde?«

Wieder schüttelte Lorenzoni den Kopf, aber dann blieb er stehen und drehte sich zu Brunetti um. »Ich glaube, er war krank.«

»Warum sagen Sie das?«

»Er war ständig müde und sagte, er fühle sich nicht wohl. Ich glaube, er hat auch etwas von Magenbeschwerden und Durchfall gesagt. Außerdem sah er aus, als hätte er abgenommen.«

»Hat er dazu noch mehr gesagt?«

»Nein, nein. Roberto und ich haben uns in den letzten Jahren nicht so besonders nahegestanden.«

»Seit Sie anfingen, für die Firma zu arbeiten?«

Der Blick, mit dem Lorenzoni ihn daraufhin bedachte,

war weder freundlich noch überrascht. »Was wollen Sie damit sagen?«

»Ich fände es ganz normal, wenn er von Ihrer Anwesenheit in der Firma nicht begeistert gewesen wäre, schon gar nicht, wenn er den Eindruck hatte, daß Ihr Onkel etwas von Ihnen hielt oder Ihrem Urteil vertraute.«

Brunetti erwartete eigentlich, daß Lorenzoni dazu etwas sagen würde, aber der junge Mann drehte sich nur unvermittelt schweigend um und ging die drei breiten Stufen zum Haus hinauf. Brunetti rief ihm nach: »Gibt es sonst noch jemanden, mit dem ich über ihn sprechen könnte?«

Oben angekommen, drehte Lorenzoni sich noch einmal um. »Nein. Keiner kannte ihn. Keiner kann Ihnen helfen.« Er wandte sich ab, ging ins Haus und machte die Tür hinter sich zu.

18

Da das Wochenende bevorstand, ließ Brunetti die Lorenzonis in Ruhe und beschäftigte sich erst am Montag wieder mit ihnen, als er zu Robertos Beerdigung ging, einer so feierlichen wie düsteren Zeremonie. Die Messe wurde in der Kirche San Salvatore gelesen, die am einen Ende des Campo San Bartolomeo und damit viel zu nah am Rialto lag, so daß sie den ganzen Tag, also auch während der Messe, von einem unablässigen Touristenstrom heimgesucht wurde. Brunetti, der auf einer der hinteren Bänke saß, fühlte sich gestört von dem Kommen und Gehen und den geflüsterten Beratungen, wie man nun wohl am besten Tizians Verkündigung und das Grabmal der Caterina Corner fotografierte. Während einer Totenmesse? Man konnte ja vielleicht ganz leise sein und den Blitz abschalten.

Der Priester ignorierte das Getuschel und fuhr mit dem tausendjährigen Ritual fort. Er sprach von der vorübergehenden Natur unseres Erdendaseins, von der Trauer der Eltern und Angehörigen dieses Gotteskindes, dessen Leben auf Erden so jäh beendet worden war. Aber dann forderte er seine Zuhörer auf, an die Freuden zu denken, die den Gläubigen und Gerechten erwarteten, wenn er heimging zum himmlischen Vater, dem Quell aller Liebe. Nur einmal ließ sich der Priester kurz von seiner Pflicht ablenken: Im hinteren Teil der Kirche fiel unter lautem Gepolter ein Stuhl um, gefolgt von einem unterdrückten Ausruf in einer Sprache, die nicht Italienisch war.

Doch das Ritual schluckte auch diese Störung; der Priester und sein Ministrant gingen unter Gebeten langsam um den geschlossenen Sarg herum und besprengten ihn mit Weihwasser. Brunetti fragte sich, ob er hier der einzige war, der an den physischen Zustand dessen dachte, was dort unter dem geschnitzten Mahagonideckel lag. Keiner der Anwesenden hatte es wirklich gesehen: Robertos Identität war nur durch ein paar zahnärztliche Röntgenaufnahmen und einen goldenen Ring bestätigt, bei dessen Anblick der Conte in herzzerreißendes Schluchzen ausgebrochen war, wie Brunetti von Commissario Barzan erfahren hatte. Brunetti selbst kannte zwar den Autopsiebericht, aber auch er wußte nicht genau, wieviel materielle Substanz von dem, was einmal Roberto Lorenzoni gewesen war, tatsächlich in dem Sarg lag. Einundzwanzig Jahre gelebt, und so wenig war geblieben, nur ein Paar gramgebeugte Eltern, eine Freundin, die inzwischen das Kind eines anderen geboren hatte, und ein Vetter, der rasch in die Position des Erben aufgestiegen war. Von Roberto, dem Sohn eines irdischen wie eines himmlischen Vaters, schien wenig übrig zu sein. Er hatte einem verbreiteten Typus angehört: verwöhnter Sohn reicher Eltern, von dem wenig verlangt und noch weniger erwartet wurde. Und nun lag er hier in einem Kasten in einer Kirche, ein Häufchen blanker Knochen und ein paar Fleischfetzen, und sogar der Polizist, der ausgesandt war, seinen Mörder zu finden, brachte keine wirkliche Trauer über seinen frühen Tod auf.

Das Ende der Zeremonie bewahrte Brunetti vor weiteren Überlegungen. Vier erwachsene Männer trugen den Sarg vom Altar zur Kirchentür. Ihnen folgten Conte Ludovico und Maurizio, die zwischen sich die Contessa stützten. Francesca Salviati war nicht da. Es betrübte Brunetti, daß fast alle Trauergäste, die nun die Kirche verließen, ältere Leute waren, offenbar Freunde der Eltern. Es war, als wäre Roberto nicht nur seiner Zukunft beraubt, sondern auch seiner Vergangenheit, denn er hinterließ keine eigenen Freunde, die gekommen wären, um von ihm Abschied zu nehmen oder ein Gebet für seine längst hingeschiedene Seele zu sprechen. Wie unermeßlich traurig, so unbedeutend gewesen zu sein, daß einzig die Tränen einer Mutter seinen letzten Weg begleiteten. Bei seinem eigenen Tod, dachte Brunetti, gäbe es nicht einmal die: Seine Mutter, gefangen in ihrem Irrsinn, war längst darüber hinaus, noch zwischen Sohn und Vater oder Leben und Tod unterscheiden zu können. Und wenn der Sarg nun die spärlichen Überreste seines eigenen Sohnes enthielte?

Brunetti trat in den Gang und schloß sich dem dünnen Strom der Leute an, die zum Ausgang strebten. Auf der Treppe angekommen, überraschte es ihn, daß die Sonne schien und Menschen auf ihrem Weg zum Campo San Luca oder Rialto hier vorbeischlenderten, ohne den mindesten Gedanken an Roberto Lorenzoni und seinen Tod zu verschwenden.

Er beschloß, dem Sarg nicht zum Wasser zu folgen, wo er auf das Boot getragen würde, das ihn zur Friedhofsinsel bringen sollte. Statt dessen machte er sich auf den Weg Richtung San Lio und zurück zur Questura, wobei er unterwegs noch auf einen Kaffee und eine Brioche einkehrte. Den Kaffee trank er aus, aber von der Brioche bekam er nur einen Bissen hinunter. Er legte das Gebäckstück auf den Tresen, zahlte und ging.

Auf seinem Schreibtisch fand er eine Postkarte von seinem Bruder. Vorn war die *Fontana di Trevi* abgebildet, auf der Rückseite stand in Sergios ordentlicher Handschrift: »Vortrag ein voller Erfolg, wir sind die Helden«, darunter sein Name und daneben ein gekritzelter Zusatz: »Rom gräßlich und schmutzig.«

Brunetti versuchte, das Datum des Poststempels zu erkennen, aber wenn überhaupt eines darauf war, dann war es zu verschmiert, um leserlich zu sein. Es erstaunte ihn, daß eine Postkarte aus Rom nur wenige Tage gebraucht hatte, während es schon vorgekommen war, daß Briefe aus Turin ihn erst nach Wochen erreichten. Aber vielleicht hatten Ansichtskarten bei der Post Vorrang oder wurden lieber befördert, weil sie kleiner und leichter waren. Er las seine übrige Post durch, von der einiges wichtig, aber nichts interessant war.

Signorina Elettra stand am Tisch vor ihrem Fenster und arrangierte einen Strauß Iris in einer blauen Vase, die in einem vom Fenster her einfallenden Lichtstreifen stand. Ihr Pullover hatte fast die gleiche Farbe wie die Blumen, die ebenso schlank und aufrecht dastanden wie sie.

»Sind die aber schön«, sagte Brunetti schon auf der Schwelle.

»Ja, nicht? Aber ich hätte schon immer gern einmal gewußt, warum die aus der Gärtnerei gar nicht duften.«

»Tun sie das nicht?«

»Kaum«, antwortete sie. »Riechen Sie mal.« Sie trat zur Seite.

Brunetti beugte sich vor. Nein, sie rochen nach gar nichts, höchstens ganz schwach nach Grünzeug.

Bevor er aber etwas dazu sagen konnte, fragte hinter ihnen eine Stimme: »Ist das eine neue Ermittlungstechnik, Commissario?«

Tenente Scarpas Stimme schnurrte vor Neugier. Als Brunetti sich aufrichtete und zu ihm umdrehte, sah er in eine Maske respektvoller Aufmerksamkeit.

»Ja, Tenente«, antwortete er. »Signorina Elettra hat mir gerade erklärt, daß man wegen ihres schönen Aussehens nur schwer feststellen kann, ob sie innerlich verfault sind. Man muß also daran riechen. Dann weiß man es.«

»Und, sind sie innerlich verfault?« fragte Scarpa scheinbar interessiert.

»Noch nicht«, mischte sich Signorina Elettra ein, während sie an dem Tenente vorbei wieder zu ihrem Schreibtisch ging. Ein paar Schritte vor ihm blieb sie stehen und betrachtete seine Uniform von oben bis unten. »Bei Blumen läßt es sich schwerer sagen.« Sie setzte sich und fragte mit einem Lächeln, das so falsch war wie seines: »Wollten Sie etwas, Tenente?«

»Der Vice-Questore hat mich heraufgebeten«, antwortete er mit kaum verhohlener Wut.

»Dann gehen Sie nur hinein«, sagte sie und zeigte auf Pattas Zimmer. Scarpa ging wortlos an Brunetti vorbei, klopfte einmal an und trat ohne Aufforderung ein.

Brunetti wartete, bis die Tür wieder zu war, bevor er sagte: »Sie sollten sich vor ihm in acht nehmen.«

»Vor dem?« versetzte sie, ohne ihre Verachtung zu verbergen.

»Ja, vor ihm«, wiederholte Brunetti. »Er hat das Ohr des Vice-Questore.«

Sie griff nach einem braunen, in Leder gebundenen Notizbuch. »Und ich habe seinen Terminkalender. Das gleicht sich aus.«

»Da wäre ich nicht so sicher«, beharrte Brunetti. »Er könnte gefährlich werden.«

»Nehmen Sie ihm die Waffe ab, und er ist nichts anderes als ein *terrone maleducato!*«

Brunetti wußte nicht, ob es richtig von ihm war, Respektlosigkeit gegenüber dem Rang des Tenente sowie rassistische Bemerkungen über seinen Herkunftsort zu dulden. Dann fiel ihm aber wieder ein, von wem die Rede war, und er ließ es durchgehen. »Haben Sie eigentlich mit dem Bruder Ihres Freundes über Roberto Lorenzoni gesprochen, Signorina?«

»Ja, Dottore. Entschuldigen Sie, aber ich habe ganz vergessen, es Ihnen zu sagen.«

Brunetti fand es interessant, daß ihr das offenbar mehr Kummer bereitete als ihre Bemerkungen über Tenente Scarpa. »Was hat er denn gesagt?«

»Nicht sehr viel. Vielleicht habe ich es darum vergessen. Er meinte nur, daß Roberto faul und verwöhnt war und in der Schule immer bei anderen abgeschrieben hat.«

»Sonst nichts?«

»Nur noch, daß Roberto sich immer wieder in Schwierigkeiten gebracht hat, weil er es nicht lassen konnte, seine Nase in anderer Leute Dinge zu stecken – also bei

Mitschülern zu Hause Schubladen öffnete und in ihren Sachen wühlte. Edoardo hat das fast mit einem gewissen Stolz erzählt. Roberto hat sich sogar einmal in der Schule einschließen lassen und sich dann die Schreibtische aller Lehrer vorgenommen.«

»Warum denn das? Um etwas zu stehlen?«

»Nein, nein. Er wollte nur sehen, was sie so hatten.«

»Und hatten die beiden noch Verbindung miteinander, als Roberto entführt wurde?«

»Nein, nicht direkt. Edoardo war da gerade beim Militär. In Modena. Er sagt, sie hätten sich schon seit über einem Jahr nicht mehr gesehen gehabt, als es passierte. Aber er konnte ihn gut leiden, sagt er.«

Brunetti hatte zwar noch keine Ahnung, was er mit diesen Informationen anfangen sollte, dankte aber Signorina Elettra, verkniff es sich, sie noch einmal vor Tenente Scarpa zu warnen, und ging wieder in sein Zimmer hinauf.

Er sah die Briefe und Berichte auf seinem Schreibtisch an und schob sie beiseite. Dann setzte er sich, zog mit der rechten Schuhspitze die unterste Schublade ein Stückchen heraus und legte die Füße darauf. Er verschränkte die Arme vor der Brust und starrte an die Wand über seinem Garderobenschrank. Er versuchte so etwas wie Mitgefühl für Roberto in sich zu wecken, und erst als er sich ausmalte, wie der Junge sich in der Schule hatte einschließen lassen, um in den Schubladen seiner Lehrer zu wühlen, konnte er sich endlich so etwas wie ein Bild von dem Toten machen. Es brauchte nichts weiter als dieses Wissen um eine unerklärliche menschliche Schwäche, damit er endlich jenes tiefe Mitleid mit dem Ermordeten empfinden konnte, das einen so großen Teil seines Leben ausmachte. Er dachte an die vielen Dinge, die in Robertos Leben noch hätten geschehen können; vielleicht hätte er noch eine Arbeit gefunden, die ihm Freude machte, eine Frau, die er lieben konnte; vielleicht hätte er einen Sohn gehabt.

Mit ihm starb die Familie aus; jedenfalls der direkte Zweig des Conte Ludovico. Brunetti wußte, daß die Lorenzonis ihren Stammbaum bis in die graue Vorzeit zurückverfolgen konnten, wo Geschichte und Mythos miteinander verschmolzen. Wie mochte es sein, das Ende dieser Linie abzusehen? Wenn er sich recht erinnerte, hatte Antigone gesagt, das Schrecklichste am Tod ihres Bruders sei, daß ihre Eltern keine Kinder mehr bekommen könnten und die Familie mit den Leichen, die vor Thebens Mauern verwesten, aussterben werde.

Er lenkte seine Gedanken auf Maurizio, der jetzt aller Voraussicht nach Erbe des Lorenzoni-Imperiums war. Obwohl die beiden Jungen zusammen aufgewachsen waren, gab es keine Anzeichen für eine besondere Zuneigung oder gar Liebe zwischen ihnen. Maurizios Ergebenheit schien ausschließlich seiner Tante und seinem Onkel zu gehören. Das machte es unwahrscheinlich, daß er ihnen etwas so Furchtbares antun würde, wie sie ihres einzigen Kindes zu berauben. Doch Brunetti hatte genug Erfahrung mit den ungeheuerlichsten Selbstrechtfertigungen von Verbrechern, um zu wissen, daß Maurizio keine Sekunde brauchen würde, um sich einzureden, es sei doch eigentlich Nächstenliebe, wenn er ihnen einen gewissenhaften, ergebenen, fleißigen Erben bescherte, einen, der ihre Erwartungen an einen guten Sohn so vollkommen erfüllte, daß sie ihren Schmerz über den Verlust Robertos bald überwinden würden. Brunetti hatte schon Schlimmeres gehört.

Er rief bei Signorina Elettra an, um zu fragen, ob sie den Namen des Mädchens herausbekommen habe, dem Maurizio die Hand gebrochen hatte. Sie sagte, der Name stehe auf einem gesonderten Blatt am Ende der Liste mit den Unternehmen der Lorenzonis. Brunetti blätterte zur letzten Seite um. Maria Teresa Bonamini, eine Adresse in Castello.

Er wählte die Nummer und verlangte Signorina Bonamini, worauf die Frau am Telefon antwortete, Maria sei bei der Arbeit. Ohne sich zu erkundigen, wer der Anrufer sei, teilte sie Brunetti auf seine Frage mit, daß sie als Verkäuferin in der Damenabteilung von Coin beschäftigt sei.

Da er es besser fand, persönlich mit ihr zu sprechen, verließ er die Questura, ohne jemandem zu sagen, was er vorhatte, und machte sich auf den Weg in Richtung des Kaufhauses.

Seit dem Brand vor fast zehn Jahren war es ihm schwergefallen, das Kaufhaus zu betreten, weil die Tochter eines Freundes dort zu Tode gekommen war, nachdem ein unachtsamer Arbeiter Plastikfolien in Brand gesetzt hatte, die das Gebäude minutenschnell in eine raucherfüllte Hölle verwandelten. Damals hatte er es irgendwie als tröstlich empfunden, daß sie an Rauchvergiftung gestorben und nicht verbrannt war; jetzt, Jahre später, blieb nur noch ihr Tod.

Brunetti nahm den Fahrstuhl in den zweiten Stock und sah sich von Braun umgeben, der diesjährigen Sommerfarbe bei Coin: Blusen, Röcke, Kleider, Hüte – ein einziger Wirbel von Erdtönen. Bedauerlicherweise hatten auch die Verkäuferinnen beschlossen oder die Anweisung bekommen, diese Farben zu tragen, so daß sie in dem Meer von Umbra, Schoko, Mahagoni und Kastanie so gut wie unsichtbar waren. Doch zum Glück bewegte sich jetzt eine von ihnen von dem Kleiderständer, vor dem sie gestanden hatte, auf ihn zu. »Können Sie mir sagen, wo ich Maria Teresa Bonamini finde?« fragte Brunetti.

Sie drehte sich um und zeigte zum hinteren Teil des Ladens. »Da drüben, bei den Pelzen«, sagte sie und ging schon weiter zu einer Frau im Ledermantel, die ihr winkte.

Brunetti folgte der Richtungsangabe und fand sich zwischen Pelzmänteln und -jacken wieder, massenweise hingeschlachtetes Getier, dessen Verkauf offenbar von der Jahreszeit unabhängig war. Er sah langhaarigen Fuchs, glänzenden Nerz und einen besonders dichten Pelz, den er nicht identifizieren konnte. Vor einigen Jahren war eine Welle allgemeinen schlechten Gewissens über die italienische Modeindustrie hinweggeschwappt, und für die Dauer einer Saison hatte man die Frauen gedrängt, *la pelliccia ecologica* zu kaufen, Pelze in den wildesten Mustern und Farben, die gar nicht erst den Anschein der Echtheit zu erwecken versuchten. Aber mochten die Muster auch noch so einfallsreich, die Preise noch so hoch sein, man konnte sie nie so teuer verkaufen wie echten Pelz, und so wurde die Eitelkeit nie richtig befriedigt. Sie waren ein Prinzip, kein Statussymbol, und kamen somit schnell wieder aus der Mode; man schenkte sie der Putzfrau oder bosnischen Flüchtlingen. Schlimmer noch, sie waren zu einem ökologischen Alptraum geworden: Riesenmengen an biologisch nicht abbaubarem Kunststoff. Und so waren wieder echte Pelze an die Kleiderstangen gekommen.

»*Sì, Signore?*« fragte die Verkäuferin, die auf Brunetti zukam und ihn aus seinen Gedanken über die Eitelkeit menschlicher Wünsche riß. Sie war blond, blauäugig und fast so groß wie er.

»Signorina Bonamini?«

»Ja«, antwortete sie und maß Brunetti, statt zu lächeln, mit einem argwöhnischen Blick.

»Ich würde gern mit Ihnen über Maurizio Lorenzoni sprechen, Signorina«, erklärte er.

Ihr Gesichtsausdruck wechselte schlagartig. Aus passiver Neugier wurde Unwille, sogar Schrecken. »Das ist alles erledigt. Sie können meinen Anwalt fragen.«

Brunetti trat einen Schritt zurück und lächelte höflich. »Entschuldigen Sie, Signorina, ich hätte mich vorstellen sollen.« Er zog seine Brieftasche heraus und hielt sie so, daß sie das Foto auf seinem Dienstausweis sehen konnte. »Ich bin Commissario Guido Brunetti und möchte Ihnen nur einige Fragen über Maurizio stellen. Dazu brauchen wir keinen Anwalt.«

»Was denn für Fragen?« erkundigte sie sich, noch immer in bangem Ton.

»Was er für ein Mensch ist. Über seinen Charakter.«

»Warum wollen Sie das wissen?«

»Wie Sie wahrscheinlich gehört haben, wurde die Leiche seines Vetters gefunden, und wir nehmen die Ermittlungen zu der Entführung wieder auf. Darum müssen wir noch einmal von vorn anfangen und uns über die Familie informieren.«

»Dann geht es also nicht um meine Hand?«

»Nein, Signorina. Ich weiß zwar über diesen Vorfall Bescheid, aber deswegen bin ich nicht hier.«

»Ich habe ihn ja nie angezeigt. Es war ein Unfall.«

»Aber Ihre Hand war gebrochen, nicht wahr?« fragte Brunetti, wobei er es sich versagte, auf ihre Hände zu sehen.

Wie auf eine unausgesprochene Frage, hob sie die linke Hand und bog und streckte die Finger. »Völlig in Ordnung, sehen Sie?«

»Ja, freut mich für Sie«, sagte Brunetti und lächelte wieder. »Aber warum sprachen Sie von einem Anwalt?«

»Ich habe, nachdem das passiert war, eine Erklärung unterschrieben, daß ich nicht gegen ihn klagen werde. Es war nämlich wirklich ein Unfall«, fügte sie nachsichtig hinzu. »Ich wollte auf seiner Seite aus dem Auto steigen, und er hat die Tür zugeschlagen, ehe er das merkte.«

»Warum mußten Sie dann diese Erklärung unterschreiben, wenn es doch ein Unfall war?«

Sie zuckte die Achseln. »Ich weiß es nicht. Sein Anwalt hat gesagt, das müßte ich.«

»Wurde Geld gezahlt?« fragte Brunetti.

Bei der Frage war es wieder vorbei mit ihrer Gelassenheit. »Das ist nicht verboten«, verkündete sie mit der Bestimmtheit dessen, der das schon von mehr als einem Anwalt gehört hat.

»Ich weiß, Signorina. Es war auch nur reine Neugier. Mit dem, was ich über Maurizio wissen will, hat das nichts zu tun.«

Hinter ihm fragte eine Stimme, an die Verkäuferin gewandt: »Haben Sie diesen Fuchs auch in Größe vierzig?«

Ein Lächeln erschien auf ihrem Gesicht. »Leider nein, Signora. Vierzig ist ausverkauft. Aber in vierundvierzig haben wir ihn noch da.«

»Nein, danke«, sagte die Frau abwesend und ging weiter zu den Röcken und Blusen.

»Kannten Sie seinen Vetter?« fragte Brunetti, als Signorina Bonamini ihre Aufmerksamkeit wieder ihm zuwandte.

»Roberto?«

»Ja.«

»Nein, ich habe ihn nie kennengelernt, aber Maurizio hat manchmal von ihm gesprochen.«

»Und was hat er dann über ihn gesagt? Erinnern Sie sich daran?«

Sie überlegte eine Weile. »Nein, an nichts Bestimmtes.«

»Können Sie mir dann sagen, ob Maurizio so von ihm gesprochen hat, als hätten die beiden sich gern?«

»Sie waren Vettern«, antwortete sie, als wäre das Erklärung genug.

»Das weiß ich, Signorina, aber ich dachte, Sie könnten sich vielleicht erinnern, ob Maurizio einmal etwas über Roberto erzählt hat und ob Sie – egal wie – einen Eindruck davon bekommen haben, was er über ihn dachte.« Brunetti versuchte es noch einmal mit einem Lächeln.

Sie streckte abwesend die Hand aus und hängte eine Nerzjacke gerade. »Nun«, meinte sie, überlegte kurz und fuhr dann fort: »Wenn Sie mich so fragen, würde ich sagen, daß Maurizio nicht viel von ihm hielt.«

Brunetti hütete sich, sie zu unterbrechen oder weiter in sie zu dringen.

»Einmal haben sie ihn – ich meine Roberto – nach Paris geschickt. Ich glaube, es war Paris. Eine große Stadt jedenfalls, wo die Lorenzonis irgendein Geschäft laufen hatten. Ich habe nie richtig begriffen, was da eigentlich genau passiert ist, aber Roberto muß ein Päckchen oder so was aufgemacht haben, oder er hat gesehen, was in einem Vertrag stand und mit jemandem darüber gesprochen, der das nicht hätte wissen dürfen. Jedenfalls ist aus dem Geschäft dann nichts geworden.«

Sie blickte kurz zu Brunetti und sah die Enttäuschung in seinem Gesicht. »Ich weiß, ich weiß, das klingt nicht sehr interessant, aber Maurizio war richtig sauer, als das passierte.« Sie wägte ihre nächste Bemerkung kurz ab, sprach dann aber doch weiter. »Und er kann ziemlich wütend werden.«

»Ihre Hand?« fragte Brunetti.

»Nein«, antwortete sie, ohne zu zögern. »Das war wirklich ein Unfall. Das wollte er nicht. Sie können mir glauben, wenn er es absichtlich getan hätte, wäre ich am nächsten Morgen vom Krankenhaus direkt zur Polizei gegangen.« Sie griff mit der fraglichen Hand wieder nach einem Pelz und schob ihn zurecht. »Er schreit nur herum, wenn er wütend wird. Ich habe nie erlebt, daß er etwas *getan* hätte. Aber man kann in dieser Stimmung einfach nicht mit ihm reden; da ist er auf einmal ein völlig anderer.«

»Und wenn er kein anderer ist, wie ist er dann?«

»Ein Streber ist er. Darum habe ich auch mit ihm Schluß gemacht. Dauernd hat er angerufen und gesagt, er hätte noch zu tun, oder wir mußten Leute zum Essen ausführen, Geschäftsfreunde. Und dann ist das passiert«, sagte sie, wobei sie wieder die Hand hob, »und da habe ich ihm gesagt, ich wollte nicht mehr.«

»Wie hat er das aufgenommen?«

»Ich glaube, er war erleichtert, besonders nachdem ich ihm gesagt hatte, daß ich trotzdem diese Erklärung für seine Anwälte unterschreiben würde.«

»Haben Sie seitdem wieder mal von ihm gehört?«

»Nein. Ich sehe ihn manchmal auf der Straße, wie das hier eben so ist, und wir grüßen uns. Aber wir unterhalten uns nicht, höchstens ein ›Wie geht's‹ oder so.«

Brunetti zog noch einmal die Brieftasche heraus und entnahm ihr eine seiner Karten. »Wenn Ihnen noch irgend etwas einfällt, Signorina, rufen Sie mich dann bitte in der Questura an.«

Sie nahm die Karte und steckte sie in die Tasche ihrer braunen Jacke. »Natürlich«, sagte sie gleichgültig, und er hatte seine Zweifel, ob die Karte den Nachmittag überleben würde.

Er gab ihr die Hand und suchte sich zwischen den Pelzen einen Weg zur Treppe. Während er dem Ausgang zustrebte, überlegte er, wie viele unversteuerte Millionen man ihr wohl für die Unterschrift auf dieser Erklärung gegeben hatte. Aber Steuerhinterziehung war, wie er sich nur zu oft vorhalten mußte, nicht sein Ressort.

19

Als Brunetti nach dem Mittagessen in die Questura zurückkam, sagte ihm die Wache an der Tür, Vice-Questore Patta habe nach ihm gefragt. Weil er befürchtete, es könnte womöglich der Nachhall von Signorina Elettras Verhalten gegenüber Tenente Scarpa sein, ging er gleich hinauf.

Falls Scarpa etwas gesagt hatte, merkte man aber nichts davon, denn Brunetti traf Patta in ungewöhnlich freundlicher Stimmung an. Er war augenblicklich auf der Hut.

»Haben Sie schon Fortschritte im Mordfall Lorenzoni gemacht, Brunetti?« fragte Patta, nachdem Brunetti seinen Platz vor dem Schreibtisch des Vice-Questore eingenommen hatte.

»Nein, noch nicht, Vice-Questore, aber ich habe eine Reihe interessanter Hinweise.« Diese wohlüberlegte Lüge sollte den Eindruck erwecken, daß zwar genug geschah, um ihn auf Trab zu halten, aber noch keine Erfolge vorlagen, die Patta zu Nachfragen ermuntern könnten.

»Gut, gut«, murmelte Patta, woraus Brunetti schloß, daß er nicht im mindesten an den Lorenzonis interessiert war. Er fragte nicht nach; lange Erfahrung hatte Brunetti gelehrt, daß Patta sich Neuigkeiten gern wie Würmer aus der Nase ziehen ließ, statt geradewegs damit herauszurücken. Brunetti hatte nicht vor, ihm entgegenzukommen.

»Es geht um diese Sendung, Brunetti«, sagte Patta endlich.

»Ja, Vice-Questore?« fragte Brunetti höflich.

»Die RAI über die Polizei macht.«

Brunetti erinnerte sich dunkel an irgend so eine geplante Sendung über die Polizei, die in einem Filmstudio in Padua produziert werden sollte. Er hatte vor einigen Wochen einen Brief bekommen, in dem er gefragt worden war, ob er bereit sei, als Berater zu fungieren, oder war es als Kommentator? Er hatte den Brief in den Papierkorb geworfen und die ganze Sache vergessen. »Ja?« wiederholte er, nicht weniger höflich.

»Die wollen Sie haben.«

»Wie bitte?«

»Ja. Als Berater. Außerdem sollen Sie ein langes Interview über die Funktionsweise des Polizeiapparats geben.«

Brunetti dachte an die Arbeit, die seiner harrte, an die Ermittlungen im Lorenzoni-Fall. »Aber das ist doch vollkommen abwegig.«

»Genau, das habe ich auch gesagt«, stimmte Patta zu. »Ich habe gesagt, sie brauchen jemanden mit einem breiteren Erfahrungsspektrum, jemanden, der einen besseren Überblick über die Polizeiarbeit hat, sie als Ganzes sehen kann, nicht als eine Reihe einzelner Fälle.«

Zu den Dingen, die Brunetti am allerwenigsten an Patta schätzte, gehörten die miserablen Textbücher zu den billigen Melodramen seines Lebens.

»Und was haben die Leute zu Ihrem Vorschlag gesagt, Vice-Questore?«

»Sie müßten zuerst mit Rom telefonieren. Von dort kam der Vorschlag. Sie wollen sich morgen wieder bei mir melden.« Pattas Ton machte aus dem Satz eine Frage, und zwar eine, die nach einer Antwort verlangte.

»Ich kann mir nicht vorstellen, wer mich für so etwas vorgeschlagen haben könnte, Vice-Questore. Ich mache so etwas nicht gern und möchte auch nichts damit zu tun haben.«

»Das habe ich denen auch gesagt«, erklärte Patta, aber als er Brunettis überraschten Blick sah, fügte er noch hinzu: »Ich wußte ja, daß Sie von dieser Lorenzoni-Geschichte jetzt nicht gern abgezogen werden wollen, nachdem Sie die Ermittlungen gerade wiederaufgenommen haben.«

»Und?« fragte Brunetti.

»Ich habe vorgeschlagen, daß sie jemand anderen nehmen.«

»Mit einem größeren Erfahrungsspektrum?«

»Ja.«

»Und wen?« fragte Brunetti geradeheraus.

»Mich selbst natürlich«, antwortete Patta in einem Ton, als wollte er ihn über den Siedepunkt von Wasser belehren.

Brunetti, der wirklich keine Lust hatte, im Fernsehen aufzutreten, fühlte sich plötzlich von einer unerklärlichen Wut darüber gepackt, daß Patta sich so ohne weiteres anmaßte, ihn zu übergehen.

»Ist das nicht TelePadova?« fragte Brunetti.

»Doch. Aber was hat das damit zu tun?« wollte Patta wissen. Fernsehen war für den Vice-Questore Fernsehen.

Aus schierer Bosheit antwortete Brunetti: »Dann ist die Sendung möglicherweise für Zuschauer des Veneto gedacht, und die möchten lieber jemanden von hier haben. Einen, der venezianischen Dialekt spricht oder sich wenigstens so anhört, als ob er aus dem Veneto wäre, wissen Sie.«

Alle Freundlichkeit war aus Pattas Stimme und Benehmen gewichen, als er sagte: »Ich wüßte nicht, was das für eine Rolle spielen sollte. Verbrechen ist ein nationales Problem und wird nicht nach Provinzen aufgeteilt, wie es Ihrer Meinung nach offenbar sein sollte.« Seine Augen verengten sich zu Schlitzen, als er fragte: »Sie sind doch nicht etwa Mitglied dieser Lega Nord, oder?«

Das war Brunetti natürlich nicht, aber er fand auch nicht, daß Patta ein Recht zu dieser Frage oder Anspruch auf eine Antwort hatte. »Ich wußte nicht, daß Sie mich gerufen haben, um eine politische Diskussion mit mir zu führen, Vice-Questore.«

Nur mit Mühe konnte Patta, seinen großen Fernsehauftritt vor Augen, die Wut aus seiner Stimme heraushalten. »Ich sage Ihnen das nur, um Ihnen die Gefahren einer solchen Denkweise vor Augen zu führen.« Er rückte einen Aktenordner auf seinem Schreibtisch zurecht und fragte in so ruhigem Ton, als wären sie eben erst auf das Thema zu sprechen gekommen: »Also, was machen wir nun mit diesem Fernsehkram?«

Brunetti, der für die Versuchungen der Sprache stets ein offenes Ohr hatte, war entzückt über den Plural, den Patta gebraucht hatte, und erst recht darüber, daß er die Sendung als ›Fernsehkram‹ abtat. Er schien ja richtig gierig darauf zu sein.

»Wenn die wieder anrufen, sagen Sie einfach, daß ich kein Interesse habe.«

»Und dann?« fragte Patta, wohl in der Erwartung, daß Brunetti einen Preis dafür verlangen würde.

»Dann machen Sie einen Vorschlag nach Ihrem Ermessen, Vice-Questore.« Pattas Gesicht war anzusehen, daß er Brunetti kein Wort glaubte. Er hatte in der Vergangenheit reichlich Beweise über die Unzurechnungsfähigkeit seines Untergebenen sammeln können: Einmal hatte er von einem Canaletto gesprochen, den seine Frau in der Küche hängen habe; dann hatte Brunetti selbst eine Beförderung mit direkter Unterstellung unter den Innenminister in Rom abgelehnt, und nun das: der kaltschnäuzige Verzicht auf die Gelegenheit zu einem Fernsehauftritt. Wenn das nicht Irrsinn war!

»Nun gut. Wenn Sie es so sehen, Brunetti, dann werde ich das denen sagen.« Wie es seine Gewohnheit war, schob Patta ein paar Papiere auf seinem Schreibtisch hin und her, um zu zeigen, wieviel er zu tun hatte. »Und was tut sich bei den Lorenzonis?«

»Ich habe mit dem Neffen und noch mit einigen Leuten gesprochen, die ihn kennen.«

»Warum denn das?« fragte Patta aufrichtig verblüfft.

»Weil er jetzt der Erbe ist.« Ob dem wirklich so war, wußte Brunetti nicht genau, aber da es keinen weiteren männlichen Lorenzoni gab, hielt er es für eine vernünftige Annahme.

»Wollen Sie damit andeuten, daß er womöglich für den Mord an seinem eigenen Vetter verantwortlich war?« fragte Patta.

»Nein, Vice-Questore. Ich sage nur, daß er derjenige ist, der am meisten vom Tod seines Vetters profitiert, und darum finde ich, man sollte sich mit ihm befassen.«

Patta sagte nichts dazu, und Brunetti fragte sich, ob er wohl über diese hochinteressante neue Theorie nachgrübelte, daß persönlicher Profit als Motiv für Verbrechen dienen könnte, und ob dies vielleicht bei der Polizeiarbeit hilfreich sein könnte.

»Was noch?«

»Sehr wenig«, antwortete Brunetti. »Es gibt noch ein paar andere Leute, mit denen ich mich gern unterhalten möchte, und dann will ich auch noch einmal mit den Eltern reden.«

»Mit Robertos Eltern?« fragte Patta.

Brunetti verkniff sich die Bemerkung, daß er mit Maurizios Eltern schlecht sprechen könne, da sein Vater tot und seine Mutter verschwunden war. »Ja.«

»Sie wissen natürlich, mit wem Sie es zu tun haben« fragte Patta.

»Lorenzoni?«

»Conte Lorenzoni«, verbesserte Patta automatisch. Während die italienische Regierung alle Adelstitel schon vor Jahrzehnten abgeschafft hatte, gehörte Patta noch zu denen, die sich immer gern mit einem Conte schmückten.

Brunetti ließ es durchgehen. »Ich würde ganz gern noch einmal mit ihm sprechen. Und mit seiner Frau.«

Patta wollte schon etwas einwenden, aber dann fiel ihm wohl TelePadova wieder ein, und er sagte nur: »Gehen Sie angemessen mit ihnen um.«

»Ja, Vice-Questore«, sagte Brunetti. Er spielte kurz mit dem Gedanken, Bonsuans Beförderung noch einmal ins Gespräch zu bringen, sagte dann aber doch nichts und stand auf. Patta wandte seine Aufmerksamkeit den Papieren vor ihm zu und nahm Brunettis Abgang nicht zur Kenntnis.

Signorina Elettra war noch immer nicht wieder an ihrem Platz, weshalb Brunetti nach unten ging, um Vianello zu suchen. Als er den Sergente an seinem Schreibtisch antraf, sagte er: »Ich glaube, wir sollten uns jetzt mal mit den Jungen unterhalten, die Robertos Auto gestohlen haben.«

Vianello lächelte und deutete mit einer Kopfbewegung auf ein paar Blatt Papier, die er vor sich liegen hatte. Als Brunetti das gestochene Schriftbild des Laserdruckers erkannte, fragte er: »Elettra?«

»Nein, Commissario. Ich bin auf die Idee gekommen, mal diese ehemalige Freundin von ihm anzurufen – sie hat sich über Belästigung durch die Polizei beklagt und mir erklärt, daß sie Ihnen schon alles gesagt hätte, aber ich habe trotzdem gefragt –, und ich habe die Namen bekommen und dann die Adressen ausfindig gemacht.«

Brunetti zeigte auf die Papiere, die so anders aussahen als Vianellos übliches Gekrakel.

»Sie bringt mir den Umgang mit dem Computer bei«, sagte Vianello, ohne seinen Stolz im mindesten verbergen zu wollen.

Brunetti nahm das Blatt und hielt es auf Armeslänge von sich ab, um das kleine Druckbild lesen zu können. »Hier stehen zwei Namen und Adressen drauf, Vianello. Braucht man dafür einen Computer?«

»Wenn Sie sich die Adressen ansehen, Commissario, werden Sie feststellen, daß der eine gerade in Genua seinen Militärdienst ableistet. Das hat der Computer für mich herausgefunden.«

»Oh«, sagte Brunetti und sah genauer hin. »Und der andere?«

»Wohnt hier in Venedig, und ich habe schon mit ihm gesprochen«, antwortete Vianello leicht gekränkt.

»Gute Arbeit«, lobte Brunetti, dem nichts anderes einfiel, womit er Vianello wieder besänftigen konnte. »Was hat er denn über den Autodiebstahl gesagt? Und über Roberto?«

Vianello blickte auf; die beleidigte Miene verschwand. »Was alle sagen. Daß er *un figlio di papà* war, der zuviel Geld und zuwenig zu tun hatte. Als ich nach der Autogeschichte fragte, wollte er zuerst leugnen. Aber ich habe ihm gesagt, er brauche keine Konsequenzen zu fürchten, wir wollten nur Bescheid wissen. Da hat er mir erzählt, Roberto hätte sie gebeten, das zu tun, um Beachtung von seinem Vater zu bekommen. Das heißt, so hat Roberto es nicht gesagt, aber der Junge sieht es so. Er schien sogar irgendwie Mitleid mit Roberto zu haben.«

Als Vianello sah, daß Brunetti etwas einwerfen wollte, fügte er erklärend hinzu: »Nein, nicht weil er tot ist, oder nicht nur. Es schien ihm für Roberto leid zu tun, daß er solche Sachen machen mußte, damit sein Vater ihn beachtete, daß er so einsam war, so verloren.«

Brunetti brummte zustimmend, und Vianello fuhr fort: »Sie haben den Wagen nach Verona gebracht und ihn dort in einem Parkhaus abgestellt. Dann sind sie mit dem Zug nach Hause gefahren. Roberto hat ihnen das Geld dafür gegeben und sie danach sogar noch zum Essen eingeladen.«

»Zur Zeit der Entführung waren sie noch befreundet, oder?«

»Sieht so aus, obwohl dieser – Niccolò Pertusi – ich

kenne seinen Onkel, der sagt, er ist ein guter Junge – also, Niccolò meint, daß Roberto in den letzten Wochen vor seiner Entführung irgendwie anders war. Immer müde, keine Späße mehr, immer das Gejammer, wie schlecht es ihm ging und zu welchen Ärzten er laufen mußte.«

»Er war erst einundzwanzig«, warf Brunetti ein.

»Ich weiß. Schon eigenartig, nicht? Ich frage mich, ob er wirklich krank war.«

Vianello lachte. »Meine Tante Lucia würde sagen, es war« – und hier legte Vianello einen gespenstischen Unterton in seine Stimme – »eine Vorahnung.«

»Nein«, sagte Brunetti, »für mich hört sich das an, als wäre er wirklich krank gewesen.«

Sie brauchten beide nichts weiter zu sagen. Brunetti nickte und ging in sein Zimmer hinauf, um das Telefonat zu führen.

Wie üblich vergeudete er zehn Minuten damit, verschiedenen Krankenschwestern und Sekretärinnen zu erklären, wer er war und was er wollte, dann weitere fünf, um dem Spezialisten in Padua, Dottor Giovanni Montini, zu versichern, daß die Informationen über Roberto Lorenzoni benötigt wurden. Weitere Minuten verstrichen, während die Arzthelferin nach Robertos Patientenkarte suchte.

Als sie schließlich gefunden war, bekam Brunetti von dem Arzt nur zu hören, was er schon so oft gehört hatte, daß er allmählich die gleichen Symptome an sich selbst entdeckte: Abgeschlagenheit, Kopfschmerzen und allgemeines Unwohlsein.

»Haben Sie je die Ursache dafür herausgefunden, *dottore*?« fragte Brunetti. »Solche Symptome sind doch ziemlich ungewöhnlich bei einem Menschen in der Blüte seiner Jugend.«

»Es könnte eine Depression gewesen sein«, gab der Arzt zu bedenken.

»Roberto Lorenzoni schien mir nicht der Typ für Depressionen zu sein, *dottore*«, wandte Brunetti ein.

»Vielleicht nicht«, pflichtete der Arzt ihm bei. Dann hörte Brunetti ihn herumblättern. »Nein, ich habe keine Ahnung, was mit ihm los war«, sagte der andere schließlich. »Die Laborergebnisse hätten möglicherweise Aufschluß geben können.«

»Laborergebnisse?« fragte Brunetti.

»Ja, er war Privatpatient und konnte sie bezahlen. Ich hatte eine ganze Reihe von Untersuchungen angeordnet.«

Brunetti hätte fragen können, ob Patienten mit denselben Symptomen, die aber über den öffentlichen Gesundheitsdienst liefen, von solchen Untersuchungen ausgenommen waren. Statt dessen fragte er: »Und warum sagen Sie ›hätten Aufschluß geben können‹, *dottore*?«

»Ich habe die Ergebnisse nicht in meinen Unterlagen.«

»Wie kommt denn das?«

»Da er sich nicht mehr gemeldet hat, um einen neuen Termin zu vereinbaren, haben wir die Laborergebnisse wahrscheinlich nie abgerufen.«

»Könnte man das jetzt noch tun?«

Das Zögern des Arztes war hörbar. »Das ist eigentlich nicht üblich.«

»Aber könnten Sie die Ergebnisse trotzdem bekommen, *dottore*?«

»Ich verstehe nicht, wozu das gut sein soll.«

»*Dottore*, in der momentanen Situation könnte alles, was wir über den Jungen in Erfahrung bringen, dazu beitragen, daß wir diejenigen finden, die ihn ermordet haben.« Brunetti hatte immer wieder die Erfahrung gemacht, daß Leute, mochten sie gegen das Wort ›Tod‹ auch noch so abgehärtet sein, doch alle in gleicher Weise auf das Wort ›Mord‹ reagierten.

Nach einer langen Pause fragte der Arzt: »Können Sie die Ergebnisse nicht irgendwie auf amtlichem Wege anfordern?«

»Doch, aber das wäre ebenso kompliziert wie langwierig. Sie könnten uns sehr viel Zeit und Papierkram sparen, *dottore*, wenn Sie es täten.«

»Ja, da mögen Sie recht haben«, meinte Dottor Montini, allerdings noch immer recht zögerlich.

»Vielen Dank, *dottore*«, sagte Brunetti und nannte ihm die Faxnummer der Questura.

Nachdem der Arzt sich auf diese Weise dazu gedrängt sah, auch noch ein Fax zu schicken, griff er zur einzigen Rache, die ihm einfiel. »Also, bis Ende der Woche«, sagte er und legte auf, bevor Brunetti noch irgend etwas erwidern konnte.

20

Eingedenk Pattas Ermahnung, die Lorenzonis angemessen zu behandeln – was immer das heißen mochte –, wählte Brunetti die Nummer von Maurizios Handy und fragte, ob er am Abend noch einmal mit der Familie sprechen könne.

»Ich weiß nicht, ob meine Tante in der Lage ist, Besuch zu empfangen«, sagte Maurizio zwischen Geräuschen, die sich nach Verkehrslärm anhörten.

»Dann muß ich mit Ihnen und Ihrem Onkel sprechen«, beharrte Brunetti.

»Wir haben doch schon mit Ihnen gesprochen, seit zwei Jahren reden wir mit allen möglichen Polizisten, und was hat es uns gebracht?« fragte der junge Mann, was wohl sarkastisch gemeint war, aber eher traurig klang.

»Ich verstehe, wie Ihnen zumute ist«, sagte Brunetti in dem Bewußtsein, daß dem keineswegs so war, »aber ich brauche noch weitere Informationen von Ihrem Onkel, und von Ihnen auch.«

»Was für Informationen?«

»Über Robertos Freunde. Über alles mögliche. Zum Beispiel die Firmen der Familie Lorenzoni.«

»Was soll mit den Firmen sein?« fragte Maurizio, diesmal mit erhobener Stimme, um den Hintergrundlärm zu übertönen. Seine nächsten Worte wurden trotzdem von einer Männerstimme überlagert, die offenbar aus einem Lautsprecher kam.

»Wo sind Sie eigentlich?« fragte Brunetti.

»Auf dem 82er Boot, kurz vor der Rialto-Brücke«, antwortete Maurizio. Dann wiederholte er seine Frage: »Was soll mit den Firmen sein?«

»Die Entführung könnte damit zu tun haben.«

»Das ist doch Unsinn«, widersprach Maurizio heftig, der Rest ging in der Mitteilung unter, daß der nächste Halt Rialto sei.

»Wann kann ich heute abend kommen?« fragte Brunetti, als hätte Lorenzoni keine Einwände erhoben.

Es folgte eine Pause. Beide hörten die Lautsprecherstimme, diesmal auf englisch, dann sagte Maurizio: »Um sieben«, und trennte die Verbindung.

Der Gedanke, daß die Unternehmen der Lorenzonis bei der Entführung eine Rolle gespielt hatten, war alles andere als Unsinn. Im Gegenteil, ihre Geschäfte waren die Quelle des Reichtums, der den Jungen zum Zielobjekt machte. Nach allem, was Brunetti über Roberto gehört hatte, hielt er es für unwahrscheinlich, daß jemand ihn aus Vergnügen an seiner Gesellschaft entführen würde, oder weil er so ein guter Unterhalter war. Der Gedanke hatte sich ungebeten eingestellt, aber Brunetti schämte sich, daß er ihn auch nur eine Sekunde lang geduldet hatte. Gütiger Himmel, der Junge war erst einundzwanzig gewesen, und er war durch einen Kopfschuß getötet worden.

Irgendwelche seltsamen Gedankenverbindungen erinnerten Brunetti an etwas, was Paola vor Jahren einmal gesagt hatte, als er ihr erzählte, wie Alvise, der einfältigste Polizist in ganz Venedig, durch die Liebe völlig verwandelt worden war, wie er verzückt von den vielen Vorzügen seiner Freundin geschwärmt hatte – oder seiner Frau, das wußte Brunetti nicht mehr so genau. Er erinnerte sich, wie er schon bei der bloßen Vorstellung eines verliebten Alvise gelacht hatte, gelacht, bis Paola mit eisiger Stimme sagte: »Nur weil wir klüger sind als die meisten anderen, Guido, müssen unsere Gefühle noch lange nicht edler sein.«

Verlegen hatte er seine Einstellung zu begründen versucht, aber wie immer, wenn es um intellektuelle Redlichkeit ging, war sie unbeugsam geblieben. »Es ist sehr praktisch für uns, zu glauben, daß alle die häßlichen Gefühle wie Haß und Wut in den niederen Rängen zu Hause sind, als hätten diese ein verbrieftes Recht darauf. Kein Wunder also, wenn wir dann Liebe, Freude und alle diese erhabenen Gefühle für uns beanspruchen.« Er hatte aufbegehren wollen, aber sie hatte ihm mit einer Handbewegung das Wort abgeschnitten. »Die Dummen, die Langweiler, die Ungehobelten, sie können Liebe genauso stark empfinden wie wir. Sie verstehen ihre Gefühle nur nicht in so hübsche Worte zu kleiden.«

Ein Teil von ihm wußte, daß sie recht hatte, aber es dauerte Tage, bis er es sich eingestehen konnte. Daran mußte er jetzt denken: Mochte der Conte noch so arrogant, die Contessa noch so verwöhnt sein, sie waren Eltern, deren einziges Kind ermordet worden war. Adliges Blut und feine Manieren schlossen nicht aus, daß ihre Trauer echt war.

Punkt sieben stand er vor der Tür, und diesmal ließ ein Dienstmädchen ihn ins Haus. Sie führte ihn in dasselbe Zimmer, wo er dieselbe Gesellschaft traf wie beim letzten

Mal. Und doch waren es nicht mehr dieselben Menschen. Das Gesicht des Conte wirkte eingefallener, die Nase dünner und stärker gebogen. Maurizio hatte seine gesunde oder zumindest jugendliche Ausstrahlung verloren, und seine Kleidung schien ihm eine Nummer zu groß zu sein.

Am schlimmsten aber stand es um die Contessa. Sie saß in demselben Sessel, doch man hatte den Eindruck, daß der Sessel sie allmählich verschlang, so wenig sah man zwischen den hohen Lehnen von ihrem Körper. Brunetti war entsetzt über die totenkopfähnlichen Vertiefungen unter ihren Schläfen, die Sehnen und Knochen ihrer Hände, die sich an die Perlen eines Rosenkranzes klammerten.

Keiner nahm sein Eintreten zur Kenntnis, obwohl das Mädchen seinen Namen genannt hatte. Brunetti war plötzlich unsicher, wie er vorgehen sollte, und wandte sich an einen Punkt irgendwo zwischen dem Conte und seinem Neffen: »Ich weiß, wie schmerzlich das für Sie ist, für Sie alle, aber ich muß mehr darüber erfahren, warum Roberto entführt worden sein könnte, um herauszubekommen, wer als Täter in Frage kommt.«

Die Contessa sagte etwas, aber so leise, daß Brunetti es nicht verstand. Er sah zu ihr hin, doch ihr Blick ruhte weiter auf ihren Händen und den Perlen, die durch ihre dünnen Finger glitten.

»Ich verstehe nicht, wozu das alles nötig sein soll«, sagte der Conte, ohne seinen Ärger verbergen zu wollen.

»Nachdem wir jetzt wissen, was passiert ist«, begann Brunetti, »führen wir unsere Ermittlungen weiter.«

»Zu welchem Zweck?« wollte der Conte wissen.

»Um die Schuldigen zu finden.«

»Was hat denn das noch für einen Sinn?«

»Vielleicht den, eine Wiederholung zu verhindern.«

»Die können meinen Sohn nicht noch einmal entführen. Sie können ihn nicht noch einmal umbringen.«

Brunetti sah zur Contessa, ob sie dem Gespräch folgte, doch ihr war nichts davon anzumerken. »Man könnte diese Leute aber davon abhalten, es wieder zu tun, mit jemand anderem, dem Sohn eines anderen.«

»Das ist für uns kaum noch von Interesse«, sagte der Conte, und Brunetti hatte den Eindruck, daß es sein Ernst war.

»Dann vielleicht, um sie ihrer gerechten Strafe zuzuführen«, bot Brunetti an. Vergeltung hatte für Verbrechensopfer meist etwas Verlockendes.

Der Conte zuckte nur die Achseln und wandte sich seinem Neffen zu. Da Brunetti das Gesicht des jungen Mannes nicht sehen konnte, wußte er nicht, was sich zwischen den beiden tat, aber als der Conte sich wieder umdrehte, fragte er: »Was wollen Sie denn wissen?«

»Ob Sie je Geschäfte mit…«, hier legte Brunetti eine Pause ein, weil er nicht recht wußte, welchen beschönigenden Ausdruck er benutzen sollte. »Haben Sie schon einmal mit Firmen oder Leuten zu tun gehabt, die sich später als kriminell entpuppten?«

»Sie meinen die Mafia?« fragte der Conte.

»Ja.«

»Warum sprechen Sie es dann nicht aus, Herrgott noch mal?«

Maurizio machte bei diesem Ausbruch einen Schritt auf seinen Onkel zu, die eine Hand ein wenig angehoben, doch ein Blick des Conte gebot ihm Einhalt. Er ließ die Hand sinken und trat zur Seite.

»Also, die Mafia«, sagte Brunetti. »Hatten Sie schon einmal mit ihr zu tun?«

»Nicht daß ich wüßte«, antwortete der Conte.

»Waren Firmen, mit denen Sie geschäftlich zu tun hatten, in kriminelle Machenschaften verwickelt?«

»Wo leben Sie eigentlich, auf dem Mond?« fragte der Conte, plötzlich mit zornrotem Gesicht. »Natürlich habe ich mit Firmen zu tun, die in kriminelle Machenschaften verwickelt sind. Wir leben in Italien. Anders kann man hier keine Geschäfte machen.«

»Könnten Sie das bitte etwas genauer erklären, Signor Conte?« fragte Brunetti.

Der Conte riß die Hände hoch, als könnte er Brunettis Ahnungslosigkeit nicht fassen. »Ich kaufe Rohstoffe von einer Firma, die zu einer Geldstrafe verurteilt wurde, weil sie Quecksilber in die Wolga eingeleitet hat. Der Präsident einer meiner Lieferanten sitzt in Singapur im Gefängnis, weil er zehnjährige Kinder beschäftigt und sie vierzehn Stunden täglich arbeiten läßt. Ein anderer, Vizepräsident einer Raffinerie in Polen, wurde wegen einer Drogenaffäre verhaftet.« Während er sprach, ging der Conte vor dem leeren Kamin auf und ab. Dann blieb er vor Brunetti stehen und blaffte: »Wollen Sie noch mehr hören?«

»Das ist alles sehr weit weg«, sagte Brunetti leise.

»Weit weg?«

»Weit von hier. Ich dachte an Dinge, die näher liegen, etwa in Italien.«

Der Conte schien nicht recht zu wissen, wie er Brunettis Worte verstehen sollte, ob er böse werden oder ihm die gewünschte Auskunft geben sollte. Maurizio wählte diesen Augenblick, um sich einzumischen. »Wir hatten vor etwa drei Jahren Verdruß mit einem Lieferanten in Neapel.« Brunetti sah ihn fragend an, und der junge Mann fuhr fort: »Er hat uns Motorteile für unsere Lastwagen geliefert, aber wie sich herausstellte, waren sie gestohlen, aus Sendungen, die über den Hafen von Neapel liefen.«

»Und weiter?«

»Wir haben den Lieferanten gewechselt«, erklärte Maurizio.

»War das ein großer Lieferumfang?« fragte Brunetti.

»Groß genug«, unterbrach der Conte.

»Um was für Beträge ging es da so?«

»Etwa fünfzig Millionen Lire im Monat.«

»Hat es Krach gegeben? Drohungen?« fragte Brunetti.

Der Conte zuckte die Achseln. »Ein bißchen Krach schon, aber keine Drohungen.«

»Und wie ging es weiter?«

Der Conte zögerte die Antwort so lange hinaus, daß Brunetti sich veranlaßt sah, seine Frage zu wiederholen. »Wie ging es weiter?«

»Ich habe ihn an eine andere Spedition empfohlen.«

»Einen Konkurrenten?« erkundigte sich Brunetti.

»Jeder ist ein Konkurrent«, sagte der Conte.

»Hatten Sie sonst noch einmal irgendwelchen Ärger? Vielleicht mit einem Mitarbeiter? Hatte einer möglicherweise Kontakte zur Mafia?«

»Nein«, redete Maurizio dazwischen, bevor sein Onkel antworten konnte.

Brunetti hatte den Conte beobachtet, als er seine Frage stellte, und dessen Überraschung bei der Antwort des jungen Mannes.

Mit ruhiger Stimme stellte er die Frage noch einmal direkt an den Conte. »Wußten Sie von einem Mitarbeiter, der Verbindungen zum kriminellen Milieu hatte?«

Der Conte schüttelte den Kopf. »Nein, nein.«

Bevor Brunetti zu einer weiteren Frage ansetzen konnte, sagte die Contessa: »Er war mein Kind. Ich habe ihn so sehr geliebt.« Als er zu ihr hinsah, war sie aber schon wieder verstummt und zog weiter die glatten Perlen durch ihre Finger.

Der Conte beugte sich über sie und streichelte ihre magere Wange, doch sie zeigte mit keiner Regung, ob sie die Berührung wahrgenommen hatte, oder auch nur seine Anwesenheit. »Ich glaube, das genügt jetzt«, sagte er, als er sich wieder aufrichtete.

Brunetti wollte noch eines. »Haben Sie seinen Paß?«

Als der Conte die Antwort schuldig blieb, fragte Maurizio: »Robertos?« Und auf Brunettis Nicken hin sagte er: »Natürlich.«

»Ist er hier im Haus?«

»Ja, in seinem Zimmer. Da sah ich ihn liegen, als wir… als wir aufgeräumt haben.«

»Könnten Sie ihn mir holen?«

Maurizio warf einen fragenden Blick zum Conte, der aber blieb stumm und reglos.

Maurizio entschuldigte sich, und drei volle Minuten lang hörten die beiden Männer den geflüsterten Ave Marias der Contessa zu, immer wieder von vorn, während die Rosenkranzperlen leise aneinanderklickten.

Maurizio kam zurück und gab Brunetti den Paß.

»Soll ich Ihnen eine Quittung dafür ausstellen?« fragte er.

Der Conte tat dies mit einer Handbewegung ab, und Brunetti steckte den Paß in seine Jackentasche, ohne ihn sich erst anzusehen.

Plötzlich wurde das Flüstern der Contessa lauter. »Wir haben ihm alles gegeben. Er war mein Alles«, sagte sie, aber dann folgte wieder ein Ave Maria.

»Ich glaube, das wird für meine Frau jetzt zuviel«, sagte der Conte. Er schaute sie mit vor Kummer verengten Augen an – die erste Gefühlsregung, die Brunetti ihn zeigen sah.

»Ja«, sagte er kurz und wandte sich zum Gehen.

»Ich bringe Sie hinaus«, erbot sich der Conte. Aus dem Augenwinkel sah Brunetti, wie Maurizio seinem Onkel einen scharfen Blick zuwarf, doch der Conte schien es nicht bemerkt zu haben, ging zur Tür und hielt sie für Brunetti auf.

»Ich danke Ihnen«, sagte Brunetti, an alle Anwesenden adressiert, obwohl er seine Zweifel hatte, ob die eine sein Hiersein überhaupt mitbekommen hatte.

Der Conte ging ihm voraus durch den Flur und öffnete die Eingangstür.

»Fällt Ihnen noch irgend etwas ein, Signor Conte? Etwas, das uns weiterhelfen könnte?« fragte Brunetti.

»Nichts kann mehr helfen«, antwortete der andere, fast so, als redete er mit sich selbst.

»Wenn Ihnen doch noch etwas einfällt, rufen Sie mich bitte an.«

»Es gibt nichts«, sagte der Conte und drückte die Tür zu, bevor Brunetti noch etwas erwidern konnte.

Brunetti wartete bis nach dem Essen, bevor er sich Robertos Paß näher ansah. Als erstes fiel ihm auf, wie dick er war: Hinten war eine Art Leporello eingeklebt. Brunetti faltete ihn bis auf Armeslänge auseinander und sah sich die vielen Visa in den verschiedenen Sprachen und Formen an. Er drehte das Ganze um und fand auf der Rückseite weitere Stempel. Schließlich faltete er alles wieder zusammen und schlug die erste Seite des Passes auf.

Seit seiner Ausstellung vor fünf Jahren bis zu Robertos Verschwinden war der Paß jährlich verlängert worden. Er enthielt die üblichen Angaben: Geburtsdatum, Größe, Augenfarbe und Adresse. Brunetti blätterte weiter. Es waren natürlich keine Stempel von EG-Mitgliedsstaaten darin, wohl aber von den USA, gefolgt von Mexiko, Kolumbien und Argentinien. Danach, in dieser zeitlichen Reihenfolge, Polen, Bulgarien und Rumänien, worauf die Chronologie abbrach, als hätten die Grenzbeamten ihren Stempel nur noch auf irgendeine Seite gedrückt, die sie zufällig aufschlugen.

Brunetti ging in die Küche, um sich Bleistift und Papier zu holen. Dann begann er Robertos Reisen streng zeitlich aufzulisten. Eine Viertelstunde später hatte er zwar zwei Blätter mit Orten und Einreisedaten gefüllt, aber ziemlich unübersichtlich infolge der vielen Einschübe, die er machen mußte, wenn er auf willkürlich gesetzte Stempel stieß.

Nachdem er alle Daten notiert hatte, schrieb er die Liste

noch einmal in der richtigen Reihenfolge ab, und diesmal brauchte er dafür drei Blätter. Das letzte Land, das Roberto bereist hatte, und zwar zehn Tage vor seiner Entführung, war Polen, wo er über den Flughafen Warschau eingereist war. Dem Ausreisestempel konnte man entnehmen, daß er nur einen Tag geblieben war. Davor, drei Wochen vor seiner Entführung, hatte er zwei Länder besucht, deren Namen in kyrillischen Buchstaben angegeben waren, aus denen Brunetti Weißrußland und Tadschikistan herauslas.

Er ging über den Flur und blieb an der offenen Tür zu Paolas Arbeitszimmer stehen. Sie sah über ihre Brille hinweg zu ihm auf. »Na?«

»Wie gut kannst du Russisch?«

»Meinst du sprechen oder kochen?« fragte sie und nahm die Brille ab.

»Eher lesen«, versetzte er lächelnd.

»Kochen könnte ich nämlich höchstens russische Eier, aber beim Lesen liege ich, sagen wir, ziemlich genau zwischen Puschkin und Straßenschildern.«

»Und Städtenamen?« fragte er.

Sie streckte die Hand nach dem Paß aus, den er vor sich hochhielt. Er ging zu ihrem Schreibtisch, gab ihn ihr und blieb hinter ihr stehen. Geistesabwesend zupfte er einen Wollfussel von der Schulter ihres Pullovers.

»Welche?« fragte Paola und klappte den Paß auf.

»Hinten, auf der Zusatzseite.«

Sie blätterte weiter und zog die Seite auf volle Länge heraus. »Brest.«

»Wo liegt das?«

»In Weißrußland.«

»Haben wir irgendwo einen Atlas?« fragte Brunetti.

»Ich glaube, in Chiaras Zimmer.«

Bis er zurückkam, hatte sie die Namen der Städte und Länder auf ein Blatt Papier geschrieben. Als er den Atlas vor ihr auf den Schreibtisch legte, sagte sie: »Bevor wir anfangen, sollten wir nachsehen, in welchem Jahr dieser Atlas erschienen ist.«

»Warum das?«

»Viele Namen haben sich geändert. Nicht nur von Ländern, auch von Städten.«

Sie nahm den Atlas und sah sich das Impressum an. »Vielleicht tut er's ja«, meinte sie. »Letztes Jahr herausgekommen.« Sie schlug das Inhaltsverzeichnis auf, suchte nach Weißrußland und blätterte dann zu einer der Karten zurück.

Sie betrachteten ein Weilchen gemeinsam die Karte des kleinen Landes zwischen Polen und Großrußland. »Es ist eine der sogenannten abgefallenen Republiken.«

»Schade, daß so etwas nur bei den Russen geht«, sagte Brunetti, der sich ausmalte, wie herrlich es für Norditalien wäre, wenn es von Rom abfallen könnte.

Paola, die solche Bemerkungen von ihm gewöhnt war, antwortete nicht. Sie setzte ihre Brille wieder auf und beugte sich über die Karte. Dann legte sie einen Finger auf einen Namen. »Hier ist die eine. An der polnischen Grenze.« Sie ließ den Finger liegen und suchte weiter. Nach ein paar Augenblicken zeigte sie mit der anderen Hand auf einen neuen Punkt. »Und hier ist die zweite. Scheint höchstens hundert Kilometer von der ersten entfernt zu sein.«

Brunetti legte den aufgeschlagenen Paß daneben und

sah sich noch einmal die Visavermerke an. Zahlen und Daten waren in arabischen Ziffern geschrieben. »Derselbe Tag«, sagte er.

»Und das heißt?«

»Daß er zu Lande von Polen nach Weißrußland gereist und dort nur einen Tag geblieben ist, vielleicht sogar kürzer, bevor er zurückkam.«

»Ist das merkwürdig? Du sagst doch, daß er so etwas wie ein Laufbursche für die Firma war. Vielleicht mußte er nur einen Vertrag abliefern oder etwas abholen.«

»Hm«, stimmte Brunetti zu. Er nahm den Atlas und begann darin zu blättern.

»Wonach suchst du?«

»Ich wüßte gern, auf welchem Weg er hierher zurückgekommen sein könnte«, antwortete er, während er die Karte Osteuropas betrachtete und mit dem Finger die wahrscheinlichste Route nachzog. »Vermutlich über Polen und Rumänien, wenn er mit dem Auto unterwegs war.«

Paola unterbrach ihn. »Roberto kommt mir nicht wie einer vor, der mit dem Bus reisen würde.«

Brunetti grunzte, den Finger noch auf der Karte. »Dann Österreich und über Udine und Treviso hierher.«

»Findest du das wichtig?«

Brunetti zuckte die Achseln.

Paola verlor das Interesse. Sie klappte das Leporelloblatt wieder zusammen und gab Brunetti den Paß zurück. »Wenn es wichtig war, wirst du es leider nie erfahren. Er kann es dir nicht mehr sagen«, meinte sie und richtete ihre Aufmerksamkeit wieder auf das Buch, das sie offen vor sich liegen hatte.

»Es gibt mehr Dinge zwischen Himmel und Erde, als Eure Schulweisheit sich träumen läßt, Horatio«, zitierte er, wie sie es schon oft bei ihm getan hatte.

»Und was soll das nun wieder heißen?« fragte sie lächelnd und sah zu ihm auf. Es freute sie, daß die Runde an ihn ging.

»Es heißt, daß wir im Plastikzeitalter leben.«

»Plastik?« wiederholte sie ratlos.

»Und Computer.«

Als Paola immer noch nichts begriff, grinste er und sagte im perfekt nachgeahmten Ton der Fernsehwerbung: »Geh nie ohne deine Kreditkarte aus dem Haus.« Er sah, wie ihr etwas dämmerte, und fuhr fort: »Dann kann ich alle deine Bewegungen verfolgen, und zwar…« und Paola, die endlich verstanden hatte, beendete mit ihm zusammen den Satz: »auf Signorina Elettras Computer.«

21

Natürlich kann man Prostituierte per Kreditkarte bezahlen«, erklärte Signorina Elettra zwei Tage später einem verblüfften Brunetti. Er stand neben ihrem Schreibtisch, in der Hand einen vierseitigen Computerausdruck aller Zahlungen, die Roberto Lorenzoni in den letzten beiden Monaten vor seiner Entführung mit seinen drei Kreditkarten getätigt hatte.

Die Ausgaben waren horrend, egal woran man sie maß – weit über fünfzig Millionen Lire, mehr als die meisten Leute in einem Jahr verdienten. Die einzelnen Beträge waren aus den verschiedensten Währungen in Lire umgerechnet: Pfund, Dollar, Mark, Zloti, Lew, Rubel.

Brunetti war auf der dritten Seite, wo die Rechnungen eines Hotels in St. Petersburg standen. Dort hatte Roberto in zwei Tagen über vier Millionen Lire für Zimmerservice ausgegeben. Man hätte glauben können, daß der junge Mann sein Zimmer überhaupt nicht verlassen, alle Mahlzeiten dort eingenommen und nichts als Champagner getrunken hatte, wären da nicht noch die enormen Rechnungen von Restaurants und offenbar Discos oder Nachtclubs auf der Liste gewesen: Pink Flamingo, CanCan und Elvis.

»Es kann nichts anderes sein«, beharrte Signorina Elettra.

»Aber mit Visa Card?« fragte Brunetti, der einfach nicht glauben konnte, was ihm doch so deutlich ins Auge sprang.

»Bei den Leuten von der Bank war das gang und gäbe«, sagte sie. »In fast allen osteuropäischen Staaten kann man das jetzt so machen. Es läuft unter Zimmerservice oder Wäsche oder sonstige Dienstleistungen, was dem Hotel gerade so einfällt. Auf diese Weise sichern sie sich ihren Anteil. Und haben eine Kontrolle darüber, wer im Hotel ein und aus geht.« Da sie sah, daß Brunetti ihr aufmerksam zuhörte, fuhr sie fort: »In den Hotelhallen wimmelt es von ihnen. Sie sehen aus wie wir. Westlich aufgemacht, meine ich. Armani, Gucci, Gap, und richtig hübsch. Einer meiner damaligen Chefs hat mir erzählt, daß er einmal von einer angesprochen wurde, auf englisch. Das muß vor etwa vier Jahren gewesen sein. Astreines Englisch. Sie hätte Professorin in Oxford sein können. Und das war sie auch. Professorin. Zwar nicht in Oxford, aber an der dortigen Universität. Sie lehrte englische Lyrik und verdiente damit etwa 50 000 Lire im Monat. Da hatte sie beschlossen, ihr Einkommen etwas aufzubessern.«

»Und ihr Englisch« fügte Brunetti hinzu.

»In diesem Fall wohl eher Italienisch, Commissario.«

Brunetti sah wieder auf die Liste. Im Geiste unterlegte er die darin enthaltenen Informationen mit der Karte von Osteuropa, die er sich vorgestern mit Paola angesehen hatte. Er verfolgte Robertos Weg nach Osten, eine Tankquittung an der Grenze zur Tschechischen Republik, ein neuer Reifen, schockierend teuer, irgendwo in Polen, dann wieder Tanken in der Stadt, in der er sein Einreisevisum für Weißrußland bekommen hatte. Dann kam eine Rechnung für ein Hotelzimmer in Minsk, weitaus teurer als in Rom oder Mailand, und für ein sündhaft teures Abendessen. Drei Flaschen Burgunder standen auf der Rechnung – das einzige Wort, das Brunetti etwas sagte –, es konnte also nicht nur für Roberto allein gewesen sein. Wahrscheinlich eines dieser Geschäftsessen, für die er so reichlich entlohnt wurde. Aber in Minsk?

Da die Liste chronologisch geordnet war, konnte Brunetti auch Robertos Rückweg verfolgen, der ziemlich genau dem von ihm skizzierten entsprach: Polen, Tschechien, Österreich und wieder hinunter nach Italien, wo er in Treviso für fünfzigtausend Lire getankt hatte. Dann, drei Tage vor seiner Entführung, endeten die Belastungen auf seinem Kreditkartenkonto, allerdings erst nach Zahlung von über dreihunderttausend Lire in einer Apotheke in der Nähe seines Elternhauses.

»Was sagen Sie dazu?« fragte Brunetti.

»Ich glaube, er wäre mir nicht sonderlich sympathisch gewesen«, meinte Elettra kühl.

»Und warum nicht?«

»Ich mag keine Leute, die ihre Rechnungen nicht selbst bezahlen.«

»Hat er das nicht?«

Sie blätterte in der Liste zur ersten Seite zurück und zeigte auf die dritte Zeile, wo der Inhaber des zu belastenden Kontos stand: ›Lorenzoni Unternehmensgruppe‹.

»Dann ist das eben seine Firmenkarte.«

»Für Geschäftsausgaben?« fragte sie.

Brunetti nickte. »Scheint so.«

»Und was ist dann das hier?« Sie zeigte auf einen Betrag von über zwei Millionen siebenhunderttausend Lire an einen Schneider in Mailand. »Oder das da?« Diesmal deutete sie auf den Beleg über siebenhunderttausend Lire für eine Handtasche aus der Bottega Veneta.

»Es ist das Unternehmen seines Vaters«, meinte Brunetti.

Signorina Elettra zuckte die Achseln.

Brunetti fragte sich, wie es wohl kam, daß Signorina Elettra, von der er eigentlich nicht unbedingt konventionelle Moralvorstellungen erwartete, Robertos Verhalten so verurteilte.

»Mögen Sie vielleicht keine reichen Leute?« fragte er schließlich. »Ist es das?«

Sie schüttelte den Kopf. »Nein, das ist es ganz und gar nicht. Vielleicht mag ich nur einfach keine verwöhnten jungen Männer, die das Geld ihres Herrn Papas für Huren ausgeben.« Sie schob ihm die Liste hin und wandte sich ihrem Computer zu.

»Auch wenn er tot ist?« fragte Brunetti.

»Das ändert nichts, Dottore.«

Brunetti gab sich keine Mühe, seine Überraschung zu verbergen, vielleicht sogar seine Enttäuschung. Er nahm die Papiere an sich und ging.

Von der Apotheke erfuhr er, daß die Medikamente, die Roberto gekauft hatte, vom Hausarzt der Familie Lorenzoni verordnet worden waren, wahrscheinlich als Versuch, die allgemeinen Krankheitssymptome des jungen Mannes zu behandeln. Keiner der Mitarbeiter in der Apotheke erinnerte sich an Roberto oder konnte sich entsinnen, die Rezepte eingelöst zu haben.

Da Brunetti sich wie in einer Sackgasse fühlte, besessen einzig von dem Gedanken, daß sowohl mit der Entführung als auch mit der Familie Lorenzoni etwas ganz und gar nicht stimmte, beschloß er, sich der Familie zu bedienen, in die er eingeheiratet hatte, und wählte die Nummer des Conte. Diesmal war sein Schwiegervater selbst am Apparat.

»Ich bin's, Guido«, sagte er.

»Ja?« fragte der Conte.

»Ich wollte nur mal hören, ob du seit unserem Gespräch von neulich noch etwas über die Lorenzonis in Erfahrung gebracht hast?«

»Ich habe mit einigen Leuten gesprochen«, sagte der Conte. »Sie sagen alle, die Mutter sei sehr schlimm dran.« Bei jedem anderen wäre das eine Einladung zum Klatsch gewesen, keine bloße Feststellung einer Tatsache.

»Stimmt, ich habe sie gesehen.«

»Tut mir leid für sie«, sagte der Conte. »Sie war einmal so eine bezaubernde Frau. Ich kannte sie vor ihrer Ehe. Da war sie lebhaft und witzig, eine Augenweide.«

Brunetti stellte zu seiner eigenen Überraschung fest, daß er sich nie nach der Familiengeschichte erkundigt, sondern sich immer mit dem unbestimmten Gefühl begnügt hatte, daß sie eben reich war. Er fragte: »Und er, wie war er, kanntest du ihn auch?«

»Nein. Ich habe ihn erst später kennengelernt, als sie schon verheiratet waren.«

»Aber ich dachte, die Lorenzonis waren mit allen bekannt.«

Der Conte seufzte.

»Wie bitte?« fragte Brunetti.

»Nun, es war Ludovicos Vater, der damals die Juden an die Deutschen ausgeliefert hat.«

»Ja, das weiß ich.«

»Jeder wußte es, aber es gab keine Beweise, darum ist ihm nach dem Krieg nichts passiert. Aber von uns anderen wollte keiner etwas mit ihm zu tun haben. Nicht einmal seine eigenen Brüder wollten etwas von ihm wissen.«

»Und Ludovico selbst?« fragte Brunetti.

»Er war den Krieg über in der Schweiz, bei Verwandten. Er war ja damals noch ein kleines Kind.«

»Und nach dem Krieg?«

»Sein Vater hat nicht mehr lange gelebt. Ludovico hat ihn nie besucht und ist erst nach Venedig zurückgekommen, als er tot war. Es gab nicht viel zu erben, den Titel und den Palazzo, das war alles. Er kam zurück und schloß Frieden mit seinen Onkeln und Tanten. Schon damals schien es sein einziges Bestreben zu sein, den Namen so berühmt zu machen, daß die Sache mit seinem Vater in Vergessenheit geriet.«

»Das ist ihm ja offenbar gelungen«, bemerkte Brunetti.

»Ja, das kann man sagen.«

Brunetti kannte die Geschäfte seines Schwiegervaters gut genug, um zu wissen, daß viele von ihnen sich mit denen der Familie Lorenzoni überschnitten, vielleicht sogar konkurrierten, und so akzeptierte er das Urteil des einen Conte über den anderen. »Und jetzt?« fragte er.

»Jetzt? Jetzt hat er nur noch seinen Neffen.«

Brunetti merkte, daß sie sich auf unsicherem Terrain bewegten. Conte Orazio hatte keinen Sohn, der seinen Namen weitertragen würde, nicht einmal einen Neffen, um das Familienunternehmen fortzuführen. Vielmehr hatte er nur eine einzige Tochter, und die war mit einem Mann verheiratet, dessen Rang nicht dem ihren entsprach, der nur Polizist war und dazu bestimmt schien, nie über den Dienstgrad eines Commissario hinauszukommen. Derselbe Krieg, der Ludovicos Vater dazu gebracht hatte, Verbrechen gegen die Menschlichkeit zu begehen, hatte Brunettis Vater zum Hauptmann in einem Infanterie-Regiment gemacht, das mit dünnen Stiefeln nach Rußland marschiert war, um gegen die Feinde Italiens zu kämpfen. Statt dessen hatten sie einen aussichtslosen Kampf gegen den russischen Winter geführt, und die wenigen, die überlebten – darunter auch Brunettis Vater –, waren für Jahre in Stalins Lagern verschwunden. Der grauhaarige Mann, der 1949 zu Fuß nach Venedig zurückkam, war noch immer Hauptmann gewesen und hatte die ihm verbliebenen Jahre von der Pension eines Hauptmanns gelebt, aber es waren Verbrechen an seiner Seele begangen worden, und Brunetti, damals noch ein Kind, hatte seinen Vater nur selten als den fröhlichen, ausgelassenen jungen Mann erlebt, den seine Mutter geheiratet hatte.

Brunetti schüttelte diese Erinnerung und seine Gedanken an die Lorenzonis ab und sagte: »Ich habe versucht, mit Paola zu sprechen.«

»Versucht?«

»Es ist nicht so einfach.«

»Jemandem zu sagen, daß man ihn liebt?«

Brunetti war so erstaunt, fast so etwas wie Zorn aus den Worten seines Schwiegervaters herauszuhören, daß er schwieg.

»Guido?«

»Ja?« Brunetti machte sich schon auf wortreiche Vorwürfe gefaßt, aber auch vom anderen Ende der Leitung kam vorerst nur ein langes Schweigen.

»Ich verstehe schon, Guido«, sagte der Conte dann. »ich wollte dich nicht anfahren.« Mehr sagte er nicht, aber Brunetti nahm es als Entschuldigung. Seit zwanzig Jahren drückten er und der Conte sich vor der Erkenntnis, daß sie durch die Heirat zwar zu Verwandten, aber nie zu Freunden geworden waren. Und nun schien ihm der Conte gerade dieses anzubieten.

Erneutes Schweigen machte sich breit, bis der Conte es schließlich mit den Worten beendete: »Nimm dich in acht vor diesen Leuten, Guido.«

»Vor den Lorenzonis?«

»Nein. Vor denen, die den Jungen entführt haben. Er war niemandem gefährlich. Und Lorenzoni hätte ihnen das Geld geben können. Das ist mir auch zu Ohren gekommen.«

»Was?«

»Ein Freund hat mir erzählt, er hätte munkeln hören, daß jemand dem Conte angeboten habe, es ihm zu leihen.«

»Die ganze Summe?«

»Ja, soviel er eben brauchte. Natürlich gegen hohe Zinsen, aber das Angebot wurde gemacht.«

»Wer?«

»Das spielt keine Rolle.«

»Glaubst du das?«

»Ja, es ist wahr. Und trotzdem haben sie ihn umgebracht. Lorenzoni hätte ihnen das Geld irgendwie zukommen lassen können, daran besteht kein Zweifel. Aber sie haben den Jungen umgebracht, bevor er die Möglichkeit hatte, es ihnen zu geben.«

»Wie hätte er das denn machen sollen? Er wurde von

der Polizei überwacht.« Aus der Akte über die Entführung war ersichtlich gewesen, wie streng die Überwachung Lorenzonis und seines Vermögens gehandhabt worden war.

»Es werden dauernd Menschen entführt, Guido, und die Lösegelder werden bezahlt, ohne daß die Polizei je davon erfährt. So etwas ist nicht schwer zu arrangieren.«

Brunetti wußte das. »Hat er oder derjenige, der ihm das Geld leihen wollte, je etwas von den Kidnappern gehört?«

»Nein. Nach der zweiten Lösegeldforderung tat sich nichts mehr, er brauchte es sich also nie zu borgen.«

Der Akte hatte Brunetti entnehmen können, daß die Polizei bei dem Verbrechen völlig im Dunkeln getappt hatte. Keine Hinweise, keine Gerüchte von ihren Informanten; der Junge war einfach von der Bildfläche verschwunden, und es hatte nicht die kleinste Spur gegeben, bis die Überreste seiner Leiche in einer Ackerfurche auftauchten.

»Darum rate ich dir zur Vorsicht, Guido. Wenn diese Leute ihn umgebracht haben, obwohl sie wußten, daß sie das Geld ohne weiteres hätten bekommen können, dann sind sie gefährlich.«

»Ich werde mich vorsehen«, sagte Brunetti, wobei ihm einfiel, wie oft er genau das schon der Tochter dieses Mannes versprochen hatte. »Und vielen Dank für deine Hilfe.«

»Nichts zu danken. Ich rufe dich an, wenn ich noch etwas höre.« Mit diesen Worten legte der Conte auf. Warum würde man jemanden entführen und dann das Lösegeld nicht kassieren, überlegte Brunetti. Was über Robertos Gesundheitszustand in den Wochen vor seiner Entführung bekannt war, deutete kaum darauf hin, daß er Widerstand geleistet oder seinen Entführern zu entkommen versucht haben könnte. Sie hatten jemanden gehabt, den sie mühelos gefangenhalten konnten. Und dennoch hatten sie ihn getötet.

Und dann das Geld. Trotz aller Bemühungen des Staates wäre der Conte daran gekommen, und er war gewiß schlau genug und hatte die entsprechenden Verbindungen, um es den Kidnappern zukommen zu lassen.

Dennoch hatte es keine dritte Lösegeldforderung gegeben. Brunetti wühlte in den Papierstapeln auf seinem Schreibtisch herum, bis er den ursprünglichen Bericht der Polizei von Belluno fand. Er las die ersten Absätze noch einmal. Die Leiche, hieß es da, war teilweise nur von wenigen Zentimetern Erde bedeckt gewesen, einer der Gründe für den beträchtlichen ›Tierfraß‹. Er blätterte bis zum Ende und öffnete den Umschlag mit den vielen Fotos, die man von der Leiche gemacht hatte, nahm die Bilder vom Fundort heraus und breitete sie auf seinem Schreibtisch aus.

Ja, da waren die Knochen, dicht unter der Oberfläche. Auf einigen Bildern sah man so etwas wie Knochenteile in dem noch ungepflügten Teil des Ackers neben der Furche aus dem Gras emporragen. Roberto war so hastig und sorglos verscharrt worden, als wäre es seinen Mördern völlig egal gewesen, ob man die Leiche fand.

Und der Ring. Der Ring. Vielleicht hatte Roberto, genau wie seine Freundin, ihn anfangs zu verstecken versucht, als er möglicherweise noch dachte, es sei nur ein Raubüberfall. Er hatte ihn in die Tasche gesteckt und dann vergessen. Wie so vieles im Zusammenhang mit Robertos

Verschwinden und Tod würde man auch das nie mehr genau erfahren.

Brunetti wurde von Vianello aus seinen Überlegungen gerissen, der ins Zimmer stürzte, noch ganz außer Atem, weil er so eilig die Treppe heraufgerannt war.

»Was gibt's?«

»Lorenzoni«, keuchte der Sergente.

»Was ist mit ihm?«

»Er hat seinen Neffen umgebracht.«

22

Vianello schien von der Neuigkeit ganz erschlagen. Ein paar Sekunden lang konnte er kaum sprechen und stand, einen Arm an die Türfüllung gestützt, nur schnaufend und mit hängendem Kopf da. Als er endlich seinen Atem wieder unter Kontrolle hatte, sagte er: »Der Anruf ist vor ein paar Minuten gekommen.«

»Wer hat angerufen?«

»Er. Lorenzoni.«

»Was ist passiert?«

»Ich weiß es nicht. Orsoni war am Apparat. Lorenzoni hat gesagt, der Junge sei auf ihn losgegangen, und es habe ein Handgemenge gegeben.«

»Sonst noch etwas?« fragte Brunetti, während er schon an Vianello vorbei auf den Flur ging. Zusammen steuerten sie zum Ausgang, wo die Polizeiboote lagen. Brunetti hob den Arm, um die Wache auf sich aufmerksam zu machen. »Wo ist Bonsuan?« rief er. Sein dringlicher Ton ließ Köpfe herumfahren.

»Draußen, Commissario.«

»Ich habe ihn schon verständigt«, sagte Vianello von hinten.

»Erzählen Sie«, sagte Brunetti, während er die schwere Glastür aufstieß.

Mit einem Nicken begrüßte er Bonsuan, sprang in das wartende Boot, drehte sich um und half Vianello an Bord, während sie schon Fahrt aufnahmen.

»Also, weiter«, forderte er Vianello erneut auf.

»Nichts weiter. Mehr hat er nicht gesagt.«

»Wie hat er ihn angegriffen? Womit?« Brunetti hob die Stimme, um den Motor zu übertönen.

»Ich weiß es nicht, Commissario.«

»Hat Orsoni denn nicht nachgefragt?« bohrte Brunetti weiter, allen Unmut auf Vianello gerichtet.

»Er sagt, der Conte hat einfach aufgelegt. Nur die Tat gemeldet und wieder aufgelegt.«

Brunetti klatschte mit der Handfläche auf die Reling, und wie von dem Schlag angetrieben, brauste das Boot auf die weite Fläche des Bacino hinaus, durchschnitt die Heckwelle eines Wassertaxis und platschte mit einem mißtönenden dumpfen Schlag aufs Wasser. Bonsuan schaltete die Sirene ein, deren Doppelton ihnen den Canal Grande hinauf vorausjaulte, bis sie am privaten Anlegesteg des Palazzo Lorenzoni beidrehten.

Das Wassertor stand zwar offen, aber es erwartete sie niemand. Vianello sprang als erster von Bord, verfehlte aber die oberste Stufe und landete auf der darunter, den Fuß knöcheltief im Wasser. Er schien es kaum zu merken, drehte sich um, ergriff Brunettis Arm und half ihm bei seinem längeren Schritt auf die oberste Stufe. Zusammen rannten sie in die dunkle Eingangshalle und nach rechts durch eine offene Tür, die in einen beleuchteten Treppenaufgang führte. Oben stand dasselbe Dienstmädchen, das Brunetti schon beim letzten Mal eingelassen hatte. Ihr Gesicht war weiß, und sie hielt die Arme um den Leib geschlungen, als hätte sie einen Schlag in den Magen bekommen.

»Wo ist er?« fragte Brunetti.

Sie löste einen Arm und zeigte mit der ausgestreckten Hand zu einer weiteren Treppe am Ende der Diele.

Die beiden Männer eilten zu dieser Treppe und rannten hinauf. Sie blieben stehen, lauschten, hörten aber nichts und liefen weiter nach oben. Noch auf der Treppe hörten sie einen leisen Ton, eine männliche Stimme, kaum vernehmbar. Sie kam aus einer offenen Tür zu ihrer Linken.

Brunetti ging geradewegs in das Zimmer. Conte Lorenzoni saß neben seiner Frau, hielt ihre Hand in seinen beiden Händen und redete leise auf sie ein. Auf den ersten Blick wirkte das wie eine friedliche, häusliche Szene: ein älterer Mann im trauten Gespräch mit seiner Frau, ihre Hand liebevoll umfaßt. Aber nur so lange, bis sie nach unten schauten und sahen, daß die Hosenbeine und Schuhe des Mannes voll Blut waren. Blutspritzer waren auch auf seinen Händen und den Manschetten.

»*Gesù bambino*«, flüsterte Vianello.

Conte Lorenzoni sah zu ihnen auf, dann wieder zu seiner Frau. »Mach dir keine Sorgen, Liebes, es ist jetzt alles gut. Mir ist nichts passiert. Es ist nichts.«

Brunetti sah den Conte die Hand seiner Frau loslassen und hörte ein leises, schmatzendes Geräusch, als seine blutbefleckten Hände sich von der ihren lösten. Lorenzoni erhob sich und kam auf sie zu. Soweit Brunetti es beurteilen konnte, hatte die Contessa überhaupt nicht wahrgenommen, daß er mit ihr gesprochen hatte oder daß er sie jetzt allein ließ.

»Kommen Sie mit«, sagte der Conte und ging ihnen voraus zur Treppe und nach unten. Er führte sie zu dem

Zimmer, in dem Brunetti schon zweimal mit ihm gesprochen hatte. Er drückte die Tür auf, machte aber keine Anstalten, ins Zimmer zu gehen. Er sagte nichts und schüttelte nur den Kopf, als Brunetti ihn mit einer Geste zum Eintreten aufforderte.

Brunetti ging hinein, gefolgt von Vianello. Was er sah, machte ihm das Widerstreben des Conte verständlich. Am schlimmsten sahen die Vorhänge vor den Fenstern auf der anderen Seite aus. Sie waren oben von Schrotkugeln durchsiebt und über und über verklebt mit Hirnmasse und Blut aus Maurizios Kopf. Der junge Mann lag vor dem Fenster, zusammengekrümmt wie ein Fetus. Sein Gesicht war verschont geblieben, aber von seinem Hinterkopf war nichts mehr da. Die Mündung mußte genau unter seinem Kinn gewesen sein, als der Schuß fiel. Soviel sah Brunetti, bevor er sich abwandte.

Er ging in den Flur zurück und überlegte, was zu tun war. Ob nach seinem plötzlichen Weggang aus der Questura wohl in der Aufregung einer daran gedacht hatte, die Spurensicherung zu verständigen?

Der Conte war nirgends zu sehen. Vianello kam nach Brunetti aus dem Zimmer. Sein Atem ging mühsam, genau wie vorhin, als er in Brunettis Zimmer gestürzt war.

»Rufen Sie mal an, ob die Spurensicherung schon unterwegs ist?« sagte Brunetti.

Vianello setzte zum Sprechen an, blieb aber stumm und nickte nur.

»Hier gibt es sicher noch ein anderes Telefon«, sagte Brunetti. »Versuchen Sie's in einem der Schlafzimmer.«

Vianello nickte wieder. »Und Sie?«

Brunetti deutete mit dem Kopf zur Treppe. »Ich rede mit ihnen.«

»Mit ihnen?«

»Mit ihm.«

Diesmal bedeutete Vianellos Nicken, daß er sich wieder in der Gewalt hatte. Er drehte sich um und ging durch den Flur, ohne in das Zimmer zu sehen, in dem Maurizios Leiche lag.

Brunetti zwang sich, noch einmal an die Tür zu gehen und hineinzuschauen. Die Flinte lag rechts von der Leiche, der glänzende Schaft nur Zentimeter von der Blutlache entfernt, die sich langsam ausbreitete; zwei kleine Brücken lagen verschoben und teilweise umgeschlagen da, stumme Zeugen des Kampfes, der auf ihnen stattgefunden hatte. Gleich bei der Tür lag ein achtlos hingeworfenes Herrenjackett; Brunetti sah, daß die Vorderseite mit Blut durchtränkt war.

Er wandte sich ab, zog die Tür hinter sich zu und ging zur Treppe zurück. Er traf den Conte und die Contessa genauso an wie vorhin, nur daß der Conte kein Blut mehr an den Händen hatte. Als Brunetti eintrat, sah der Conte zu ihm auf.

»Kann ich Sie sprechen?« fragte Brunetti. Der Conte nickte und ließ die Hand seiner Frau los.

Auf dem Flur fragte Brunetti: »Wo können wir uns unterhalten?«

»Das können wir hier so gut wie anderswo«, antwortete der Conte. »Ich möchte ein Auge auf sie haben.«

»Weiß sie, was geschehen ist?«

»Sie hat den Schuß gehört«, sagte der Conte.

»Von hier oben?«

»Ja. Ja. Aber dann ist sie heruntergekommen.«

»In dieses Zimmer?« fragte Brunetti, der sein Entsetzen nicht verhehlen konnte.

Der Conte nickte nur.

»Hat sie… ihn gesehen?«

Diesmal hob der Conte nur die Schultern. »Als ich sie kommen hörte – ich konnte ihre Pantoffeln in der Diele hören –, bin ich zur Tür gegangen. Ich dachte, wenn sie mich sieht, kann ich ihr den Blick auf ihn versperren.«

Brunetti dachte an das Jackett bei der Tür und fragte sich, welchen Unterschied das wohl noch machte.

Der Conte drehte sich plötzlich um. »Vielleicht gehen wir doch besser hier hinein«, sagte er und führte Brunetti in das Zimmer nebenan. Darin standen ein Schreibtisch mit Bürostuhl und ein Regal voller Aktenordner.

Der Conte setzte sich in einen Polstersessel und legte den Kopf an die Rückenlehne. Dann schloß er kurz die Augen, öffnete sie wieder und sah Brunetti an. Aber er sagte nichts.

»Können Sie mir schildern, was passiert ist?«

»Gestern abend, schon spät, nachdem meine Frau zu Bett gegangen war, habe ich Maurizio um eine Unterredung gebeten. Er war nervös. Ich auch. Ich sagte ihm, ich hätte mir diese ganze Entführungssache noch einmal durch den Kopf gehen lassen, wie das alles zugegangen war und daß die Täter einiges über die Familie und Roberto gewußt haben müssen. Ich meine, um bei der Villa auf ihn zu warten, mußten sie ja wissen, daß er an dem Abend dorthin fahren würde.«

Der Conte biß sich auf die Lippe und wandte den Blick ab. »Ich habe ihm, ich meine Maurizio, gesagt, ich glaubte nicht mehr, daß es eine Entführung war, daß jemand Geld für Roberto erpressen wollte.«

Er hielt inne, bis Brunetti fragte: »Und was hat er geantwortet?«

»Er schien mich nicht zu verstehen und meinte, es seien doch Lösegeldforderungen gekommen, es müsse also eine Entführung gewesen sein.« Der Conte hob den Kopf von der Rückenlehne und setzte sich aufrecht. »Er war fast sein ganzes Leben lang bei uns. Er und Roberto sind zusammen aufgewachsen. Er war mein Erbe.«

Beim letzten Wort füllten sich die Augen des Conte mit Tränen. »Darum«, sagte er plötzlich so leise, daß Brunetti sich anstrengen mußte, um ihn zu verstehen. Weiter sagte er nichts.

»Und was ist dann gestern abend noch passiert?« fragte Brunetti.

»Ich habe gesagt, ich wolle von ihm wissen, was er gemacht hat, als Roberto verschwand.«

»Laut Protokoll war er hier bei Ihnen.«

»Das war er auch. Aber ich erinnere mich, daß er an dem Abend einen Termin abgesagt hat, ein Geschäftsessen. Es war, als hätte er an dem Abend hier bei uns sein wollen.«

»Demnach kann er es nicht gewesen sein«, sagte Brunetti.

»Aber er hätte jemanden dafür bezahlen können«, erwiderte der Conte, und Brunetti bezweifelte nicht, daß er das wirklich glaubte.

»Haben Sie ihm das gesagt?«

Der Conte nickte. »Ich habe gesagt, ich wolle ihm Zeit geben, über meinen Verdacht nachzudenken. Und daß er dann selbst zur Polizei gehen könne.« Der Conte setzte sich noch etwas aufrechter. »Oder handeln wie ein Ehrenmann.«

»Wie ein Ehrenmann?«

»Ja«, antwortete der Conte, als bedürfe das keiner weiteren Erklärung.

»Und?«

»Heute war er den ganzen Tag fort. Aber nicht in der Firma, dort habe ich angerufen und nachgefragt. Am Spätnachmittag kam er dann zu mir ins Zimmer – mit der Flinte, er muß in die Villa gefahren sein, um sie zu holen. Und dann… dann sagte er, ich hätte recht. Er sagte schreckliche Dinge über Roberto, die nicht wahr sind.« Hier vermochte der Conte die Tränen nicht länger zurückzuhalten, sie strömten ihm über die Wangen, aber er versuchte nicht, sie wegzuwischen.

»Er sagte, Roberto sei ein Taugenichts gewesen, ein verwöhnter Playboy, und er, Maurizio, sei der einzige, der etwas vom Geschäft verstehe, der einzige, der würdig sei, es zu erben.« Der Conte sah Brunetti an, ob dieser sein Entsetzen darüber verstand, daß er ein solches Monster aufgezogen hatte.

»Und dann kam er mit der Flinte auf mich zu. Zuerst konnte ich es nicht glauben, sowenig wie das, was er gesagt hatte. Aber dann erklärte er, es müsse so aussehen, als ob ich es selbst getan hätte, aus Kummer über Roberto. Da wußte ich, daß es ihm ernst war.«

Brunetti wartete.

Der Conte schluckte und wischte sich mit dem Ärmel übers Gesicht, wobei er sich Maurizios Blut über die Wangen schmierte. »Er stellte sich mit der Flinte vor mich hin und drückte sie mir gegen die Brust. Dann stieß er sie mir unters Kinn und sagte, er hätte darüber nachgedacht, und so müsse er es machen.« Der Conte hielt inne, während er sich die schreckliche Szene noch einmal vergegenwärtigte.

»Als er das sagte, muß ich ausgerastet sein. Nein, nicht weil er mich umbringen wollte, sondern weil er so kaltblütig vorging, es alles so genau geplant hatte. Und weil er Roberto das angetan hat.«

Der Conte schwieg, verloren in Erinnerungen. Brunetti mußte fragen: »Und dann?«

Der Conte schüttelte den Kopf. »Ich weiß es nicht mehr. Ich glaube, ich habe ihn getreten oder gestoßen. Ich weiß nur noch, daß ich die Flinte mit der Schulter von mir weggedrückt habe. Ich hoffte ihn zu Boden zu werfen. Aber dann löste sich ein Schuß, und ich fühlte überall auf mir sein Blut. Und anderes.« Er hielt inne und klopfte heftig an seiner Brust herum, als spritzte das Blut noch einmal gegen ihn.

Er blickte auf seine Hände, die jetzt sauber waren. »Dann hörte ich meine Frau durch die Diele kommen, auf das Zimmer zu und meinen Namen rufen. Ich weiß noch, daß ich sie an der Tür stehen sah und auf sie zugegangen bin. Aber sonst erinnere ich mich an nichts mehr, jedenfalls nicht sehr deutlich.«

»Daß Sie uns angerufen haben?«

Der Conte nickte. »Ich glaube, ja. Aber dann waren Sie auf einmal hier.«

»Wie sind Sie und Ihre Frau nach oben gekommen?«

Kopfschütteln. »Keine Ahnung. Wirklich, von dem Moment an, als ich sie an der Tür stehen sah, bis Sie hier hereinkamen, weiß ich nicht mehr viel.«

Brunetti betrachtete den Mann, sah ihn zum erstenmal von allem Beiwerk seines Reichtums und seiner Stellung entblößt, und was er da sah, war ein hochgewachsener, hagerer alter Mann, das Gesicht tränenverschmiert, das Hemd noch feucht von Menschenblut.

»Wenn Sie sich vielleicht ein wenig säubern wollen«, meinte Brunetti. Etwas anderes fiel ihm nicht ein. Und noch während er es sagte, wußte er, daß es vollkommen gegen die Vorschrift war, daß man den Conte diese Sachen anbehalten lassen mußte, bis die Spurensicherung dagewesen war und ihn darin fotografiert hatte. Aber Brunetti fand die Vorstellung so abstoßend, daß er noch einmal sagte: »Vielleicht möchten Sie sich umziehen.«

Zuerst schienen Brunettis Worte den Conte zu verwirren, doch dann blickte er an sich herunter, und Brunetti sah, wie sich bei dem Anblick, den er bot, angewidert sein Mund verzog. »O Dio mio«, murmelte er und erhob sich, schwer auf die Armlehnen seines Sessels gestützt. Betreten stand er da und hielt die Arme vom Körper weg, als fürchte er sich davor, daß seine Hände mit der besudelten Kleidung in Berührung kommen könnten.

Er merkte, daß Brunetti ihn beobachtete, und drehte sich um. Brunetti ging ihm nach und sah ihn einmal anhalten und in Richtung Wand taumeln, aber bevor er ihm zu Hilfe eilen konnte, hatte er sich schon wieder gefangen. Der Conte stieß sich von der Wand ab und ging am Ende des Flurs nach rechts durch eine Tür, die er gar nicht erst hinter sich zumachte. Brunetti folgte ihm, blieb aber an der Tür stehen. Als er plötzlich Wasser laufen hörte, schaute er hinein und sah die Spur der abgeworfenen Kleidungsstücke, die der Conte auf dem Weg zu einer weiteren Tür, wahrscheinlich einem Gästebad, hinterlassen hatte.

Brunetti wartete mindestens fünf Minuten, aber das Rauschen des Wassers war weiterhin alles, was er hörte. Er lauschte noch ein Weilchen und überlegte schon, ob er hineingehen und nach dem Conte sehen sollte, als das Wasserrauschen verstummte. Erst in der darauffolgenden Stille hörte er die anderen Geräusche von unten, das vertraute Stampfen und Klappern, das ihm verriet, daß inzwischen die Spurensicherung angekommen war. Brunetti gab seine Rolle als Beschützer des Conte auf und ging nach unten, zurück in das Zimmer, in dem den zweiten Lorenzoni-Erben sein grausiger Tod ereilt hatte.

23

Für Brunetti waren die nächsten Stunden so ähnlich wie für jemanden, der einen Unfall überlebt hat und sich an das Eintreffen des Rettungsteams erinnert, an seine Ankunft in der Notaufnahme, vielleicht sogar an die Maske, die ihn gnädig in Narkose legte. Er stand in dem Zimmer, in dem Maurizio gestorben war, gab Anweisungen, beantwortete Fragen und stellte selbst welche, aber die ganze Zeit hatte er das seltsame Gefühl, nicht richtig dazusein.

Er erinnerte sich an die Fotografen, sogar an den obszönen Fluch, den einer ausstieß, als sein Stativ zusammenbrach und die Kamera herunterfiel. Und er erinnerte sich, wie er es schon im selben Moment albern gefunden hatte, inmitten all dessen, was da fotografiert wurde, an der ordinären Sprache Anstoß zu nehmen. Er wußte noch, daß der Anwalt der Lorenzoni-Familie gekommen war und danach eine private Krankenschwester, die sich der Contessa annehmen sollte. Er sprach mit dem Anwalt, den er schon seit Jahren kannte, und erklärte ihm, daß Maurizios Leiche erst in einigen Tagen zur Bestattung freigegeben werden könne, nach der Autopsie.

Und während er es sagte, dachte er, wie absurd das eigentlich war. Die Zeugnisse des Geschehens waren alle hier in diesem Zimmer: an den Vorhängen, auf den Läufern, eingesickert in die schmalen Parkettstreifen und in den besudelten Kleidungsstücken, die der Conte auf dem Weg zur Dusche abgelegt hatte. Brunetti hatte die Männer von der Spurensicherung zu diesen Kleidungsstücken geführt und sie angewiesen, sie einzusammeln und zu beschildern; auch sollten sie die Hände des Conte auf eventuelle Schmauchspuren untersuchen. Und Maurizios ebenso.

Er hatte mit der Contessa gesprochen, oder mit ihr zu sprechen versucht, aber sie hatte auf jede seiner Fragen mit einem der Geheimnisse des Rosenkranzes geantwortet. Er fragte, ob sie etwas gehört habe, und sie antwortete: »Jesus, der für uns Blut geschwitzt hat.« Er fragte, ob sie noch mit Maurizio gesprochen habe, und sie antwortete: »Jesus, der für uns das Kreuz auf sich genommen hat.« Er gab es auf und überließ sie der Krankenschwester und ihrem Gott.

Jemand hatte daran gedacht, einen Kassettenrecorder mitzubringen, und Brunetti machte davon Gebrauch, als er sich von Conte Lorenzoni noch einmal langsam die Ereignisse des vorigen Tages und des heutigen Nachmittags berichten ließ. Der Conte hatte nur die äußeren Spuren des Geschehens von sich abgewaschen; in seinen Augen stand immer noch der moralische Preis der von ihm begangenen Tat, der Tat, die Maurizio zu begehen versucht hatte. Er erzählte die Geschichte stockend und mit vielen langen Pausen, in denen er immer wieder den Faden zu verlieren schien. Jedesmal erinnerte Brunetti ihn sanft daran, wo sie waren, und fragte, was dann passiert sei.

Gegen neun Uhr waren sie fertig, und es gab keinen Grund mehr, noch länger im Palazzo zu bleiben. Brunetti schickte die Leute von der Spurensicherung in die Questura zurück und verabschiedete sich. Der Conte sagte auf Wiedersehen, schien aber nicht mehr zu wissen, daß man sich dabei die Hand gab.

Vianello stapfte neben Brunetti her, und gemeinsam gingen sie in die erstbeste Bar, die sie fanden. Jeder bestellte sich ein großes Glas Mineralwasser, danach noch eines. Keinem von beiden stand der Sinn nach Alkohol, und beide wandten den Blick von den schlaffen Sandwiches ab, die sich in einem Glaskasten neben dem Tresen stapelten.

»Gehen Sie nach Hause, Lorenzo«, sagte Brunetti schließlich. »Wir können nichts mehr tun. Jedenfalls nicht heute abend.«

»Der arme Mann«, sagte Vianello, während er in seiner Tasche kramte und ein paar Tausendlirescheine auf den Tresen legte. »Und die Frau. Wie alt mag sie sein? Noch nicht weit über fünfzig. Sieht aber aus wie siebzig. Oder noch älter. Das wird sie umbringen.«

Brunetti nickte betrübt. »Vielleicht kann er ja etwas machen.«

»Wer? Lorenzoni?«

Brunetti nickte erneut, sagte aber nichts weiter.

Zusammen verließen sie die Bar, ohne den Abschiedsgruß des *padrone* zu erwidern. Am Rialto sagte Vianello gute Nacht und ging zum Anleger, um ein Boot in Richtung Castello und nach Hause zu erwischen. Das *traghetto* hatte den Betrieb um sieben Uhr eingestellt, so daß Brunetti nichts anderes übrigblieb, als zur Brücke und auf der anderen Seite des Canal Grande wieder zurückzugehen, um nach Hause zu kommen.

Der Anblick von Maurizios Leiche und die schrecklichen Zeugnisse von der Art seines Todes an der Wand hinter ihm verfolgten Brunetti durch die Gassen bis zu seinem Haus und die Treppe hinauf zur Wohnungstür. Drinnen hörte er den Fernseher laufen: Seine Familie sah sich eine Polizeiserie an, die sie jede Woche verfolgte, normalerweise mit ihm zusammen, der sie dann von seinem Stammsessel aus auf die Fehler und Unstimmigkeiten aufmerksam machte.

»*Ciao papà*«, hörte er zweistimmig rufen und zwang sich zu einer freundlichen Erwiderung.

Chiaras Kopf erschien an der Tür zum Wohnzimmer. »Hast du schon gegessen, *papà?*«

»Ja, Engelchen«, log er, während er sein Jackett aufhängte und ihr dabei mit Bedacht den Rücken zukehrte.

Sie blieb einen Augenblick stehen, bevor sie sich wieder ins Zimmer verzog. Gleich darauf erschien Paola in der Tür und streckte ihm eine Hand entgegen. »Was ist los, Guido?« fragte sie mit vor Angst rauher Stimme.

Er blieb an der Garderobe stehen und fummelte in seiner Jackentasche herum, als suchte er etwas. Sie legte ihm den Arm um die Taille.

»Was hat Chiara denn gesagt?« brachte er schließlich heraus.

»Daß du etwas Entsetzliches erlebt haben mußt.« Sie zog seine geschäftigen Hände von der sinnlosen Suche in den Taschen seines Jacketts fort. »Was war denn?« fragte sie, wobei sie seine Hand an ihre Lippen hob und sie küßte.

»Ich kann jetzt nicht darüber reden«, sagte er.

Sie nickte nur. Dann führte sie ihn, immer noch seine Hände haltend, nach hinten in ihr Schlafzimmer. »Komm, Guido, geh zu Bett. Leg dich schon mal hin, und ich bringe dir eine *tisana.*«

»Ich kann nicht darüber reden, Paola«, sagte er noch einmal.

Ihr Gesicht blieb ernst. »Das will ich ja auch gar nicht, Guido. Ich möchte nur, daß du ins Bett gehst, etwas Warmes trinkst und schläfst.«

»Ja«, sagte er, und wieder holte ihn dieses seltsame Gefühl der Unwirklichkeit ein. Später, als er ausgezogen war und unter der Bettdecke lag, trank er den Kräutertee – Linde mit Honig – und hielt Paolas Hand, oder sie die seine, bis er einschlief.

Er hatte eine ruhige Nacht, wachte nur zweimal auf und fühlte Paolas Arme um sich und ihre Schulter unter seinem Kopf. Beide Male wurde er nicht richtig wach, sondern schlief gleich wieder ein, wenn sie ihn auf die Stirn küßte und ihm das tröstliche Gefühl gab, daß sie da war und über ihn wachte.

Am nächsten Morgen, nachdem die Kinder zur Schule gegangen waren, erzählte er ihr einen Teil von dem, was geschehen war. Sie hörte sich seine redigierte Fassung an, stellte keine Zwischenfragen, trank ihren Kaffee und beobachtete sein Gesicht beim Sprechen.

Als er fertig war, fragte sie: »Ist es damit zu Ende?«

Brunetti schüttelte den Kopf. »Ich weiß es nicht. Da sind immer noch die Entführer.«

»Aber wenn der Neffe sie engagiert hat, dann ist doch er der eigentlich Schuldige.«

»Das ist es ja gerade«, meinte Brunetti.

»Wie?« fragte Paola, die ihm nicht ganz folgen konnte.

»*Wenn* er sie engagiert hat.«

Sie kannte ihn zu gut, um Worte oder Zeit mit der

Nachfrage zu verschwenden, wie er das meine. »Hmm«, machte sie nur, nippte an ihrem Kaffee und wartete.

»Es stimmt irgendwie nicht«, sagte Brunetti endlich. »Der Neffe schien mir zu so etwas nicht fähig.«

»Es kann einer lächeln und immer lächeln und doch ein Schurke sein«, sagte Paola in ihrem Zitierton, aber Brunetti war zu sehr mit anderem beschäftigt, um nachzufragen, woraus das war.

»Er schien Roberto wirklich gern zu haben, sich fast als sein Beschützer zu fühlen.« Brunetti schüttelte den Kopf. »Ich bin nicht überzeugt.«

»Wer dann?« fragte Paola. »Leute bringen doch nicht einfach ihre Kinder um; ein Mann tötet nicht seinen eigenen Sohn.«

»Ich weiß, ich weiß«, antwortete Brunetti; auch er fand das ja undenkbar.

»Wer also dann?«

»Das ist es ja, was nicht stimmt. Es gibt keine andere Möglichkeit.«

»Könntest du dich nicht doch in dem Neffen täuschen?« fragte sie.

»Natürlich«, räumte Brunetti ein. »Ich könnte mich überhaupt täuschen. Ich habe keine Ahnung, was passiert ist. Oder warum.«

»Um an Geld zu kommen. Ist das nicht der Grund für die meisten Entführungen?«

»Ich weiß inzwischen nicht mehr, ob es eine Entführung war«, sagte Brunetti.

»Aber du hast eben noch von Entführern gesprochen.«

»Ja, ja. Entführt worden ist er. Und jemand hat Lösegeldforderungen geschickt. Aber ich glaube nicht, daß je die Absicht bestand, wirklich Geld zu erpressen.« Er erzählte ihr von dem Angebot, das Conte Lorenzoni gemacht worden war.

»Woher weißt du denn das?« fragte sie.

»Dein Vater hat es mir gesagt.«

Sie lächelte zum erstenmal. »Ich finde es ja nett, daß so etwas in der Familie bleibt. Wann hast du denn mit ihm gesprochen?«

»Vor einer Woche. Und dann noch einmal gestern.«

»Darüber?«

»Ja, und über anderes.«

»Was denn für anderes?« fragte sie, plötzlich mißtrauisch geworden.

»Er hat gesagt, du wärst nicht glücklich.«

Brunetti wartete ab, wie Paola darauf reagierte; er fand es am aufrichtigsten, sie auf diese Weise zum Reden darüber zu bringen, was nicht in Ordnung war.

Paola schwieg lange. Sie stand auf, goß ihnen Kaffee nach, tat heiße Milch und Zucker hinein und setzte sich wieder ihm gegenüber. »Die Psychoschwätzer«, meinte sie dann, »nennen das Projektion.«

Brunetti kostete von seinem Kaffee, nahm sich noch etwas Zucker nach und sah sie an.

»Du weißt doch, wie die Leute immer ihre eigenen Probleme bei den Menschen in ihrem Umfeld sehen.«

»Worüber ist er denn unglücklich?« fragte Brunetti.

»Was hat er denn gesagt, worüber *ich* unglücklich wäre?«

»Über unsere Ehe.«

»Na bitte«, sagte sie nur.

»Hat deine Mutter etwas angedeutet?«

Sie schüttelte den Kopf.

»Du scheinst aber nicht überrascht zu sein«, sagte Brunetti.

»Er wird alt, Guido, und das wird ihm allmählich bewußt. Ich glaube, er fängt an, sich Gedanken darüber zu machen, was ihm wichtig ist und was nicht.«

»Und ist ihm seine Ehe nicht wichtig?«

»Ganz im Gegenteil. Ich glaube, er merkt langsam, wie wichtig sie ihm ist und daß er das seit Jahren ignoriert. Seit Jahrzehnten.«

Sie hatten über die Ehe von Paolas Eltern nie gesprochen, obwohl Brunetti schon gerüchteweise von der Vorliebe des Conte für attraktive Frauen gehört hatte. Und obwohl es ihm ein leichtes gewesen wäre, herauszufinden, ob etwas Wahres an diesen Gerüchten war, hatte er doch nie die richtigen Fragen gestellt.

Als waschechter Italiener hegte er nicht die geringsten Zweifel daran, daß ein Mann der Frau, die er mit anderen betrog, mit Leib und Seele zugetan sein konnte. Für Brunetti stand es außer Frage, daß Conte Falier seine Frau liebte, und da er schon einmal beim Adel war, ging ihm auf, daß dies auch ganz offensichtlich auf Conte Lorenzoni zutraf: Das einzige wahrhaft Menschliche an ihm schien seine Liebe zur Contessa zu sein.

»Ich weiß nicht«, sagte er und ließ offen, auf welchen der beiden Herren Conti sich dieses Eingeständnis seiner Unwissenheit bezog.

Sie beugte sich über den Tisch und küßte ihn auf die

Wangen. »Solange ich mit dir zusammen bin, könnte ich nie unglücklich sein.«

Brunetti senkte den Kopf und errötete.

24

Brunetti hätte das Drehbuch schreiben können. Patta mußte an diesem Morgen das Wort ergreifen, mit getragener Stimme von der doppelten Tragödie sprechen, die diese adlige Familie getroffen hatte, von dem schrecklichen Verstoß gegen die heiligsten Bande der Menschheit, vom Verfall der christlichen Gesellschaft und so weiter und so fort, ein Totengeläut auf Heim, Herd und Familie. Er hätte das blähsüchtige Wortgetöse vorhersagen können, die einstudierte Natürlichkeit einer jeden Geste. Er hätte in Klammern sogar schon die Stellen vorgeben können, an denen er innehalten und die Hände vor die Augen schlagen würde, wenn er sich über dieses unnennbare Verbrechen ausließ.

Ebenso leicht hätte er auch die Schlagzeilen schreiben können, die ihm mit Sicherheit von jedem Kiosk der Stadt entgegenschreien würden: *Delitto in famiglia; Caino e Abele; Figlio Adottivo – Assassino.* Um beidem zu entgehen, rief er in der Questura an und sagte, er werde nicht vor dem frühen Nachmittag da sein, und er weigerte sich, die Zeitungen auch nur anzusehen, die Paola geholt hatte, während er noch schlief. Da sie ahnte, daß er ihr alles über die Lorenzonis gesagt hatte, was er sagen wollte, ließ sie das Thema ruhen und ging zum Rialto, um Fisch einzukaufen. Brunetti, der seinem Gefühl nach zum erstenmal seit Wochen nichts zu tun hatte, nahm sich vor, in seine Bücher endlich die Ordnung zu bringen, die er in die Ereignisse der Welt offenbar nicht bringen konnte, und ging ins Wohnzimmer, wo er sich vor den deckenhohen Bücherschrank stellte. Vor Jahren waren die Bücher einmal nach Sprachen geordnet gewesen, und als diese Ordnung sich auflöste, hatte er es mit einer chronologischen versucht. Aber die Neugier der Kinder hatte dem bald ein Ende gemacht, und so stand jetzt Petronius neben Johannes Chrysostomus, und Abaelard machte sich an Emily Dickinson heran. Er besah sich die aufgereihten Bände, zog zuerst einen heraus, dann noch zwei und noch einmal zwei. Doch dann verlor er urplötzlich das Interesse an dieser Arbeit, nahm alle fünf Bände und stopfte sie wahllos ganz unten in eine Lücke.

Er nahm Ciceros *De officiis* vom obersten Brett herunter und blätterte bis zu dem Kapitel vom rechten Handeln, wo Cicero von den Kategorien des sittlich Guten spricht. Die erste sei die Fähigkeit, Wahres vom Falschen zu unterscheiden und die Beziehung zwischen einem Phänomen und einem anderen sowie die Gründe und Folgen eines jeden einzelnen zu verstehen. Die zweite Kategorie sei die Fähigkeit, Leidenschaften zu zügeln. Und die dritte, sich in Beziehungen zu anderen überlegt und verständnisvoll zu verhalten.

Er klappte das Buch zu und stellte es wieder an den Platz, den ihm die wechselhaften Launen der Familie Brunetti zugewiesen hatten: zwischen John Donne zur rechten und Karl Marx zur linken. Die Beziehung zwischen einem Phänomen und einem anderen sowie die Gründe und Folgen eines jeden einzelnen zu verstehen, sagte er laut vor sich hin und fuhr beim Klang seiner eigenen Stimme zusammen. Er ging in die Küche, schrieb einen Zettel für Paola und machte sich doch früher als vorgehabt auf den Weg zur Questura.

Als er dort ankam, war es schon weit nach elf. Die Presse hatte ihren Auftritt schon gehabt und war wieder abgezogen, so daß es ihm wenigstens erspart blieb, Pattas Verlautbarungen mit anhören zu müssen. Er nahm die Hintertreppe zu seinem Dienstzimmer, machte die Tür hinter sich zu und setzte sich an seinen Schreibtisch. Dann klappte er die Akte Lorenzoni auf und las Seite für Seite alles noch einmal durch. Angefangen mit der Entführung vor zwei Jahren, notierte er in zeitlicher Reihenfolge alles, was er wußte. Er brauchte vier Blätter für diese Liste, die mit Maurizios Tod endete.

Er legte die vier Blätter vor sich, Tarot-Karten des Todes. Wahres vom Falschen zu unterscheiden. Die Beziehung zwischen einem Phänomen und einem anderen und die Gründe und Folgen eines jeden. Wenn Maurizio die Entführung organisiert hatte, erklärten sich daraus alle Phänomene, alle Beziehungen und Folgen waren klar. Das Verlangen nach Reichtum und Macht, vielleicht sogar Eifersucht wäre dann Grund für die Entführung gewesen. Und das wiederum hätte zu dem Mordversuch an seinem Onkel und somit zu seinem eigenen gewaltsamen Tod geführt, dem Blut am Jackett, dem Hirngewebe an den Fortuny-Vorhängen.

Aber wenn Maurizio nicht der Schuldige war, gab es keine Beziehung zwischen den Phänomenen. Ein Onkel mochte seinen Neffen umbringen, aber ein Vater brachte seinen Sohn nicht um, nicht auf solch ganz besonders kaltblütige Weise.

Brunetti hob den Blick und sah aus dem Fenster seines Zimmers. Auf einer Seite der Waage lag dieses unbestimmte Gefühl, daß Maurizio nicht das Zeug zum Mörder gehabt hatte, auch nicht um die Mörder zu dingen. Auf der anderen Waagschale lag ein Szenario, in dem Conte Ludovico seinen Neffen kaltblütig erschoß, und wenn das stimmte, mußte er auch der Mörder seines eigenen Sohnes sein.

Brunetti hatte sich bei der Beurteilung von Menschen und ihren Motiven durchaus schon geirrt. Hatte er sich nicht eben erst von seinem Schwiegervater zu falschen Annahmen verleiten lassen? Wie vorschnell hatte er glauben wollen, daß seine eigene Frau unglücklich, seine eigene Ehe in Gefahr sei, wo doch die Lösung so nahegelegen hatte und die Wahrheit in Paolas schlichter Liebeserklärung zu finden gewesen war.

Wie auch immer er die Tatsachen und Möglichkeiten von der einen Schale dieser schrecklichen Waage auf die andere schob, das Schwergewicht der Beweise landete immer auf Maurizios Seite. Und dennoch hatte Brunetti seine Zweifel.

Er mußte daran denken, wie Paola ihn seit Jahren damit aufzog, daß er sich so ungern von alten Kleidungsstücken trennte, ob Jackett, Pullover oder auch nur ein Paar Socken, das er besonders bequem fand. Es hatte nichts mit Geld oder der Mühe zu tun, sich etwas Neues zu kaufen, sondern nur mit seiner Gewißheit, daß nichts Neues so bequem und vertraut sein könnte wie das Alte. Und seine derzeitige Lage gründete auf dem gleichen Widerstreben, das Vertraute zugunsten von etwas Neuem aufzugeben.

Er nahm seine Notizen und begab sich zu einem letzten

Versuch hinunter zu Patta, doch das Gespräch verlief genau so, wie er es in sein Drehbuch geschrieben hätte: Patta wies unbesehen »die beleidigende, wahnhafte Unterstellung« zurück, daß der Conte in irgendeiner Weise in das Geschehene verwickelt sein könne. Patta ging nicht so weit, von Brunetti eine Entschuldigung bei Conte Lorenzoni zu verlangen; schließlich hatte Brunetti lediglich Überlegungen angestellt, aber schon diese Überlegungen beleidigten Pattas atavistische Gefühle derart, daß er seine Wut auf Brunetti nur mühsam beherrschte, allerdings nicht so weit unterdrückte, daß er Brunetti nicht wenigstens aus seinem Zimmer warf.

Oben steckte Brunetti die vier Seiten zu den restlichen Unterlagen und ließ die Mappe in der Schublade verschwinden, die er gewöhnlich herauszog, um seine Füße daraufzulegen. Er schob die Schublade mit dem Fuß zu und wandte seine Aufmerksamkeit einer neuen Akte zu, die ihm jemand auf den Tisch gelegt hatte, während er bei Patta war: Aus vier Booten waren die Motoren gestohlen worden, während ihre Besitzer auf der kleinen Insel Vignole in einer Trattoria beim Essen saßen.

Das Klingeln des Telefons bewahrte ihn davor, über die ganze Banalität dieses Falles nachdenken zu müssen.

»*Ciao*, Guido«, tönte die Stimme seines Bruders aus dem Hörer. »Ich wollte mich nur zurückmelden.«

»Aber wolltet ihr nicht noch länger bleiben?« fragte Brunetti.

Sergio lachte. »Doch, schon, aber die Neuseeländer sind gleich nach ihrem Vortrag abgereist, da habe ich beschlossen, auch zurückzukommen.«

»Wie war es denn?«

»Wenn du versprichst, mich nicht auszulachen, sage ich, es war ein Triumph.«

Der richtige Zeitpunkt war wirklich alles. Wäre dieser Anruf an einem anderen Nachmittag gekommen, oder sogar nachts um drei, wenn er Brunetti aus tiefstem Schlaf gerissen hätte, er würde sich mit Freuden den Bericht seines Bruders über die Konferenz in Rom angehört haben, hätte sich begeistert vom Inhalt und der Aufnahme seines Vortrags erzählen lassen. Statt dessen starrte er, während Sergio von Röntgen und Restwerten sprach, auf die Seriennummern von vier Außenbordmotoren. Sergio sprach von zerstörten Lebern, und Brunetti war mit den Gedanken bei Pferdestärken zwischen fünf und fünfzehn. Sergio zitierte eine Frage, die jemand bezüglich der Milz gestellt hatte, und Brunetti las, daß nur einer der vier Motoren gegen Diebstahl versichert war, und auch der nur zum halben Wert.

»Guido, hörst du zu?« fragte Sergio.

»Aber ja, ja, natürlich höre ich zu«, beteuerte Brunetti unnötig heftig. »Ich finde das alles hochinteressant.«

Sergio lachte, widerstand aber der Versuchung, seinen Bruder zu einer Wiederholung der beiden letzten Sätze aufzufordern. Statt dessen fragte er. »Wie geht es Paola und den Kindern?«

»Gut, danke.«

»Ist Raffi noch mit diesem Mädchen befreundet?«

»Ja. Wir mögen sie alle sehr gern.«

»Bald wird Chiara an der Reihe sein.«

»Womit?« fragte Brunetti verständnislos.

»Sich einen Freund zu suchen.«

Richtig. Brunetti wußte nicht, was er darauf sagen sollte.

In das Schweigen hinein sagte Sergio: »Ihr müßt uns dieser Tage mal besuchen kommen. Alle zusammen.«

Brunetti begann schon zu überlegen, wann er dafür Zeit habe, antwortete dann aber: »Gern, nur muß ich zuerst Paola und die Kinder fragen, was sie so vorhaben.«

Sergios Stimme klang plötzlich ganz ernst, als er sagte: »Wer hätte das gedacht, Guido?«

»Was?«

»Daß wir unsere Frauen und Kinder fragen müssen, was sie vorhaben. Wir werden alt.«

»Ja, wahrscheinlich«, meinte Brunetti. Außer Paola war Sergio der einzige, den er fragen konnte: »Stört dich das?«

»Ich weiß nicht, ob es eine Rolle spielt, ob mich das stört oder nicht; wir können nichts dagegen tun. Aber warum so ernst heute?«

Statt einer Antwort fragte Brunetti: »Hast du die Zeitungen gelesen?«

»Ja, auf der Rückfahrt im Zug. Du meinst diese Lorenzoni-Geschichte?«

»Ja.«

»Dein Fall?«

»Ja«, antwortete Brunetti, ohne näher darauf einzugehen.

»Schrecklich. Die armen Leute. Erst der Sohn, und dann der Neffe. Schwer zu sagen, was schlimmer war.« Aber es war eindeutig, daß Sergio, eben aus Rom zurückgekehrt und noch ganz von seinem beruflichen Erfolg erfüllt, nicht über derlei Dinge reden wollte, weshalb Brunetti ihn unterbrach.

»Also, ich rede mit Paola. Sie kann mit Maria Grazia etwas verabreden.«

25

Zwiegesichtig wäre wahrscheinlich die passende Bezeichnung für die italienische Justiz oder – da dies ein verschwommener Begriff ist – für das Rechtssystem, das der italienische Staat zum Schutz seiner Bürger geschaffen hat. Viele haben den Eindruck, daß die Polizei immer dann, wenn sie nicht gerade Kriminelle vor ihre Richter bringt, ebendiese Richter verhaftet oder gegen sie ermittelt. Urteile sind schwer zu erlangen und werden oft in Berufungsverfahren wieder aufgehoben; Schwerverbrecher gehen durch Kuhhandel straffrei aus; Elternmörder bekommen Verehrerpost ins Gefängnis; hohe Staatsvertreter und Mafiosi tanzen Hand in Hand dem Ruin des Staates entgegen – dem Ruin des Staatsgedankens sogar. Doktor Bartolo hatte womöglich die italienischen Berufungsgerichte im Sinn, als er sang: *»Qualche garbuglio si troverà.«*

An den folgenden drei Tagen hatte Brunetti, den ein Gefühl der Sinnlosigkeit all seines Tuns in finstere Depressionen stürzte, reichlich Zeit, sich Gedanken über die Natur des Rechts und – mit Ciceros Stimme stets im Ohr – über die Natur des sittlich Guten zu machen. Alles erschien ihm ohne jeden Sinn und Zweck.

Wie der Troll in einer Geschichte, die er als Kind gelesen hatte, unter einer Brücke lauerte, so lauerte die Liste, die er aufgestellt hatte, in seiner Schreibtischschublade, stumm, aber nicht vergessen.

Am Montag ging er zu Maurizios Beerdigung, wo die

Horden kamerabewehrter Leichenfledderer ihn noch mehr anwiderten als der Gedanke an das, was in dem schweren Sarg lag, dessen Fugen gegen die Feuchtigkeit in der Familiengruft der Lorenzonis mit Blei versiegelt waren. Die Contessa war nicht da, aber der Conte ging mit roten Augen, gestützt auf den Arm eines jüngeren Mannes, hinter dem Sarg des Jungen her, den er getötet hatte. Sein Auftreten und seine Haltung lösten in Italien eine Welle sentimentaler Bewunderung aus, wie es sie nicht mehr gegeben hatte, seit die Eltern eines ermordeten amerikanischen Jungen dessen Organe gespendet hatten, damit Kinder in Italien, dem Land seines Mörders, weiterleben konnten. Brunetti beschloß, keine Zeitungen mehr zu lesen, allerdings erst, nachdem sie berichtet hatten, daß der Untersuchungsrichter Maurizios Tod zu einem Fall von gerechtfertigter Notwehr erklärt hatte.

Wie einer, der Zahnschmerzen hat und den befallenen Zahn ständig mit der Zunge betasten muß, widmete Brunetti sich den gestohlenen Motoren. In einer Welt ohne Sinn waren Motoren so wichtig wie das Leben, warum also nicht nach ihnen suchen? Leider entpuppte ihre Auffindung sich als viel zu einfach – man entdeckte sie bald im Haus eines Fischers auf Burano, dessen Nachbarn, als sie ihn einen nach dem anderen von seinem Boot ins Haus tragen sahen, so mißtrauisch wurden, daß sie die Polizei verständigten.

Am Ende des Tages nach diesem Triumph erschien Signorina Elettra an der Tür zu seinem Zimmer. »*Buon giorno, dottore*«, sagte sie, das Gesicht verdeckt und die Stimme gedämpft von einem riesigen Gladiolenstrauß, den sie im Arm trug.

»Was ist denn das, Signorina?« fragte Brunetti und stand auf, um sie an dem Stuhl vor seinem Schreibtisch vorbei zu dirigieren.

»Ein Extrastrauß«, antwortete sie. »Haben Sie eine Vase?« Sie legte die Blumen auf seinen Schreibtisch, daneben ein Bündel Papiere, die sowohl unter ihrem Zugriff als auch unter der Nässe der Blumenstengel gelitten hatten.

»Vielleicht ist eine im Schrank«, antwortete er, noch immer ohne eine Ahnung, warum sie die Blumen zu ihm heraufbrachte. Und Extrastrauß? Ihre Blumen wurden gewöhnlich montags und donnerstags angeliefert; heute war Mittwoch.

Sie öffnete die Schranktür, suchte unten auf dem Boden herum und fand nichts. Mit einem Handzeichen in seine Richtung ging sie wortlos zur Tür.

Brunetti sah die Blumen an, dann nahm er die daneben liegenden Papiere zur Hand: ein Fax von Doktor Montini in Padua. Robertos Laborbericht also. Er legte ihn wieder hin. Die Blumen sprachen von Leben und Hoffnung und Freude; er wollte nichts mehr mit dem toten Jungen und seinen eigenen toten Gefühlen für ihn und seine Familie zu tun haben.

Signorina Elettra kam bald mit einer Barovier-Vase zurück, die Brunetti schon oft auf ihrem Schreibtisch bewundert hatte. »Ich glaube, die ist genau richtig für die Gladiolen«, sagte sie und stellte die mit Wasser gefüllte Vase neben die Blumen. Dann begann sie eine nach der anderen in der Vase zu arrangieren.

»Wieso ist das ein Extrastrauß, Signorina?« fragte Brunetti und lächelte, denn auf den Anblick Elettras und der Blumen war Lächeln die einzige angemessene Reaktion.

»Ich habe heute den Monatsetat des Vice-Questore abgerechnet, Dottore, und gesehen, daß noch etwa fünfhunderttausend Lire übrig waren.«

»Übrig wovon?«

»Von der Summe, die er jeden Monat für Büromaterial ausgeben darf«, antwortete sie, während sie eine rote Blume zwischen zwei weiße steckte. »Und da von diesem Monat nur noch ein Tag übrig ist, fand ich, daß ich davon eigentlich Blumen kaufen könnte.«

»Für mich?«

»Ja, und für Sergente Vianello, für Pucetti, und noch ein paar Rosen für die Leute unten im Wachlokal.«

»Und für die Frauen im Ufficio Stranieri?« fragte er mit dem leisen Verdacht, daß Signorina Elettra vielleicht zu denen gehörte, die Blumen nur an Männer verschenkten.

»Nein«, sagte sie. »Die bekommen sowieso schon seit langem zweimal die Woche welche mit der normalen Lieferung.« Sie steckte die letzte Blume in die Vase und drehte sich zu ihm um.

»Wo soll ich sie hinstellen?« fragte sie, indem sie die Vase an eine Ecke des Schreibtischs rückte. »Hierher?«

»Nein, vielleicht lieber aufs Fensterbrett.«

Gehorsam trug sie die Vase hinüber und stellte sie vor das mittlere Fenster. »Hier?« fragte sie und drehte sich zu Brunetti um, damit sie sein Gesicht sehen konnte.

»Ja«, sagte er mit einem entspannten Lächeln. »Wunderschön. Ich danke Ihnen, Signorina.«

»Freut mich, daß sie Ihnen gefallen, Dottore.« Ihr Lächeln spiegelte das seine.

Brunetti ging wieder an den Schreibtisch. Zuerst wollte er die Papiere schon ungelesen zu den anderen packen, doch dann fuhr er glättend mit der Handkante darüber und begann zu lesen. Das hätte er sich allerdings genausogut sparen können, denn es war nichts als eine Liste von lauter Namen und Zahlen. Die Namen sagten ihm nichts, obwohl er sich denken konnte, daß es die verschiedenen Tests waren, die der Arzt für den müden jungen Mann angeordnet hatte. Ebenso hätten die Zahlen auch Basketballergebnisse oder die Notierungen der Tokioter Börse sein können: Er konnte ihre Bedeutung nicht entschlüsseln. Die Wut über dieses neue Hindernis erlosch so schnell wieder, wie sie aufgeflammt war. Einen Augenblick spielte Brunetti mit dem Gedanken, die Blätter einfach wegzuwerfen, aber dann zog er sich das Telefon heran und wählte Sergios Nummer.

Als er mit seiner Schwägerin die passenden Artigkeiten getauscht und das von den Frauen verabredete gemeinsame Abendessen am Freitag bestätigt hatte, bat er sie, seinen Bruder an den Apparat zu holen, der schon von der Arbeit zurück war. Der Artigkeiten müde, sagte Brunetti ohne weitere Einleitung: »Sergio, verstehst du genug von Laboruntersuchungen, um mir zu erklären, was die Ergebnisse bedeuten?«

Sein Bruder hörte die Dringlichkeit in Brunettis Stimme und stellte keine Fragen. »Meist ja.«

»Glucose, vierundsiebzig.«

»Das ist ein Diabetes-Test. Nicht besorgniserregend.«

»Triglyzeride. Zweihundertfünfzig heißt das wohl.«

»Cholesterin. Ein bißchen hoch, aber nicht behandlungsbedürftig.«

»Leukozyten, eintausend.«

»Wie bitte?«

Brunetti wiederholte die Zahl.

»Bist du sicher?« fragte Sergio.

Brunetti sah genauer hin. »Ja, eintausend.«

»Hm. Das ist schwer zu glauben. Fühlst du dich nicht wohl? Wird dir schwindlig?« Man hörte Sergios Besorgnis, und noch etwas anderes.

»Was ist los?«

»Wann hast du diese Untersuchungen machen lassen?« wollte Sergio wissen.

»Nein, nein, das bin nicht ich. Jemand anderes.«

»Ach so. Gut.« Sergio legte eine kleine Denkpause ein, dann fragte er: »Was noch?«

»Was ist denn nun mit diesen tausend Leukozyten?« bohrte Brunetti weiter, durch Sergios Fragen beunruhigt.

»Das kann ich noch nicht sagen. Jedenfalls nicht, bevor ich nicht auch den Rest kenne.«

Brunetti las ihm die übrigen Untersuchungsergebnisse vor, die medizinischen Fachausdrücke auf der linken Seite, und die Zahlen rechts daneben. »Das war alles«, sagte er schließlich.

»Nichts weiter?«

»Hier unten steht noch mit der Hand geschrieben etwas von eingeschränkter Milzfunktion. Und…« Brunetti sah sich das Gekritzel des Arztes genauer an. »Das sieht aus wie ›Hyalin‹ und noch so etwas wie ›Membran‹.«

Nach langem Schweigen fragte Sergio: »Wie alt war dieser Mensch?«

»Einundzwanzig«, antwortete Brunetti, und als ihm aufging, was Sergio da gesagt hatte, fragte er: »Warum sagst du ›war‹?«

»Weil mit solchen Werten keiner lange überlebt.«

»Mit welchen Werten?« wollte Brunetti wissen.

Aber statt zu antworten fragte Sergio: »Hat er geraucht?«

Brunetti erinnerte sich an Francesca Salviatis Bemerkung, daß Roberto mit seiner Abneigung gegen das Rauchen schlimmer gewesen sei als die Amerikaner. »Nein.«

»Getrunken?«

»Jeder trinkt, Sergio.«

Sergios Stimme klang ein wenig zornig. »Stell dich nicht dümmer, als du bist, Guido. Du weißt genau, was ich meine. Hat er viel getrunken?«

»Wahrscheinlich mehr als man normal nennen würde.«

»Krankheiten?«

»Nicht daß ich wüßte. Er war völlig gesund, oder sagen wir recht gesund, bis ungefähr zwei Wochen vor seinem Tod.«

»Woran ist er gestorben?«

»Er wurde erschossen.«

»Lebte er noch, als er erschossen wurde?« fragte Sergio.

»Natür…« begann Brunetti und brach abrupt ab. Das wußte er nicht. »Wir haben es bisher angenommen.«

»Das würde ich nachprüfen«, sagte Sergio.

»Ich glaube nicht, daß wir das können«, meinte Brunetti.

»Warum nicht? Ihr habt doch die Leiche, oder?«

»Es war nicht mehr viel übrig.«

»Der junge Lorenzoni?«

»Ja«, antwortete Brunetti, und in das immer länger werdende Schweigen hinein fragte er schließlich: »Was hat das denn nun alles zu bedeuten, ich meine diese ganzen Untersuchungsergebnisse, die ich dir vorgelesen habe?«

»Du weißt, daß ich kein Arzt bin«, begann Sergio, aber Brunetti unterbrach ihn.

»Wir sind nicht vor Gericht, Sergio. Ich will es nur für mich wissen. Also, was steckt dahinter?«

»Strahlenkrankheit, glaube ich«, sagte Sergio. Und als Brunetti nicht reagierte, erklärte er: »Die Milz. Sie kann nicht derart geschädigt gewesen sein, wenn keine organische Krankheit vorlag. Außerdem sind die Blutwerte erschreckend niedrig. Und die Lungenkapazität. War von der Lunge noch viel übrig?«

Brunetti erinnerte sich an die Worte des Arztes, die Lunge sehe aus wie die eines starken Rauchers, eines viel älteren Mannes, der jahrzehntelang geraucht habe. Damals hatte Brunetti das nicht in Frage gestellt oder über den Widerspruch nachgedacht, der zwischen dieser Feststellung und der Tatsache bestand, daß Roberto Nichtraucher war. Jetzt erklärte er das Sergio und fragte dann: »Was noch?«

»Das alles zusammen – Milz, Blut, Lunge.«

»Bist du dir ganz sicher, Sergio?« fragte Brunetti, der ganz vergessen hatte, daß er mit seinem älteren Bruder sprach, der gerade im Triumph von einem internationalen Kongreß über radioaktive Kontamination in und um Tschernobyl zurückgekommen war.

»Ja.«

Brunettis Gedanken waren weit weg von Venedig. Sie folgten der Spur, die Robertos Kreditkarte kreuz und quer durch Europa gezogen hatte. Osteuropa. In die Republiken der ehemaligen Sowjetunion, reich an Bodenschätzen und ebenso reich an Waffen, die von den hastig abziehenden Russen zurückgelassen worden waren, als sie sich vor dem Zusammenbruch ihres ehemaligen Reiches in Sicherheit brachten.

»*Madre di Dio*«, flüsterte Brunetti, erschüttert über seine eigene Schlußfolgerung.

»Was ist denn los, Guido?« fragte sein Bruder am anderen Ende.

»Wie transportiert man solches Zeug, Sergio?«

»Was für Zeug?«

»Radioaktives Material, oder wie man das nennt.«

»Das kommt darauf an.«

»Worauf?«

»Wieviel es ist, und was.«

»Nenn mir mal ein Beispiel«, drängte Brunetti, und als er merkte, wie ungehalten seine Stimme klang, fügte er hinzu: »Es ist wichtig.«

»Wenn es das ist, was wir in der Röntgentherapie verwenden, das wird in einzelnen Behältern transportiert.«

»Wie groß sind die?«

»So groß wie ein Koffer. Vielleicht sogar kleiner, wenn es für kleinere Geräte oder geringere Dosierungen gedacht ist.«

»Verstehst du etwas von der anderen Sorte, Sergio?«

»Es gibt viele andere Sorten.«

»Ich meine die für Bomben. Er war in Weißrußland.«

Kein Ton kam durch die Leitung, nur die absolute Stille, die das neue Lasernetz der Telecom bewerkstelligte, aber Brunetti hatte das Gefühl, die Räder in Sergios Gehirn arbeiten zu hören.

»Aha«, war alles, was sein Bruder sagte. Und dann: »Solange der Behälter mit genug Blei ausgelegt ist, kann er sehr klein sein. Etwa Aktenkoffergröße. Er wäre zwar schwer, aber klein.«

Diesmal entfuhr Brunetti ein Seufzer. »Und das würde reichen?«

»Ich weiß nicht, woran du denkst, Guido, aber wenn du meinst, ob es für eine Bombe reichen würde, ja. Es wäre mehr als genug.«

Damit blieb ihnen beiden nicht mehr viel zu sagen. Nach einer langen Pause riet Sergio: »Ich würde mal mit einem Geigerzähler über die Fundstelle der Leiche gehen. Und über die Leiche.«

»Ist das denkbar?« fragte Brunetti, ohne erklären zu müssen, was er meinte.

»Ich glaube, ja.« In Sergios Ton mischte sich die Gewißheit des Experten mit der Trauer des Menschen. »Die Russen haben ihnen sonst nichts gelassen, was sie verkaufen könnten.«

»Dann gnade uns allen Gott«, sagte Brunetti.

26

Brunetti war von Berufs wegen schon lange an all die Greuel und vielerlei Schändlichkeiten gewöhnt, die Menschen einander zufügten, eigentlich sogar allen um sie herum, aber keine bisherige Erfahrung hatte ihn auf so etwas vorbereitet. Was das Telefongespräch mit Sergio ihm offenbart hatte, überschritt die Grenze zum Undenkbaren. Unschwer konnte Brunetti sich einen großangelegten Waffenhandel vorstellen; er konnte es sogar als Tatsache hinnehmen, daß Waffen auch an die verkauft wurden, von denen die Verkäufer wußten, daß sie Mörder waren. Wenn sich aber das, was er mutmaßte – oder befürchtete –, als wahr herausstellte, übertraf es an Bösartigkeit alles, was er aus eigener Anschauung kannte.

Brunetti zweifelte keine Sekunde daran, daß die Lorenzonis in den illegalen Handel mit Nuklearmaterial verwickelt waren, ebensowenig zweifelte er daran, daß dieses Material für Waffen bestimmt war: Es gibt keine illegalen Röntgengeräte. Außerdem war es ihm unmöglich zu glauben, daß Roberto so etwas eingefädelt haben könnte. Alles, was er über den Jungen wußte, sprach von Einfallsarmut und Antriebslosigkeit; er war nicht der Mann, der hinter einem Handel mit nuklearem Material stecken konnte.

Wer kam dafür eher in Frage als Maurizio, der intelligente Neffe, der geeignetere Erbe? Er war der ehrgeizige junge Mann, der die kommerziellen Möglichkeiten des nächsten Jahrtausends ins Auge faßte, der auf die riesigen neuen Märkte im Osten blickte. Seinem Bestreben, die Lorenzonischen Unternehmen zu neuen Triumphen zu führen, stand nur sein einfältiger Vetter Roberto im Wege, der Junge, den man zum Bringen und Holen einsetzen konnte wie einen gutmütigen Familienhund.

In Frage stand für Brunetti nur das Ausmaß, in dem der Conte in die Sache verwickelt war. Er konnte sich schwer vorstellen, daß ein solches Unterfangen, an dem das gesamte Lorenzoni-Imperium zugrunde gehen konnte, ohne Wissen und Einverständnis des Conte möglich gewesen wäre. Hatte er die Entscheidung getroffen, seinen Sohn nach Weißrußland zu schicken, um das tödliche Material zu holen? Wer wäre geeigneter und unauffälliger gewesen als der Playboy mit seinen Huren auf Kreditkarte? Wenn er genug Champagner trank, wer würde dann noch danach fragen, was in seinem Aktenkoffer war? Wer durchsucht schon das Gepäck eines Trottels?

Brunetti glaubte nicht, daß Roberto überhaupt gewußt hatte, was er da transportierte. Sein Bild von dem Jungen ließ das nicht zu. Aber wie war es dann dazu gekommen, daß er den tödlichen Strahlen dieses Materials ausgesetzt worden war?

Brunetti versuchte sich den Jungen vorzustellen, den er nie gesehen hatte, sah ihn in einem protzigen Hotel, die Huren waren nach Hause gegangen, und er saß allein in seinem Zimmer, allein mit dem Koffer, den er in den Westen bringen sollte. Wenn der Behälter undicht gewesen war, hätte er das nie erfahren, er hätte nichts weiter mit zurückgebracht als die seltsamen Krankheitssymptome, die ihn von Arzt zu Arzt getrieben hatten.

Er hätte darüber nicht mit seinem Vater gesprochen, wohl aber mit seinem Vetter, dem Jungen, der mit ihm Jugend und Unschuld geteilt hatte. Und Maurizio wäre gegenüber dem, was Roberto da beschrieb, sehr schnell mißtrauisch geworden, hätte die Symptome als das erkannt, was sie waren: Robertos Todesurteil.

Brunetti saß lange an seinem Schreibtisch, starrte auf die Tür seines Zimmers, dachte über das sittlich Gute nach und begann die Beziehungen zwischen einem Phänomen und dem anderen und die Folgen eines jeden einzelnen zu verstehen. Was er nicht verstand, noch nicht, das war, wie der Conte davon erfahren hatte.

Ciceros Rat war, die Leidenschaften zu zügeln. Wenn jemand seinen eigenen Sohn Raffi kaltblütig umgebracht hätte, würde er, Brunetti, seine Leidenschaft nicht zu zügeln vermögen, das wußte er. Er würde zornig, rücksichts- und erbarmungslos reagieren, vergessen, daß er Polizist war, nur Vater sein und die Täter jagen und vernichten. Er würde Vergeltung um jeden Preis suchen. Cicero ließ in seinen Regeln für das sittlich Gute keine Ausnahmen zu, aber ein solches Verbrechen würde einen Vater doch gewiß der Pflicht entheben, sich überlegt und verständnisvoll zu verhalten, und ihm das menschliche Recht geben, Vergeltung zu üben.

Brunetti grübelte darüber nach, bis die Sonne unterging und auch das letzte bißchen Licht aus seinem Zimmer mit sich nahm. Als es schon fast ganz dunkel war, knipste er das Licht an. Dann ging er an seinen Schreibtisch, nahm den Aktenordner aus der untersten Schublade und las alles noch einmal gründlich durch. Er machte sich keine Notizen, obwohl er oft den Blick hob und zu den inzwischen dunklen Fenstern hinübersah, als könnte er darin die neuen Formen und Muster gespiegelt sehen, die sich bei der Lektüre für ihn ergaben. Es dauerte eine halbe Stunde, alles zu lesen, und als er fertig war, legte er die Unterlagen wieder in die Schublade und schob sie leise zu, mit der Hand, nicht mit dem Fuß. Dann verließ er die Questura und ging in Richtung Rialto und zum Palazzo der Lorenzonis.

Das Dienstmädchen, das ihm öffnete, erklärte sofort, der Conte empfange keine Besucher. Brunetti bat sie, ihn mit seinem Namen anzumelden. Als sie zurückkam, das Gesicht unwillig verkniffen ob dieser Störung der familiären Trauer, sagte sie, der Conte habe nur wiederholt, daß er keine Besucher empfange.

Brunetti bat daraufhin das Mädchen zunächst, dann befahl er ihr, dem Conte auszurichten, er sei jetzt im Besitz wichtiger Informationen, die Robertos Tod beträfen, und wolle den Conte deswegen sprechen, bevor er die Ermittlungen offiziell wiederaufnehme, was er am nächsten Morgen tun werde, wenn der Conte sich weiterhin weigere, ihn zu empfangen.

Wie erwartet forderte sie ihn bei ihrer erneuten Rückkehr auf, ihr zu folgen, und führte ihn, eine Ariadne ohne Faden, über Treppen und Korridore in einen anderen Teil des Palazzos, den Brunetti noch nicht kannte.

Der Conte war allein in einem Raum, vielleicht Maurizios Büro, denn es standen mehrere Computer, ein Fotokopiergerät und vier Telefone herum. Die Plexiglastische, auf denen alle diese Geräte standen, wirkten fehl am Platz zwischen den Samtvorhängen vor den Spitzbogenfenstern mit Blick auf die Dächer der Stadt.

Der Conte saß hinter einem der Schreibtische, auf dem links von ihm ein Computer stand. Als Brunetti hereinkam, sah er auf und fragte: »Was gibt's denn?« Es war ihm nicht der Mühe wert, aufzustehen oder seinem Besucher einen Stuhl anzubieten.

»Ich bin gekommen, um mit Ihnen über einige neue Informationen zu sprechen«, sagte Brunetti.

Der Conte saß starr da, die Hände vor sich auf dem Tisch. »Es gibt nichts Neues. Mein Sohn ist tot. Mein Neffe hat ihn umgebracht. Und jetzt ist er tot. Danach gibt es nichts mehr. Nichts mehr, was ich noch wissen möchte.«

Brunetti sah ihn lange an. Er versuchte erst gar nicht, seine Skepsis gegenüber dem soeben Gehörten zu verbergen. »Meine Informationen könnten vielleicht Licht auf die Motive für die Tat werfen.«

»Die Motive sind mir egal«, blaffte der Conte. »Für mich und meine Frau genügt es zu wissen, was passiert ist. Ich will nichts mehr damit zu tun haben.«

»Ich fürchte, das geht nun nicht mehr«, entgegnete Brunetti.

»Was meinen Sie mit ›geht nicht mehr‹?«

»Es gibt Hinweise darauf, daß es sich um etwas weit Komplizierteres als eine Entführung gehandelt hat.«

Der Conte schien sich plötzlich seiner Gastgeberrolle

zu entsinnen. Er winkte Brunetti zu einem Stuhl und schaltete das leise Surren des Computers ab. Dann fragte er: »Was sind das für Informationen?«

»Ihre Firma, oder Firmen, haben viel mit osteuropäischen Ländern zu tun.«

»Ist das eine Feststellung oder eine Frage?« wollte der Conte wissen.

»Ich glaube, beides. Ich weiß, daß Sie dort Geschäftsinteressen haben, aber ich weiß nicht, wie umfangreich sie sind.« Brunetti wartete einen Augenblick, und gerade als der Conte zu sprechen anfangen wollte, fügte er hinzu: »Oder welcher Art diese Geschäfte sind.«

»Signor… entschuldigen Sie, ich habe Ihren Namen vergessen«, begann der Conte.

»Brunetti.«

»Signor Brunetti, die Polizei hat meine Familie jetzt zwei Jahre lang durchleuchtet. Das dürfte lange genug sein, sogar für die Polizei, um sich über Art und Umfang meiner Geschäfte in Osteuropa umfassend zu informieren.« Als Brunetti auf die Provokation nicht einging, fragte der Conte: »Oder stimmt das vielleicht nicht?«

»Wir haben vieles über Ihre dortigen Geschäfte in Erfahrung gebracht, das ist richtig, aber jetzt habe ich noch etwas herausgefunden, was in den Informationen, die Sie oder Ihr Neffe uns gegeben haben, nie erwähnt wurde.«

»Und was soll das sein?« fragte der Conte in einem Ton, der jegliches Interesse an dem, was dieser Polizist ihm sagen könnte, vermissen ließ.

»Handel mit Atomwaffen«, sagte Brunetti ruhig, und

erst als er es sich aussprechen hörte, wurde ihm klar, wie dürftig seine Beweise waren, wie voreilig der Eifer, mit dem er durch die halbe Stadt geeilt war, um diesen Mann zur Rede zu stellen. Sergio war kein Arzt, und Brunetti hatte sich nicht die Mühe gemacht, Robertos Überreste oder ihren Fundort auf Spuren von Verstrahlung zu untersuchen. Ebensowenig hatte er versucht, mehr über die Ostinteressen des Lorenzoni-Konzerns herauszufinden. Nein, er war aufgesprungen wie ein Kind, wenn der Eismann seine Glocke läutet, und quer durch die Stadt gerannt, um vor diesem Mann den Polizisten zu spielen.

Das Kinn des Conte fuhr hoch, sein Mund wurde zu einem dünnen Strich, und er wollte zu sprechen anfangen, aber dann ging sein Blick über Brunetti hinweg nach links, zur Tür, wo plötzlich und lautlos seine Frau erschienen war. Er stand auf und ging auf sie zu, und auch Brunetti erhob sich höflich. Als er aber die Frau an der Tür etwas genauer ansah, war er sich nicht mehr sicher, ob diese gebeugte, zerbrechliche Alte, die sich mit einer Hand, die eher einer Klaue glich, auf einen hölzernen Stock stützte, wirklich die Contessa war. Brunetti sah, daß ihre Augen trüb geworden waren, als hätte die Trauer schwarzen Rauch in sie hineingeweht.

»Ludovico?« sagte sie mit zittriger Stimme.

»Ja, mein Herz«, antwortete er, indem er sie beim Arm nahm und ein paar Schritte weit ins Zimmer führte.

»Ludovico?« sagte sie noch einmal.

»Was ist denn, Liebes?« fragte er und beugte sich zu ihr hinunter, noch weiter hinunter jetzt, da sie so klein geworden schien.

Sie blieb stehen, legte beide Hände auf den Knauf ihres Stocks und sah zu ihm auf. Ihr Blick schweifte zur Seite, dann wieder zu ihm. »Ich habe vergessen«, sagte sie, begann zu lächeln, vergaß aber auch das wieder. Plötzlich veränderte sich ihr Gesichtsausdruck, und sie sah ihren Mann an, als wäre er ein fremdes, bedrohliches Wesen in diesem Zimmer. Sie hob einen Arm und streckte ihm abwehrend die Hand entgegen, wie um sich vor Schlägen zu schützen. Aber dann schien sie auch das wieder vergessen zu haben, drehte sich um und verließ, den Stock suchend vorgestreckt, das Zimmer. Die beiden Männer hörten, wie das Tappen des Stocks sich über den Korridor entfernte. Eine Tür klappte zu, und sie waren wieder allein.

Der Conte kehrte an seinen Platz hinter dem Schreibtisch zurück, doch als er sich setzte und Brunetti ansah, schien es, als habe die Contessa ihn mit ihrem Alter angesteckt, denn seine Augen waren trüber geworden, sein Mund war nicht mehr so hart wie vor ihrem Auftritt.

»Sie weiß Bescheid«, sagte er, und seine Stimme klang düster vor Verzweiflung. »Aber wie sind Sie darauf gekommen, Commissario?« fragte er Brunetti in einem Ton, der so müde war wie vorhin der seiner Frau.

Brunetti setzte sich wieder und tat die Frage mit einer Handbewegung ab. »Das spielt keine Rolle.«

»Wie ich schon sagte«, versetzte der Conte. Und als er Brunettis fragenden Blick sah, fügte er hinzu: »Nichts spielt mehr eine Rolle.«

»Es spielt sehr wohl eine Rolle, warum Roberto gestorben ist«, entgegnete Brunetti. Die einzige Reaktion seines

Gegenübers war ein kurzes Schulterzucken, dennoch fuhr er fort: »Es spielt eine Rolle, warum er gestorben ist, denn so kommen wir an die heran, die es getan haben.«

»Sie wissen, wer es war«, sagte der Conte.

»Ja, ich weiß, wer sie gedungen hat. Das wissen wir beide. Aber ich will sie haben«, sagte Brunetti, halb von seinem Stuhl erhoben und selbst ganz überrascht von dem hitzigen Ton, in dem er sprach, gegen den er aber nicht ankam. »Ich will ihre Namen wissen.« Schon wieder dieser heftige Ton. Er setzte sich, peinlich berührt von seinem Ausbruch, und blickte zu Boden.

»Paolo Frasetti und Elvio Mascarini«, sagte der Conte nur.

Im ersten Moment wußte Brunetti selbst nicht, was er da hörte, und als er es begriff, konnte er es noch nicht glauben; als er es dann glaubte, geriet das ganze Szenario der Lorenzoni-Morde, das mit der Entdeckung jener halbverwesten Überreste auf einem Acker begonnen hatte, wieder in Bewegung, und was sich dabei herausschälte, war grotesker und schrecklicher als die verrottenden Teile des Jungen. Brunetti reagierte instinktiv. Statt den Conte verblüfft anzusehen, zückte er sein Notizbuch, um sich die beiden Namen zu notieren. »Wo finden wir sie?« fragte er in bemüht ruhigem und beiläufigem Ton, während seine Gedanken ihm vorauseilten zu den Fragen, die er dem Conte stellen mußte, bevor dieser merkte, wie verhängnisvoll sein Mißverständnis gewesen war.

»Frasetti wohnt drüben in der Nähe von Santa Marta. Von dem anderen weiß ich es nicht.«

Brunetti hatte seine Gefühle und sein Mienenspiel inzwischen so weit unter Kontrolle, daß er den Conte wieder ansehen konnte. »Wie sind Sie an die beiden gekommen?«

»Sie haben vor vier Jahren einmal etwas für mich erledigt. Da habe ich sie wieder beauftragt.«

Dies war jetzt nicht der Augenblick, um der anderen Sache nachzugehen; er mußte nur die Entführung klären, Robertos Tod. »Wann haben Sie das mit der Verstrahlung erfahren?« Einen anderen Grund konnte es nicht geben.

»Ziemlich bald, nachdem er aus Weißrußland zurück war.«

»Wie ist es dazu gekommen?«

Der Conte faltete die Hände auf dem Tisch und hielt den Blick darauf gerichtet. »In einem Hotel. Es regnete, und Roberto hatte keine Lust auszugehen. Das Fernsehprogramm verstand er nicht – alles auf russisch oder deutsch. Und dieses Hotel konnte – oder wollte – ihm keine Frau besorgen. Er hatte also nichts zu tun, und da fing er an darüber nachzudenken, was wir ihn dort abholen geschickt hatten.«

Er sah kurz zu Brunetti. »Muß ich Ihnen das alles erzählen?«

»Ich glaube, ich sollte darüber Bescheid wissen«, antwortete Brunetti.

Der Conte nickte, aber es galt nicht wirklich dem, was Brunetti gesagt hatte. Er räusperte sich. »Er – so hat er es später Maurizio erzählt – er ist neugierig geworden und hat sich gefragt, warum wir ihn durch halb Europa schicken, um diesen Koffer zu holen, und er wollte sehen, was darin war. Er dachte an Goldbarren oder kostbare Steine. Weil der Koffer so schwer war.« Der Conte hielt inne, dann erklärte er: »Der Koffer war mit Blei ausgekleidet.« Wieder machte er eine Pause, und Brunetti überlegte schon, wie er ihn zum Weiterreden bewegen könne.

»Wollte er die stehlen?« fragte Brunetti.

Der Conte blickte auf. »O nein, Roberto hätte nie etwas gestohlen, und ganz bestimmt nicht von mir.«

»Warum denn dann?«

»Er war schon immer neugierig. Und ich nehme an, er war auch eifersüchtig, weil ich Maurizio anvertraut hatte, was in dem Koffer war, ihm aber nicht.«

»Und da hat er ihn geöffnet?«

Der Conte nickte. »Er sagte, er habe einen dieser altmodischen Dosenöffner dazu benutzt, die sie in dem Hotel hatten, Sie wissen schon, die mit der dreieckigen Spitze, die es früher auch bei uns gab.«

Brunetti nickte.

»Wenn dieser Öffner nicht im Zimmer gewesen wäre, hätte er den Koffer nicht aufbekommen, und nichts von alledem wäre passiert. Aber er war eben in Weißrußland, und dort haben sie so etwas noch. Er konnte das Schloß damit aufbrechen und den Koffer öffnen.«

»Was war darin?«

Der Conte sah überrascht zu Brunetti auf. »Sie haben mir doch eben selbst gesagt, was drin war.«

»Schon, aber ich will wissen, wie es transportiert wurde, in welcher Form.«

»Kleine Kügelchen. Sie sehen aus wie Kaninchenköttel, nur kleiner.« Der Conte hielt Daumen und Zeigefinger der rechten Hand hoch, um Brunetti die Größe zu zeigen, und wiederholte: »Kaninchenköttel.«

Brunetti schwieg; die Erfahrung hatte ihn gelehrt, daß

es einen Zeitpunkt gab, da man die Leute in Ruhe lassen mußte, damit sie nach eigenem Ermessen weiterreden konnten, sonst verstummten sie.

Schließlich fuhr der Conte fort: »Er hat den Koffer dann wieder zugemacht, aber er war lange genug offen gewesen.« Lange genug wofür, brauchte er nicht zu erklären. Brunetti hatte ja gelesen, welche Symptome das bei Roberto ausgelöst hatte.

»Wann haben Sie erfahren, daß er den Koffer geöffnet hatte?«

»Nachdem wir das Material weitergeschickt hatten, an unseren Kunden. Der rief mich an, um mir zu sagen, daß am Schloß manipuliert worden war. Aber das war erst knapp zwei Wochen später. Die Sendung war per Schiff weitergegangen.«

Brunetti ließ das vorläufig auf sich beruhen. »Und wann traten die ersten Probleme bei ihm auf?«

»Probleme?«

»Symptome.«

Der Conte nickte. »Ach so.« Nach kurzer Pause sprach er weiter. »Etwa nach einer Woche. Zuerst dachte ich, es wäre eine Grippe oder so etwas. Wir hatten ja noch nichts von unserem Käufer gehört. Aber dann ging es ihm immer schlechter. Und ich erfuhr, daß der Koffer geöffnet worden war. Es gab nur eine Erklärung.«

»Haben Sie ihn gefragt?«

»Nein, nein. Das war nicht nötig.«

»Hat er mit jemandem darüber gesprochen?«

»Ja, wie gesagt, mit Maurizio. Aber erst, als es ihm schon sehr schlecht ging.«

»Und dann?«

Der Conte blickte auf seine Hände herunter und hielt wieder den Daumen und Zeigefinger der Rechten auseinander, als wollte er noch einmal die Größe der Kügelchen anzeigen, die seinen Sohn getötet hatten, oder zu dem Mord an ihm geführt hatten. Er sah auf. »Und dann wußte ich, was ich tun mußte.«

»Mußte?« fragte Brunetti, bevor er sich eines anderen besinnen konnte.

»Ja.« Zuerst schien es, als wollte der Conte das nicht weiter erklären, aber er fuhr fort: »Wenn herausgekommen wäre, was ihm fehlte, dann wäre auch alles übrige herausgekommen, das mit den Transporten.«

»Ich verstehe«, sagte Brunetti mit einem Nicken.

»Es hätte uns ruiniert, es hätte Schande über uns gebracht. Das konnte ich nicht zulassen. Nicht nach all den Jahren. Den Jahrhunderten.«

»Aha«, machte Brunetti leise.

»Da habe ich beschlossen, was zu tun war, und mich mit diesen Männern in Verbindung gesetzt, Frasetti und Mascarini.«

»Wessen Idee war es, das so zu machen?«

Der Conte wischte das als unwichtig beiseite. »Ich habe ihnen gesagt, was zu tun war. Wichtig war mir vor allem, daß meine Frau nicht zu leiden hatte. Wenn sie erfahren hätte, was Roberto machte, was seinen Tod verursacht hatte… ich weiß nicht, was mit ihr passiert wäre.« Er sah noch einmal zu Brunetti und dann wieder auf seine Hände. »Aber jetzt weiß sie es.«

»Woher?«

»Sie hat mich mit Maurizio gesehen.«

Brunetti dachte an die gebeugte Vogelfrau, die mageren Hände um den Griff ihres Stocks geklammert. Der Conte hatte ihr Leid und Schande ersparen wollen. Aha.

»Und die Entführer? Warum haben sie keine dritte Lösegeldforderung geschickt?«

»Weil er gestorben war«, antwortete der Conte mit tonloser Stimme.

»Roberto? Gestorben?«

»Das haben sie mir gesagt.«

Brunetti nickte, als ob er das verstehen könnte und mit Sympathie dem verschlungenen Pfad folgte, den der Conte ihn führte. »Und?« fragte er nur.

»Ich habe ihnen gesagt, sie müssen ihm eine Kugel in den Kopf schießen, damit es aussieht, als wäre das die Todesursache.« Während der Conte fortfuhr, das alles zu erklären, wurde Brunetti allmählich klar, daß der Mann von der inneren Logik und der Richtigkeit alles dessen, was er getan hatte, vollkommen überzeugt war. Aus seinem Ton war kein Zweifel zu hören, keine Unsicherheit.

»Aber warum haben die ihn dann bei Belluno begraben?«

»Einer der beiden hat dort im Wald eine kleine Hütte, für die Jagdsaison. Dort haben sie Roberto gefangengehalten, und als er starb, habe ich gesagt, sie sollen ihn da begraben.« Das Gesicht des Conte bekam vorübergehend einen weichen Zug. »Aber ich habe gesagt, sie sollen ihn in ein flaches Grab legen. Mit seinem Ring.« Als er Brunettis Verwirrung sah, erklärte er: »Damit er gefunden wurde. Für seine Mutter. Sie mußte es ja erfahren. Ich hätte mir nicht vorstellen können, daß sie es nie erfuhr, nie wissen würde, ob er lebte oder tot war. Das hätte sie umgebracht.«

»Ja, das verstehe ich«, sagte Brunetti leise, und auf eine irrwitzige Weise verstand er es tatsächlich. »Und Maurizio?«

Der Conte legte den Kopf schief, vielleicht um sich den anderen jungen Mann ins Gedächtnis zu rufen, der ebenfalls tot war. »Er wußte nichts von alledem. Aber als alles wieder von vorn losging, als Sie Ihre Fragen zu stellen begannen… da fing auch er an zu fragen, nach Roberto und der Entführung. Er wollte zur Polizei gehen und sagen, was passiert war.« Der Conte schüttelte den Kopf über diese Schwäche und Torheit des jungen Mannes. »Aber dann hätte meine Frau alles erfahren. Wenn er zur Polizei gegangen wäre, hätte sie gewußt, was geschehen war und worum es ging.«

»Und das konnten Sie nicht zulassen?« fragte Brunetti ruhig.

»Natürlich nicht. Das wäre zuviel für sie gewesen.«

»Ich verstehe.«

Der Conte streckte eine Hand aus, dieselbe Hand, die vorhin diese kleinen Kügelchen abgemessen hatte, Plutonium oder Uran oder was immer es war.

Hätte er an einem Knopf gedreht, um ein Fernsehbild schärfer zu stellen oder das Rauschen bei einer Rundfunksendung abzustellen, der Wechsel hätte nicht auffallender sein können, denn an dieser Stelle begann der Conte zu lügen. Sein Ton veränderte sich nicht, als er nahtlos von seiner Gemütsbewegung beim Gedanken an den Schmerz seiner Frau zu seinen weiteren Erklärungen überging, aber für Brunetti war es so deutlich hörbar, als wäre der Mann plötzlich auf seinen Schreibtisch gesprungen und hätte angefangen, sich die Kleider vom Leib zu reißen.

»Er kam an dem Abend zu mir und sagte, er wisse, was ich getan hatte. Er bedrohte mich. Mit der Flinte.« Er konnte sich nicht enthalten, einen Blick zu Brunetti zu werfen, um zu sehen, wie der das aufnahm, aber Brunetti ließ sich nicht anmerken, daß ihm bewußt war, was hier vorging.

»Er kam mit der Flinte herein«, fuhr der Conte fort. »Er richtete sie auf mich und sagte, er werde zur Polizei gehen. Ich versuchte ihn zur Vernunft zu bringen, aber er kam immer näher und hielt mir die Waffe vors Gesicht. Und da bin ich, glaube ich, ein bißchen außer Fassung geraten, denn ich weiß nicht mehr, was dann passiert ist. Nur noch, daß sich ein Schuß löste.«

Brunetti nickte, aber das Nicken galt der Richtigkeit seiner Annahme, daß alles, was der Conte von jetzt an sagte, gelogen war.

»Und Ihr Kunde?« fragte er. »Der das Material gekauft hat?«

Das Zögern des anderen war kaum merklich. »Nur Maurizio wußte, wer er war. Er hatte alles arrangiert.«

Brunetti stand auf. »Ich glaube, das genügt, Signore. Wenn Sie wollen, können Sie Ihren Anwalt anrufen. Aber dann möchte ich, daß sie mich in die Questura begleiten.«

Der Conte war sichtlich überrascht. »Warum?«

»Weil ich Sie verhafte, Ludovico Lorenzoni, wegen Mordes an Ihrem Sohn und an Ihrem Neffen.«

Die Verblüffung im Gesicht des Conte hätte nicht aufrichtiger sein können. »Aber ich habe es Ihnen doch eben gesagt. Roberto ist eines natürlichen Todes gestorben. Und Maurizio hat mich zu ermorden versucht.« Er erhob sich, blieb aber hinter dem Schreibtisch. Er streckte die Hand aus, schob ein Blatt Papier von einer Seite auf die andere und rückte die Tastatur des Computers ein wenig nach links. Aber ihm fiel nichts weiter zu sagen ein.

»Wie gesagt, Sie können Ihren Anwalt anrufen, aber dann müssen Sie mitkommen.«

Brunetti sah den Conte einlenken. Der Umschwung war so unmerklich wie der, bevor er zu lügen begann, aber Brunetti wußte, daß er von jetzt an nicht mehr zu lügen aufhören würde.

»Darf ich mich von meiner Frau verabschieden?« fragte er.

»Ja. Natürlich.«

Wortlos kam der Conte um den Schreibtisch herum, blieb kurz vor Brunetti stehen und verließ das Zimmer.

Brunetti trat an das Fenster hinter dem Schreibtisch und blickte hinaus über die Dächer. Er hoffte, der Conte werde »wie ein Ehrenmann« handeln. Er hatte ihn gehen lassen, ohne zu wissen, was sich noch alles an Schußwaffen im Haus befinden mochte. Der Conte hatte sich in seinen eigenen Eingeständnissen gefangen; seine Frau wußte, daß er ein Mörder war; sein Ruf und der seiner Familie würden bald in Scherben liegen, und es konnte sich eine Waffe irgendwo im Haus befinden. Wenn der Conte ein Mann von Ehre war, würde er entsprechend handeln.

Aber Brunetti wußte, daß er es nicht tun würde.

27

Aber was spielt es noch für eine Rolle, ob er bestraft wird oder nicht?« fragte Paola ihn drei Abende später, nachdem das Gekreisch der Presse um die Festnahme des Conte sich etwas gelegt hatte. »Sein Sohn ist tot. Sein Neffe ist tot. Seine Frau weiß, daß er beide umgebracht hat. Sein Ruf ist ruiniert. Er ist ein alter Mann, und er wird im Gefängnis sterben.« Sie saß auf der Bettkante, angetan mit einem von Brunettis alten Bademänteln und einem dicken Wollpullover darüber. »Was wünschst du ihm denn noch alles?«

Brunetti saß im Bett, die Decken bis zur Brust hochgezogen, und hatte gelesen, bis sie hereinkam und ihm einen großen Becher mit honiggesüßtem Tee brachte. Sie hatte ihm den Becher gegeben, ihm mit einem Nicken bedeutet, daß sie daran gedacht hatte, Cognac und Zitrone hineinzutun, und sich dann neben ihn gesetzt.

Als er den ersten Schluck trank, schob sie die vor dem Bett verstreuten Zeitungen beiseite. Das Gesicht des Conte blickte sie von Seite vier an, wohin ein Mafiamord in Palermo es verdrängt hatte, der erste seit Wochen. In der Zeit seit der Verhaftung des Conte hatte Brunetti nicht von ihm gesprochen, und Paola hatte sein Schweigen respektiert. Aber jetzt wollte sie, daß er redete, nicht weil es ihr besonderen Spaß machte, von einem Vater zu hören, der sein Kind umgebracht hatte, sondern weil sie aus langer Erfahrung wußte, daß es Brunetti helfen würde, sich von der Last dieses Falles zu befreien.

Sie fragte ihn, was denn seiner Meinung nach mit dem Conte geschehen werde, und während er antwortete, nahm sie hin und wieder seinen Becher, um von der heißen Flüssigkeit zu nippen. Brunetti erklärte ihr, mit welcher Taktik die Anwälte des Conte – inzwischen drei an der Zahl – wohl vorgehen würden und welchen Ausgang des Verfahrens er erwartete. Dabei war es ihm unmöglich – vor allem gegenüber Paola -, seinen Widerwillen angesichts der Vorstellung zu verbergen, daß die beiden Morde wahrscheinlich ungesühnt bleiben und der Conte nur wegen des Handels mit illegalen Substanzen hinter Gitter kommen würde, denn er behauptete jetzt, Maurizio habe die Entführung ausgeheckt.

Schon war die Streitmacht der bezahlten Presse in Aktion getreten, und jede Titelseite im Lande, gar nicht zu reden von dem, was in Italien unter der Bezeichnung Kommentar läuft, hatte bereits das traurige Los dieses Edelmannes beklagt, des noblen Mannes, der von einem Menschen seines eigenen Blutes so elend verraten worden war, und welch grausameres Schicksal konnte es geben, als zehn Jahre lang diese Schlange am Busen der Familie genährt zu haben, nur damit sie sich gegen ihn wandte und zubiß, geradewegs ins Herz? Nach und nach drehte sich auch die öffentliche Meinung nach dem Wind dieser Worte. Daß da mit waffentauglichem Kernmaterial gehandelt worden war, ging in den Verharmlosungen unter, die vom »Handel mit illegalen Substanzen« sprachen, als ob diese tödlichen Kügelchen, die ausreichten, um eine ganze Stadt zu verdampfen, das gleiche wären wie zum Beispiel iranischer Kaviar oder Elfenbeinstatuetten. Robertos zeitweiliges Grab wurde mit Geigerzählern untersucht, aber es wurde keine Spur von Verstrahlung gefunden.

Die Bücher und Geschäftsunterlagen der Lorenzoni-Unternehmen waren beschlagnahmt worden, und ein Team von Wirtschafts- und Computerspezialisten der Polizei hatte sich tagelang damit beschäftigt, um den Versandweg des Kofferinhalts zu dem Kunden aufzuspüren, dessen Namen der Conte nach wie vor nicht zu kennen behauptete. Der einzige verdächtige Posten, den sie entdeckten, war eine Sendung mit zehntausend Plastikspritzen, die zwei Wochen vor Robertos Verschwinden per Schiff von Venedig nach Istanbul gegangen war. Die türkische Polizei meldete zurück, daß nach den Unterlagen des Empfängers in Istanbul die Spritzen per Lastwagen weiter nach Teheran geschickt worden waren, wo die Spur endete.

»Er hat es getan«, beharrte Brunetti, kaum weniger wütend als vor Tagen, als er den Conte zur Questura gebracht hatte. Schon damals, gleich zu Beginn, war er ausmanövriert worden, denn der Conte hatte darauf bestanden, daß ein Polizeiboot nach ihm geschickt werde: Ein Lorenzoni ging nicht zu Fuß, nicht einmal ins Gefängnis. Als Brunetti sich weigerte, hatte der Conte ein Wassertaxi bestellt, worauf er und der Polizist, der ihn begleitete, eine halbe Stunde später in der Questura angekommen waren. Dort erwartete sie bereits die Presse. Niemand hatte je erfahren, wer sie verständigt hatte.

Von Anfang an war die ganze Geschichte so präsentiert worden, daß sie an das Mitleid und jene gedankenlose Sentimentalität appellierte, die Brunetti an seinen Landsleuten so wenig schätzte. Fotos waren erschienen, herbeigezaubert von denen, die sich auf billige Effekte verstanden: Roberto bei der Feier zu seinem achtzehnten Geburtstag, den Arm um die Schulter seines Vaters gelegt; ein jahrzehntealtes Foto von der Contessa beim Tanz mit ihrem Mann, beide elegant und strahlend von Jugend und Reichtum; sogar der arme Maurizio schaffte es auf die Zeitungsseiten: Ein Foto zeigte ihn auf der Riva degli Schiavoni, sinnigerweise drei Schritte hinter seinem Vetter Roberto.

Frasetti und Mascarini hatten sich zwei Tage nach der Verhaftung des Conte in der Questura eingefunden, begleitet von zwei Lorenzonischen Anwälten. Ja, es sei Maurizio gewesen, der sie angeheuert habe, Maurizio, der die Entführung geplant und ihnen gesagt habe, was sie tun sollten. Sie blieben dabei, daß Roberto eines natürlichen Todes gestorben sei und Maurizio ihnen befohlen habe, seinem toten Vetter eine Kugel in den Kopf zu schießen, um die wahre Todesursache zu vertuschen. Und beide verlangten eine gründliche ärztliche Untersuchung, um festzustellen, ob sie in der Zeit, die sie mit ihrem Opfer verbracht hatten, womöglich selbst verstrahlt worden waren. Die Untersuchung fiel negativ aus.

»Er hat es getan«, wiederholte Brunetti, wobei er Paola seinen Becher wieder aus der Hand nahm und den Tee austrank. Er drehte sich zur Seite und wollte ihn auf sein Nachttischchen stellen, aber Paola nahm ihm den Becher ab und legte die Hände um das noch warme Gefäß.

»Und dafür kommt er ins Gefängnis«, sagte sie.

»Darum geht es mir nicht«, erklärte Brunetti.

»Worum geht es dir dann?«

Brunetti ließ sich tiefer in sein Bett sinken und zog die

Decken bis ans Kinn. »Wirst du mich auslachen, wenn ich sagte, daß es mir um die Wahrheit geht?«

Sie schüttelte den Kopf. »Natürlich nicht. Aber was spielt das für eine Rolle?«

Er streckte eine Hand unter der Decke hervor, nahm ihr den Becher ab und stellte ihn auf den Nachttisch, dann nahm er ihre Hände in die seinen. »Für mich spielt es eine Rolle, glaube ich.«

»Warum?« fragte sie, obwohl sie es zu wissen glaubte.

»Weil ich es unerträglich finde, wenn ich solche Leute, Leute wie ihn, durchs Leben gehen sehe, ohne daß sie für ihre Taten je bezahlen müssen.«

»Findest du den Tod seines Sohnes und seines Neffen nicht genug?«

»Paola, er hat diese Männer dafür gedungen, den Jungen umzubringen; zu entführen und dann umzubringen. Und dann hat er kaltblütig seinen Neffen erschossen.«

»Das weißt du nicht«, wandte sie ein.

Er schüttelte den Kopf. »Ich kann es nicht beweisen und werde es nie beweisen können. Aber ich weiß es so sicher, als wäre ich dabeigewesen.« Paola sagte nichts dazu, und ihr Gespräch versiegte für eine Weile.

Schließlich sagte Brunetti: »Der Junge wäre sowieso gestorben. Aber denk mal daran, was er vorher durchzumachen hatte, die Angst, die Ungewißheit, was mit ihm geschehen würde. Das ist es, was ich dem Mann nie verzeihen werde.«

»Es steht dir nicht an, zu verzeihen, Guido, oder?« fragte sie, aber ihr Ton war liebevoll.

Er lächelte und schüttelte den Kopf. »Nein, das nicht.

Aber du weißt, was ich meine.« Als Paola nicht gleich antwortete, fragte er: »Oder nicht?«

Sie nickte und drückte seine Hand. »Doch.« Und noch einmal: »Doch.«

»Was tätest du denn?« fragte er unvermittelt.

Paola ließ seine Hand los und strich sich eine Haarsträhne aus dem Gesicht. »Wie meinst du das? Wenn ich Richter wäre? Oder wenn ich Robertos Mutter wäre? Oder wenn ich du wäre?«

Er lächelte wieder. »Das klingt so, als wolltest du, daß ich endlich Ruhe gebe, stimmt's?«

Paola stand auf und bückte sich, um die Zeitungen einzusammeln. Sie faltete sie, legte sie zusammen und drehte sich wieder zum Bett um. »Ich habe in letzter Zeit oft über die Bibel nachgedacht«, sagte sie, sehr zu Brunettis Verwunderung, denn er kannte sie als den areligiösesten Menschen überhaupt.

»Die Sache mit dem Auge um Auge«, fuhr sie fort. Er nickte, und sie sprach weiter: »Früher habe ich das als das Schlimmste angesehen, was dieser furchterregende Gott zu sagen hat, diesen Ruf nach Vergeltung, diesen Blutdurst.« Sie drückte die Zeitungen an ihre Brust und wandte den Blick von ihm, schien zu überlegen, wie sie es ausdrücken sollte.

Sie sah ihn wieder an. »Aber in letzter Zeit ist mir der Gedanke gekommen, daß er vielleicht das genaue Gegenteil von uns verlangt.«

»Das verstehe ich nicht«, sagte er.

»Daß da gar nicht ein Auge und ein Zahn gefordert wird, sondern nur eine Grenze gezeigt werden soll; das heißt, wenn wir ein Auge verlieren, dürfen wir nicht mehr als ein Auge dafür verlangen, und wenn wir einen Zahn verlieren, können wir dafür nur einen Zahn bekommen, nicht etwa eine Hand oder« – hier hielt sie wieder inne – »ein Herz.« Sie lächelte, bückte sich und küßte ihn auf die Wange. Die Zeitungen knisterten empört.

Als sie wieder aufrecht stand, sagte sie: »Ich will das hier zusammenbinden. Ist die Schnur in der Küche?«

»Ja, wo sie immer ist«, antwortete er.

Sie nickte und ließ ihn allein.

Brunetti nahm seine Brille und seinen Cicero und las weiter. Eine gute Stunde später klingelte das Telefon, aber es war schon jemand an den Apparat gegangen, bevor er abnehmen konnte.

Er wartete ein Weilchen, aber Paola rief nicht nach ihm. So wandte er sich wieder Cicero zu; es gab niemanden, mit dem er jetzt hätte reden wollen.

Nach einigen Minuten kam Paola ins Schlafzimmer. »Guido«, sagte sie, »das war Vianello.«

Brunetti legte sein Buch aufgeschlagen auf die Bettdecke und sah sie über den Rand seiner Brille an. »Und?« fragte er.

»Contessa Lorenzoni«, begann Paola, dann schloß sie die Augen und hielt inne.

»Was ist mit ihr?«

»Sie hat sich erhängt.«

Ehe er noch darüber nachgedacht hatte, flüsterte Brunetti: »Der arme Mann.«

Donna Leon
im Diogenes Verlag

»Es gibt einen neuen liebenswerten Polizisten in der
Welt der literarischen Detektive zu entdecken. Sein
Name lautet Guido Brunetti. Er lebt und arbeitet in
einer der schönsten Städte Italiens, in Venedig. Ein
Mann, der in glücklicher Ehe lebt, gerne ißt und guten
Wein schätzt, sich gelegentlich über seine heranwach-
senden Kinder ärgert und auch manches Mal chole-
risch reagiert. Eine Eigenschaft aber bleibt dem Com-
missario auch in den schwierigsten Situationen: Sein
Anstand, gepaart mit einem wunderbaren Sinn für
Humor und Menschlichkeit.«
Margarete v. Schwarzkopf / NDR, Hannover

»Aus dem Commissario Brunetti könnte mit der Zeit
ein Nachfolger für Simenons Maigret werden.«
Jochen Schmidt / Radio Bremen

Venezianisches Finale
Roman. Aus dem Amerikanischen
von Monika Elwenspoek

Endstation Venedig
Roman. Deutsch von Monika Elwenspoek

Venezianische Scharade
Roman. Deutsch von Monika Elwenspoek

Vendetta
Roman. Deutsch von Monika Elwenspoek

Acqua alta
Roman. Deutsch von Monika Elwenspoek

Sanft entschlafen
Roman. Deutsch von Monika Elwenspoek

Nobiltà
Roman. Deutsch von Monika Elwenspoek

In Sachen Signora Brunetti
Roman. Deutsch von Monika Elwenspoek

Latin Lover
Von Männern und Frauen. Deutsch von Monika Elwenspoek

Eine Amerikanerin in Venedig
Geschichten aus dem Alltag. Deutsch von Monika Elwenspoek

Magdalen Nabb
im Diogenes Verlag

»Seit 1975 lebt Magdalen Nabb, Engländerin und ehemalige Keramikerin, in Italien und verarbeitet ihre scharfen Beobachtungen zu realistischen, fesselnden Kriminalromanen, die in der geschäftigen und von Touristen überfluteten Stadt spielen. Bereits ihr erstes Buch, das 1981 erschien, wurde vom großen Kriminalschriftsteller Georges Simenon als Meisterwerk bezeichnet.« *Juliane Lutz / Freie Presse, Chemnitz*

»Wie man Italophilie, Krimi und psychologisches Einfühlungsvermögen zwischen zwei Buchdeckel bekommt, ist bei der Engländerin Magdalen Nabb nachzulesen. Die Reihe um einen einfachen, klugen sizilianischen Wachtmeister, der seinen Dienst in Florenz versieht, ist ein Kleinod der Krimikultur.« *Alex Coutts / Ultimo, Bielefeld*